戲非戲139

步步生蓮

卷十六

白藕新花照水開

月關作品

高寶書版集團

戲非戲 DN139

步步生蓮

卷十六：白藕新花照水開

作　　者：月　關
責任編輯：李國祥
執行編輯：顏少鵬
出 版 者：英屬維京群島商高寶國際有限公司台灣分公司
　　　　　Global Group Holdings, Ltd.
地　　址：台北市內湖區洲子街88號3樓
網　　址：gobooks.com.tw
電　　話：（02）27992788
E-mail：readers@gobooks.com.tw（讀者服務部）
　　　　　pr@gobooks.com.tw（公關諮詢部）
電　　傳：出版部（02）27990909　行銷部（02）27993088
郵政劃撥：19394552
戶　　名：英屬維京群島商高寶國際有限公司台灣分公司
發　　行：希代多媒體書版股份有限公司發行/Printed in Taiwan
初版日期：2011 年 1 月

國家圖書館出版品預行編目資料

步步生蓮. 卷十六, 白藕新花照水開 / 月關著. -- 初版 . -- 臺北市 : 高寶國際出版 : 希代多媒體發行, 2011.01
面；　公分. -- (戲非戲；DN139)

ISBN 978-986-185-548-6(平裝)

857.7　　　　99025739

目次

三百九十　反守為攻

早朝一散，沒多久的工夫，楊浩的牢房裡又多了一位客人。

楊浩的眼罩被除下的時候，他似乎睡得正香，鼾聲如雷，蕭綽沒好氣地道：「別裝了，你明知道我還會來，裝腔作勢的做什麼？」

楊浩的嘴角很可惡地向上一勾，微笑著張開了眼睛，朕又變成了我，他馬上注意到了這個細節，這個朕……似乎有點方寸大亂了。亂得好，越亂越好，敵營已亂，我才好趁虛而入！

他微笑著道：「娘娘早安，昨天楊某說的事，娘娘打聽明白了？」

蕭綽冷哼一聲，單刀直入地道：「你好大的本事，牢裡面有你的人？」

楊浩慢條斯理地道：「不止，牢外也有我的人。」

蕭綽臉色又變，楊浩說完這句話後就閉上了嘴巴，二人大眼瞪小眼地沉默了半晌，蕭綽沉不住氣了：「你……你想怎麼樣？」

「不怎麼樣。」

楊浩悠然道：「如果今天我還沒有活著踏出天牢大門，上京城裡就會謠言四起，說……皇后娘娘有喜了，可是娘娘腹中的胎兒，卻不是當今皇上的骨肉。娘娘一得知有孕的消息，馬上就迫不及待地要來殺我，還沒來得及昭告天下臣民吧？如果我的消息搶先傳開，娘娘才昭示天下懷了龍子，妳說這謠言會不會被人當真呢？

「何況，軍機樞密之地，朝中大臣署衙辦公的時候犯了絞腸痧的事我都能知道，我要找出一點足以證明自己說法的證據，還會很難嗎？何況妳我肌膚相親一月有餘，我要說點娘娘身上很隱密的東西做為證據，也是易如反掌……」

蕭綽立即反駁：「你……」

「是啊，我是蒙著眼睛的。」

楊浩立即接過了話頭：「一開始的確是的，不過後來就不是了，娘娘這兩天來，總是很粗暴地一把就扯掉我的頭罩，弄得我的頭髮都疼了，妳怎麼不仔細看看，頭罩上有沒有孔洞呢？」

蕭綽臉上紅一陣白一陣，她慌忙拿起頭罩，仔細地檢查著，楊浩眼中帶著揶揄的笑意說道：「娘娘春情上臉，豔若桃花的神情，楊某看得清清楚楚。娘娘溫香軟玉般的身子，在楊某身上顛顛倒倒，秋波宛轉，若喜還嗔，幾番雨驟風狂，恰似荷……」

「啪！」

他的頰上挨了一記響亮的耳光，蕭綽面紅如血，崩潰地叫道：「住口、住口！

你……你……你卑鄙、無恥……」

蕭綽終於明白自己掉進了一個什麼陷阱，這個陷阱竟是她自己挖出來的。

這個楊浩也不知使了什麼手段，竟讓這牢裡也有了他的人，可是僅憑有了內應，他顯然沒有能力就此逃出天牢，所以他一直隱忍著，尋找著最佳的機會，直到……自己被他那個雄獅守候水源，直到自困死境的寓言所打動，為了解除自己的窘境，含羞忍辱地決定向他借種。

那時的他，想必真的是感到屈辱羞忿的，可是很顯然，他很快就醒悟到這是他的一個機會，是他逃出生天的唯一機會，於是他不再被動地充當自己的一件工具，而是主動地配合著她，直到她珠胎暗結，於是這個陷阱最終形成了……

她自己歡天喜地地跳了進去，現在還能跳得出來嗎？

楊浩說道：「娘娘如今該怎麼辦呢？執意要殺了我？成！殺了我之後，妳還得服下墮胎藥，殺死妳腹中的孩子，殺死所有已知道妳懷孕的宮人，已確保這個謠言不會對妳構成威脅。之後呢？如果皇上病體痊癒，或許妳還有再做母親的可能？要不然的話，紆尊降貴，再去找個男人借種？

「我與娘娘有了合體之緣，最初實是陰差陽錯，我知道娘娘不是一個放浪無行的女人，妳只是迫於無奈，想著既已有過一次，為了要個兒子，也就無妨再做第二次、第三次……可是如果妳再找個男人來借種，哪怕是問妳自己的心，妳還能做得到心安理得嗎？還是說……妳可以為了目的不擇手段，做一個人盡可夫的女人……」

楊浩字字句句，如槍似箭，說得蕭綽心如刀割，淚流滿面，她嘶聲叫道：「你不要說了，不要說了！」

她揚起手來就要搧下去，可是看到楊浩的眼睛，滿腔的勇氣登時如雪獅子遇火，化為了烏有，她已經沒有勇氣再與他對視了，儘管現在楊浩還被綁在那裡，只要她揚手一刀，就可以結果了他的性命，可她覺得……自己現在才是那個階下囚，正等著別人一言決她生死。

楊浩放緩了聲音，說道：「放了我，放了冬兒、羅克敵他們，我會找到一個藉口解釋失蹤一個多月的原因，來搪塞悠悠世人之口。至於妳我之間這件事，我不會說出去。」

蕭綽含淚睇著他：「我憑什麼相信你？」

楊浩深深吸了一口氣，沉聲說道：「因為我不會傷害自己的女人、孩子，更不會利用他們！就算妳我今後形同陌路，我做人的原則也不會改變。」

蕭綽沉默了，他不只是宋國的使者，他還是党項七氏奉為共主的人，夏州李氏遭遇的困境她很清楚，所以她很了解楊浩的潛勢力有多大，如果說他能取代夏州李氏，成為西北王，成功的可能是很大的。

這樣一個人，這樣一個可以成為一方霸主，甚至可以稱王建國、做一國之君、建永載史冊之功業的人，卻冒生命之險到上京城來救他的髮妻，一個微不足道的民女。以他的權勢地位，什麼樣的女人得不到？可他還是來了，毫不遲疑地來了，他說的這句話，應該是可以信賴的。

可是，人心是會變的，這世上沒有人是一成不變，永遠保持相同的想法、相同的信念的，就像她……未嫁時還是個養在深閨、天真爛漫的女孩，可是當她被逼到這個位置，當她的一舉一動牽涉到無數人生死的時候，由不得她不去改變，難道她就喜歡殺人嗎？

「我……相信你說的是實話。」

蕭綽遲疑著說道：「可我更相信，人的想法是會隨著地位、環境的改變而改變的，我怎知道，十年、二十年之後，當你成為一方霸主的時候，當你擁有了龐大的力量，不進則退的時候，你會不會改變主意，以這個祕密要挾我和我……們的兒子，要我契丹帝國附庸於你？」

楊浩盯著她，良久良久，突然說道：「我還有一個更大的祕密，對誰都沒有講過。」

「嗯？」

楊浩一本正經地道：「其實……我是趙匡胤的兒子。」

「啊？」

楊浩很認真地道：「這話說起來就長了，那時候，官家還使一條蟠龍棍闖蕩江湖，在曲陽救了一個被強盜擄劫的少女……」

蕭綽動容道：「京娘？」

楊浩道：「不錯，原來妳也知道呀？話說官家當時義薄雲天，打退歹人之後，允諾要把京娘送回永濟，為了表白自己沒有私心，還與京娘義結兄妹。可是……孤男寡女……京娘如花似玉，官家器宇軒昂，路上到底一時衝動之下，有了男女之情，於是春風一度，珠胎暗結。

「可是官家那時正志在天下，哪會讓家室束縛了自己手腳？況且他在曲陽時，對那寺中上香的信徒與和尚們信誓旦旦說要送這妙齡少女還鄉，絕無半點私心雜念，如果這事傳開，他還如何在江湖上立足？所以，官家一咬牙、一狠心，就做了個負心人，在把京娘送回家鄉的第二天，就偷偷溜掉了。」

蕭綽的眼睛越睜越大，眸子裡閃爍著一串好奇的小星星，似乎連她自己正被楊浩逼得上天無路、入地無門都忘記了，楊浩忽然發現，原來八卦之魂深深埋藏在每一個女人的心中，就連蕭綽這樣的女中巾幗也不例外。

「京娘已經有孕在身，可她一個未嫁少女，藍田種玉，哪敢對人提起？只得匆匆找了個人嫁了，其實呢，這不過是瞞天過海之計，妳道我為什麼能成為大宋陞遷最快的官？因為官家知道我是他的親生兒子，所以想對我有所補償。」

「不對！」

蕭綽快要被他糊弄傻了，卻突然發現了一個不合情理的地方，急忙說道：「你既然是趙匡胤的兒子，那又為什麼瞞著他，暗中在西北積蓄力量，試圖取夏州而代之，自立為王？」

楊浩一臉沉痛地道：「這還用問嗎？以妳的聰明，難道想不到？」

蕭綽略一思索，恍然道：「我明白了，你……你才是趙匡胤的長子，可是你的身分就算趙匡胤承認，卻也沒有足夠的證據得到滿朝文武的信任，不能認祖歸宗，不能被立為太子，你心懷怨尤，所以……所以才想自己打下一片江山？」

楊浩很崇拜地看著她，由衷地說道：「妳真是太聰明了，我想不佩服妳都不成。事實上，我所圖的不只是西北，我是要以此為根本，奪回本應該屬於我的，中原的一切。」

蕭綽吃驚地道：「你……你要篡奪宋廷皇位？不對，有點不對勁，我怎麼總覺得怪怪的……」

蕭綽蹙起黛眉，苦苦思索半晌才回過味來：「我正在問你，如果將來你改變主意，用這個祕密脅迫我們母子該怎麼辦？你忽然扯到你是趙匡胤的兒子上去做什麼？」

順著這個疑問再一想，蕭綽忽然發覺他看似合情合理的身世之謎，似乎也漏洞重重了。

她忽然明白過來，惱怒地道：「你在胡扯！拋開你本霸州人氏不談，就說趙匡胤，趙匡胤闖蕩天下時，已然娶了妻室，還談什麼因為家室之累不想娶妻？納一房妾室很困難嗎？他能把京娘千里送回家鄉，再把她送去自己家中有什麼為難？如果兩情相悅，固然會因為當初的豪言壯語被人引為笑談，卻也絕對談不上什麼鄙視，他會放任自己喜歡的女子懷著他的骨肉嫁與旁人？，

「最為重要的是，你說他是偷偷溜走的？那麼二十年過去了，時過境遷，物是人非，能湮滅的都湮滅了，皇家子嗣是何等慎而重之的大事？就憑你片面之詞，他就相信你是他的兒子？就算你拿出令堂的信物來，事關江山社稷，這也是絕不可能的事情。

「如果他真的相信你是他的骨肉，哪怕僅在半信半疑之間，還會讓你幾番出生入死、冒著身陷絕境的危險來搏取功名？你還妄言什麼取而代之，奪回應屬於你的一切。如今宋廷皇權穩定，皇弟、皇子皆在，皆可立為皇儲，宋廷皇室不乏繼承，就算趙匡胤

自己在金殿上拍胸脯向群臣保證你是他的親生兒子，群臣為了皇帝的令譽和皇權的穩定，也一定會誓死拒絕一個私生皇子的出現，你憑什麼得到他們的認同，要奪回『屬於你的一切』？」

楊浩微笑道：「有道理，太有道理了，這件事用在妳的身上，是否一樣合適？」

蕭綽一怔，楊浩緩緩地道：「妳擔心時過境遷，我的心意改變，那就是至少相信我眼下的為人了？就算不信，如今妳的地位表面風光，其實還算不上絕對穩定，如果我說出這件機密，除了害得妳身敗名裂，如慶王一般的野心家猝然有了更有力的藉口反妳，對我又豈有半點好處？現在的我，於公於私，都沒有理由說出這個對我有害無利的藉口，不是嗎？

「至於將來，時過境遷，物是人非，能湮滅的都湮滅了，誰會憑我片面之詞，想起幾十年前一段祕辛中的蛛絲馬跡，便肯相信契丹皇帝與我有關連？縱有人言，那時皇帝繼位久矣，朝中皆是親信，子嗣亦不匱乏，娘娘的地位已穩如泰山，誰還敢非議？不為皇室利益，就為他們自己打算，文武百官也會誓死拒絕這個無聊傳言的影響，對嗎？」

蕭綽神情百變，久久不語。

楊浩扭動了一下身子，輕輕笑道：「現在，娘娘可以為我解開束縛了嗎？」

蕭綽立在他身畔，沉吟良久，幽幽說道：「我本以為，當我有了身孕的時候，就是你的最後死期，萬沒想到，被你將計就計，反是我作繭自縛，你贏了……」

她把牙關一咬，手中刀連連揮動，便將縛過他雙手雙腳的柔韌牛筋都削斷了，

楊浩活動了一下手腕、腳踝，睨了眼她珠淚盈盈的柔弱模樣，忽地猿臂輕伸，一把攬住了她的纖腰，把她拖到榻上，蕭綽一驚，可是手腕被他一按尺關，登時痠軟無力，刀子噹啷一聲掉在地上。

蕭綽吃驚地叫道：「你做什麼，難道還想脅持我？朕就算與你同歸於盡，也不會容得醜聞傳於天下，更不會再受你脅迫，答應你什麼條件。」

楊浩目中閃爍著危險的光芒，微笑說道：「公事已經談完了，不要對我一口一個『朕』的，成嗎？趙官家在皇宮裡面對家人時，也是自稱『我』的。娘娘，現在妳我之間，只是一個男人和一個女人的關係，放下妳的架子好不好？」

蕭綽更慌了，嬌軀都發起抖來：「你你你……你要做什麼？」

楊浩眯起眼睛，一隻大手順著她纖細的腰部曲線，漸漸滑向豐隆高翹、柔腴圓潤的臀部，嘴巴貼近她精緻的耳垂，低聲說道：「這些日子妳對我做了什麼，我現在就想對妳做些什麼。我楊浩還從不曾想過，身為一個男子，也有被人強暴的一天，這個場子若不找回來，我這一輩子都會有心理陰影的……」

蕭綽面紅耳赤地掙扎起來：「不可以，我不想再和你有半點關係……」

楊浩蠻橫地道：「可是我想，娘娘以女主臨朝，統率百萬虎狼，北國軍政悉決於手。能把這樣一位娘娘壓在身下，並不是每個男人都有這樣的機會的，是嗎？」

蕭綽憤怒地捶打起他來，可是楊浩的手突然有力得像是一對鐵鉗一樣，她如何掙脫得開？蕭綽突然軟了身子，紅著臉哀求起來：「不要，現在……現在是白天……」

「白天自有白天的情趣呀，莫非娘娘還要等到晚上？」

說著，楊浩手上一緊，已褪下了她的羅裙，輕薄而透明的貼身褻衣，完全遮擋不住她玲瓏剔透、妖嬈動人的胴體，反而更增無限的誘惑，雪白膩滑的肉體，修長渾圓的雙腿，都散發出旖旎香豔的誘人光采。

衣衫除去，鞋襪除去，楊上出現了一隻赤裸的白羊，當遮體的衣物盡皆除去時，蕭綽反抗的力量也被完全抽盡了，她蜷縮在床上，雙手抱在胸前，一雙白玉如霜、纖巧秀氣的天足瑟瑟地發抖。

楊浩的目光從她纖巧圓潤的足踝、筆挺滑膩的小腿、豐滿圓潤的大腿，一路向上延伸，甜香沁脾，掌下把玩著圓潤嬌嫩的臀，滑膩溫軟，如絲般柔滑。嬌軀豐若有餘，柔若無骨，指尖掌心盡是柔軟幼滑、綿綿軟軟的美妙觸感。

縱目所及，面前是堆玉砌雪似的一個玉人，粉光緻緻，毫無瑕疵。楊浩的目光漸漸熾熱起來，他除去自己的衣衫，在她那要害處輕輕一探，蕭綽的嬌軀就像中箭般地一震，孕後的婦人體溫更高、更易動情，那裡竟已是溼熱泥濘，花露潺潺。

「真的不要嗎？」

楊浩輕笑，滿心快意，多少日的屈辱鬱悶，在他重掌主動的這一刻終於可以發洩出來了，他壓住那光彩奪目、雪梨玉瓜一般的臀丘，猛地攻進她完全不設防的身體，在她耳邊低聲道：「男人和女人，就應該男在上，女在下，除非我允許，否則妳再不可以扳鞍上馬……」

未及幾合，蕭綽便在他身下嬌喘吁吁，她忽地想到了什麼，突地推搡反抗起來：「不行，不可以，我的孩子……我剛剛有了骨肉，不可以……」

「啊，我竟然忘了，這樣的話……那麼……只有委屈妳了？」

「什麼？」

蕭綽一呆，隨即就是一聲尖叫，優雅的頸子像天鵝般高高揚起，散亂的頭髮猛地甩向肩後，身子僵挺了片刻，然後便像一隻洩了氣的皮球，一下子癱軟下去，整個身子都酥了。

楊浩的下巴墊在她圓潤光滑的肩頭，揶揄道：「聽說越是養尊處優、高高在上的女人，越喜歡被虐的快感，是不是因為……自己平常總也得不到的，才是最好的？」

蕭綽已無力回答了，在楊浩的輕輕律動下，她鼻息咻咻，半睜半閉的嫵媚雙眸中滿是盈盈的水波，四肢攤開了，她放鬆了胴體，任由他恣意地出入著，隨著他每一次的進攻，發出一聲嘆息般的呻吟，她羞愧地感覺到，自己似乎真的如他所說，在這種近乎強暴的野蠻下，體驗到了一種異樣的、更加強烈的快感……

楊浩很快察覺到了她身體的反應，心頭不由暗暗鬆了一口氣。蕭綽絕不是一個用情欲和愛情就能征服的女人，哪怕她在床上對你再如何柔情萬千、依依若水，當她披上衣衫，戴上后冠的時候，都會馬上恢復一個統治者的理智，而不被個人情感所左右。

然而，一個多月的恩愛纏綿，已在她的心底留下了不可磨滅的痕跡，再加上這一刻強勢的反攻，從智計謀略，再到個人情感，從心理到生理，對她的雙重擊潰，將在她心裡留下深深的烙印，或許這不能左右她的意志，但那只是表面上的，深藏在她潛意識裡的感覺，將不知不覺地影響到她的決定。

楊浩知道，現在他才是真的安全了，而且……他的天地一下子變得更廣闊了，曾經遙不可及的一切，現在也不再那麼遙遠了。

「此番回到中原，就該是向趙官家攤牌的時候了，他是不可能容許我輕易地竊據西北的，難道我能告訴他，就算我不占有西北，那裡將來也會出現一個對宋國更具敵意和威脅的政權？我唯一的選擇，只有強勢地離開。而今有了與契丹合力對付慶王的盟約，必可牽制宋國可能對我的討伐。

「吃乾抹淨逃出契丹，馬不停蹄再逃出大宋，他奶奶的，得罪了當今天下一帝一后，兩個最強大國家的統治者，要是還能跑回西北去活蹦亂跳的，我也算是古今天下第一人了，男人活到這個分上，值了！」

感覺到胯下那嬌媚的身子漸漸已適應了野蠻客人初次的闖入，楊浩放下心思，全身心地投入到眼前的旖豔纏綿之中，如馳駿馬。不知怎麼地，他忽然想起一首已淡忘了許久許久的歌，那一次，是他從一個男孩變成一個男人的重大時刻，準確地說，那是他的初夜。

他的寢室，他的臥床，電腦裡播放著一首蒼涼豪邁的歌：「千秋霸業，百戰成功，邊聲四起唱〈大風〉。一馬奔騰，射鵰引弓，天地都在我心中。狂沙路萬里，關山月朦朧，寂寞高手，一時俱無蹤。真情誰與共，生死可相從，大事臨頭……向前衝……開心胸！」

三百九一　歸去

幽仄昏暗的地下巢穴四通八達，非常寬廣，信步行去，兵器、盔甲、氈帳、糧食、肉乾、珠玉不計其數。

楊浩環顧四周，打量半晌，方道：「這裡就是德王府的地下密室？出乎我的想像，簡直……簡直可以稱為一座地下宮殿了。」

「是的，這裡就是德王府的地下密室，德王一脈，一直就是有資格繼承大統的皇室後裔，朕也是看到這個龐大的洞穴，才知道原來德王早有野心，以這洞穴的規模來看，恐怕從他父祖輩起，就在蓄勢以待，如果這一次不是慶王謀反、你和朕的幾員心腹大將接踵失蹤，德王以為朕已岌岌可危，不得不託庇於他，恐怕他還不會這麼輕率地跳出來……」

蕭綽淡淡地解釋，聲音呆板，在空洞的巢穴中聽起來就像一個機器人的聲音，平和而沒有起伏，不帶半點感情。

「這處地下洞府，蓄積了許多甲仗糧秣、珠玉財帛，因為入口在假山中間，過於隱密，所以搜抄他的府邸時不曾發現，這兩日朕準備把這座王府賞賜給耶律休哥，派人來把府邸細細打掃一番，無意中才發現了這個祕密。」

「原來如此。」楊浩扭頭看了眼距他一丈開外，臉上蒙著面紗的蕭綽，忽然欺身過去，輕輕拉起了她柔軟的小手。

蕭綽嬌軀一顫，玉臂立即如蛇一般揚起，迅速纏上了楊浩的肩頭，纖腰一扭，同時腳便飛快地絆向楊浩身後。楊浩用了一招最普通也最有效的招術，他迅速向蕭綽靠近，大手一收她的纖腰，蕭綽立即雙腳離地，縱有天大的本事也使不出來了。

急促的呼吸拂動了她的面紗，蕭綽身軀僵硬，惶然道：「你做什麼？」

楊浩輕笑道：「這洞穴裡比較昏暗。」

「嗯？」

楊浩手上的力道輕輕放鬆，蕭綽貼著他的身子，雙腳緩緩滑回地面。

「我怕娘娘走路不小心會跌倒，還是我來牽著妳的手走吧。」楊浩大言不慚地說著，那本該去牽她小手的手，卻很自然地滑向她豐盈而極具質感的翹臀。

蕭綽就像一隻皮球，倏地彈開去，怒道：「你的手規矩一些，朕看得到路。」

「好吧，好吧，生什麼氣嘛？」楊浩無賴般笑吟吟地走過來，一把拉起她的小手，柔聲道：「我們再去看看牢房，來，讓我牽著『朕』的手，一起往前走……」

蕭綽從小到大，北國男兒見過不知多少，就是沒見過這種無賴痞子，她哭笑不得地任楊浩拉著手，但是身軀仍和他保持著一臂的距離，後背更是絕不肯朝向他，於是只得斜對著他，像個剛學會走路的孩子，由他拉著，姍姍前行。

向來強勢的蕭綽自然不甘如此受人擺布，她越想越是懊惱，那呆板的機械聲音不見了，她用森然、肅殺、決斷的口氣沉聲說道：「姓楊的，你不要以為……我們曾經……就可以對我如此無禮。從今以後，你我只是同盟，餘此再無其他。你若再敢冒犯我，休怪我翻臉無情。」

「當然不會，除非妳自己願意，其實我是一個謙謙君子，從來不願違背女人的意願，對她強行施暴的。」

蕭綽緊緊閉上了嘴巴，不想再跟這個無恥的傢伙再說一句話。

楊浩向甬道兩側打量著，好奇地問道：「這邊……就是派人照著天牢的樣子連夜打造的？太像了，幾乎一模一樣。」

「……」

「我終於相信帝王可以調動多麼龐大的力量了，換了旁人，這根本是不可想像的事，一夜之間，居然可以有此奇蹟，真是厲害。」

「那當然。」

蕭綽傲然道：「這根本就是朕令人拆了天牢的房間，在這裡重新建起的，自然一模一樣。」

楊浩放開手，走過去輕輕撫摸著欄杆和鐵鏈，說道：「這些拆裝牢房的匠人，想必……一個也不會活著的了？」

蕭綽重重地哼了一聲。

楊浩又道：「還有……妳準備派來這裡充作看守的人，自然也不能有活口了？」

蕭綽按捺不住地冷笑起來：「小女子心如蛇蠍，殺人不眨眼，你楊大人不是早就知道嗎？你既然如此悲天憫人，那不如自盡好了，你這個禍害一死，我保證再也不會有人因你而死。」

楊浩聽了，唯有苦笑不語。

蕭綽掙脫他的手，自顧向前行去，冷冷說道：「有朝一日，你的一舉一動、一言一行，事涉千萬生靈的時候，你也會像我一樣，當殺人時，毫不手軟。」

楊浩微微有些茫然：「或許……會吧，一個道德家，只能活在太平盛世，用那些堂皇的道理引人向善。亂世之中，哪怕是想要結束亂世的那些英雄，抑或是一國之中本該成為黎民百姓保護神的最高統治者，反而一定要雙手沾滿血腥，才算是履行了他的職責、完成了他的使命。」

目光凝視著蕭綽苗條的身影，楊浩又想：「她現在雖然像一隻豎起了滿身刺的刺猬蛸，可是這反而暴露了她內心的軟弱。以前的她，喜怒不形於色，怎會如此輕易動怒？以前的她，我行我素，高高在上，旁人只有仰視她的分，她何須在乎旁人的眼光，如今的她為什麼要為自己的冷血手段做出解釋？是因為我？她不希望我把她看成一個冷血無情的女人？」

楊浩嘴角逸出一絲苦笑：「如果我真的有本事把她從一個冷血無情的統治者變成一個柔情綽態、心地善良的少婦，那對她來說，這是福還是禍呢？根本不需要多想，那她唯一的下場，就是被簇擁在她身邊的野心家吞噬，吃得連碴都不剩。這是她的無奈，所以她必須讓自己變得兇狠。當有一天，我真的掌握了巨大權力的時候，真的也會像她一樣嗎？」

楊浩喟然一嘆，跟了上去。剛剛行至蕭綽身後，蕭綽就像一隻中了箭的兔子，倏地一下彈了起來，跳出去有八尺遠：「離我遠一點！」

＊　　＊　　＊

上京城裡又傳出了一個驚天動地的消息，事隔一個多月，本來人人都以為早已死去的宋國使節楊浩，還有尚官羅冬兒、宮衛軍都指揮羅克敵等人居然沒有死，據說他們都中了耶律楚狂的暗算，被他囚押在王府密室中。

耶律楚狂也是宮衛軍的一員都指揮使，要對同僚暗下毒手自然容易。而楊浩則是適逢其會，不幸看到了他行兇的場面，所以做了那條倒楣的池魚。

民間種種版本傳得離奇萬分，其中比較主流的說法是：耶律楚狂把皇后的幾名親信以及恰巧撞見他行兇的楊浩盡皆囚禁在王府密室中，隨即軟禁了皇上、皇后，藉口有人對皇上不利，開始大肆屠殺宗室權貴。

結果他還沒有來得及處死這幾個要犯，就被睿智英明的蕭皇后祕調大將軍耶律休哥飛騎入京，趁其不備，把他一刀兩斷。狂風暴雨般的猛烈反擊，澈底打亂了德王父子的部署，德王父子迅速伏法，於是這些被囚禁在密室中的人便澈底斷絕了與外界的聯繫。

看守在密室裡的王府侍衛們把他們當成了人質，以防萬一之用，在這一個多月裡，一直封閉著洞口，潛藏在下面，伺機等待外面風平浪靜之後殺死人質，裹挾財寶逃走。結果密室入口無意之中被準備喬遷進來的耶律休哥大將軍發現，於是耶律大將軍奮起神威，率人屠盡守衛，把他們救出了生天。

這是一個很離奇的故事，卻也不無可能。更加教人感到浪漫的是，在獄中，宋使楊浩與羅尚官相互依扶，同生共死，漸漸萌生了真摯的感情，他們相愛了。而羅克敵、童羽、王鐵牛三人與他做為獄友，又都是漢人，在這段日子裡也結成了生死之交，情同兄弟。皇后娘娘深為他們感天動地的愛情和友情所感動，應他們所請，決心玉成其事，讓他們一起回到故鄉……

羅克敵聽到的版本是：前半部分大致相同，至於後面……楊浩很詭祕地告訴他，其實那只是用來向民眾交代的一個故事，真實情況是，被救之後，他和蕭后進行交涉談判，用一個大祕密，換取了他們的自由。至於這個大祕密到底是什麼，等回到中原之後，一定找個適當的機會告訴他，於是羅大鬍子仍然一切被蒙在鼓中，被這個「大祕密」折磨得飯也吃不香，覺也睡不著……

童羽、王鐵牛聽到的版本與羅克敵大致相同，不同之處是，楊浩把用來和蕭后交涉得以在獲救之後釋放他們歸去的「大祕密」告訴了他們，童羽、王鐵牛聽了歡喜若狂，他們摩拳擦掌地憧憬著和大哥同返西北，創一世功業。

冬兒聽說的故事與他們皆有不同，她聽到的是最接近事實的傳說：皇后的眼線發現了他們的祕密，把他們紛紛逮捕，德王父子以為有人對皇后不利，利用這個機會篡奪權力，大肆屠殺權貴，蕭后祕調耶律休哥進京，剷除奸佞。

然後……他被迫說出自己在西北的祕密，藉此與蕭后建立了同盟，聯手對付他們共同的敵人：占據銀州的慶王。於是，他們被釋放了，為了遮人耳目，才編造出這麼一個瀰天大謊，應付世人……

好了，一切圓滿。

一屁三謊的楊浩把所有人的疑問都解決了，揣著只有他和蕭綽才知道的真正祕密，趴進了禮賓院。

是的，他是趴著進去的。

因為發現了密室，於是衝進去大展神威，如切瓜劈菜一般屠盡所有守衛的耶律休哥大將軍似乎殺得起興，在殺盡所有守衛之後，他破開牢門，衝進了楊浩的牢房，在唯一的旁觀者——一個穿紅襖、繫藍帶、面蒙黑紗、身姿窈窕的女兵注視下，與楊浩展開了一場大戰。

耶律休哥一雙鐵拳勢大力沉，招式大開大闔，縱橫八方，以他的武功在戰場上乃是以一當百、所向披靡的英雄豪傑，可是說到小巧騰挪、近身纏鬥的功夫，未必就能打敗楊浩，而楊浩想要擊倒他，卻也絕不是一件容易的事。

耶律休哥一世英雄，他喜歡冬兒，卻還不至於把女人看得比功業更高，為了契丹的未來、為了他的前程，他接受了蕭后的勸說，和楊浩聯盟，共同抗擊慶王所部，並且形成對宋國的有力牽制，釋放他們歸去，但是一腔鬱恨，他卻一定要發洩出來，於是他提出與楊浩一戰，這是他盼了兩年多的機會，他早就想著要與奪取了冬兒芳心的情敵一較高下，洗雪恥辱了。

蕭綽答應了，於是便有了獄中這古怪的一戰。

兩個人各展所長，打得手軟腳軟，筋疲力盡。這時候，那個「蒙面女兵」就像拳擊賽場上穿熱褲短衣的舉牌女郎一樣，娉娉婷婷、風情萬種地甩開一雙長腿走過來，請兩人稍作歇息，於是兩個情敵便各自占據了牢房一角，瞪著眼睛，喘得像牛一樣，死死地瞪著對方。

蕭綽不知從哪兒像變藏術似地變出兩壺茶來，一壺提到耶律休哥面前就放下了，而另一壺提到楊浩身邊，卻親手為他斟滿了一杯。這就看出她對兩人誰遠誰近來了，楊浩見她雖外表冷漠，而且總是與自己保持著一定距離，可是關鍵時刻，還是表露出了對自己的關心，強暴也有這樣的效果，楊浩的男性虛榮心頓時無限膨脹起來。

蕭綽將一杯涼茶捧到他的面前，微微低下頭，輕聲說道：「他身高力大，不要力敵，多多纏鬥，耗他體力。」

楊浩抿著嘴微微一笑，對她的點撥輕輕頷首致謝，然後很有風度地把茶一飲而盡，躊躇滿志地站了起來：「連你的女主子都是心向我的，我還打不倒你這個打我冬兒主意的野蠻人？」

再度交手，耶律休哥漸漸發現楊浩擅長的似乎是兵器，拳腳之中還時常會下意識地捏出劍指來，而拳腳功夫並不精湛，可是他的摔跤之技卻是自幼練就，數百個跤法變化爛熟於心，如果放棄大開大闔的猛攻，用跤法近身纏鬥的話，楊浩根本不是他的對手。

這一來，楊浩左支右絀，便漸漸落了下風。緊跟著，楊浩又發現自己的身子開始變得軟弱無力，手也軟，腳也軟，與他在天牢中為了貞操拚命抗爭，結果被人灌下的藥酒效果大體相仿。

楊浩又驚又怒：上當了！蕭綽在水裡下了毒！他娘的，我怎麼會相信這個心狠手辣的女人，太卑鄙了，太無恥了，太……楊浩在耶律休哥一雙鐵拳下，就像一個人肉沙袋，被打得飛來飛去。

當他趴在地上，再也站不起來的時候，耶律休哥沉重地喘息著，戟指向他道：「我對冬兒情真意切，可她……從不曾對我動心。今天，哪怕你死在我的面前，你還是贏的，我敗了，敗了我就承認。情場上，我敗了，如果有朝一日，你我能在戰場上相逢，我必勝你！」

耶律休哥說罷，揚長而去，鼻青臉腫的楊浩抬起頭來，就見那個蒙面女兵腳步從容，甚至都沒有回頭看他一眼，便若無其事地走了出去。楊浩像一隻蛤蟆似地趴在地上，悲觀中對自己的男性魅力產生了嚴重懷疑……

「娘娘根本不需要幫我，他的體力及不得我，再打下去，他必敗無疑！」

離開牢房，耶律休哥便悻悻地止步道。

蕭綽輕嘆一聲：「休哥將軍，你是朕的左膀右臂，朕現在可以依靠的人不多了，可不想你有什麼閃失。」

耶律休哥傲然道：「就憑他？如果再打下去，我一定能將他堂堂正正地擊敗，折斷他的手腳，好生折辱他一番。」

蕭綽輕聲道：「朕下藥，只是不希望出現萬一，他無力還手，將軍豈不正好可以拿他出氣嗎？」

「娘娘體貼之意，休哥自然明白，可是他既中了娘娘的藥，耶律休哥堂堂男兒，豈能再對他下手？如今已是勝之不武了，這一遭……便宜了他！」

耶律休哥憤憤不平地說著，大步走了出去。

楊浩一行人終於要離開契丹了，墨水痕墨舍人陪同護送，因為這位宋國使者在契丹吃了很多「苦頭」，走的時候還是趴在車子上的，蕭后覺得契丹對他「虧欠」良多，所以擺儀仗，親自把他送出了南城。

楊浩其實傷勢並沒有那麼重，卻讓人攙扶著下了車轎，腳不沾地，一副淒慘無比的模樣。他望了一眼那頂鳳轎，想起蕭綽在茶中下毒害他，心中不無怨尤，可是此時此刻，兩人已是契丹之主與宋國使臣之間的關係，他不能不作表示，只得高聲說道：「今外臣歸國，承蒙皇后娘娘遠送，楊浩感激之至，外臣楊浩，恭送娘娘鳳駕還宮，這便……啟程了。」

鑾駕中，蕭綽以清冷平淡的聲音道：「楊使者不必客氣，朕著通事舍人墨水痕，親送楊使者至邊境，請楊使者向貴國皇帝陛下代朕傳達問候之意，願貴我兩國，永為友好睦鄰之邦。」

少頃，有人高呼道：「娘娘回宮。」

鳳駕回轉，向來路走去，鑾轎垂幔輕輕掀開一角，望著南向的車隊，珠淚盈於長睫……

三百九二　未雨綢繆

「官人，可惜大頭沒有跟著一起回來。唉……」

冬兒悵然一嘆，說道：「那時萬箭穿空，如同烏雲蓋頂，大頭只是一個坊間少年，平素的好勇鬥狠只是潑皮無賴間的爭鬥，哪裡見過這樣的沙場慘烈？驚駭之下，本能地逃走，我從未怪他，可他終究還是解不開這個心結……」

「不全是因為這個。」

楊浩輕輕拍了拍她的手，柔聲安慰道：「他如今留下，更主要的原因是因為那裡有他放不下的人：他的妻子、他的兒子。大頭本來是個孤兒，無父無母、無親無故，如今他有一個疼他的妻子，有一個可愛的兒子，還有一個職位雖不高、油水卻不少的官可做，只要他過得舒坦快活就成了，我們以為快樂的生活，未必是他的快樂，何必要他按照我們給他畫定的人生道路去走呢？」

「嗯……」

羅冬兒咀嚼著楊浩說的話，若有所悟，過了半晌，又有些遲疑地道：「娘娘……素來是個眼中不揉一粒沙子的人，她不會怪罪大頭為你向牢外傳遞消息與玉落聯絡吧？以娘娘的性情，我擔心……」

「她嘛……妳放心……她夠聰明的話就絕對不會……」

楊浩目光閃動，笑容有些難以捉摸，冬兒見了，總覺得這種陌生的笑意有點古怪，剛要開口詢問，楊浩已道：「汴梁城馬上就要到了，我想羅家的人一定會迎出城來的，羅老頭是個人精，一會兒注意些，可別讓他看出我的馬腳。」

羅冬兒嗔道：「什麼人精啊？他可是奴家的親伯父。」

她俏巧地白了楊浩一眼，又道：「再說，伯父哪怕再思念他，也沒有迎出城來的道理，他得待在府中等著兒子去拜見他，這叫父親大人的派頭……」

楊浩聽了，在她鼻頭上刮了一下，取笑道：「我的小冬兒在契丹這兩年，不止長了見識，也長了膽識呢。要是換作從前，就算明知我說得荒唐，妳也不會當面反駁，拂我這個夫君大人的面子呢。」

羅冬兒垂下頭，羞答答地道：「現在人家也不敢拂逆夫君大人之意呀，這不是因為……轎中沒有旁人嘛……」

楊浩咳嗽一聲，一本正經地道：「其實在某些事上，為夫還是希望妳能主動一點、大膽一點、奔放一點、熱情一點的。」

羅冬兒臉蛋有些發燙，有點不好意思地扭過身去，吃吃地道：「什……什麼事呀？」

楊浩環住她的纖腰，一隻毛毛躁躁的大手輕輕撫上了她胸前的玉兔，帶著笑音說道：「當然是說為夫君出謀劃策，笑傲西北的事。」

「啊？」羅冬兒一呆，突地面紅耳赤，顯然是為自己歪了心思而感到羞窘。

楊浩道：「說起來，羅家是妳在這世上的唯一一支親眷了，我囑咐妳暫且不要與羅家公開相認，克敵兄很機警，雖然他猜不出我的真正意圖，卻知道一定事關重大，而妳自然明白我的真正意思，等我們回到西北，恐怕很難不與宋廷交惡，冬兒，妳捨得嗎？」

冬兒慢慢轉過身來，輕輕握住楊浩的手，低聲道：「嫁乞隨乞，嫁叟隨叟。這一世既然要你做了我的官人，自然是你住哪裡去，奴家便往哪裡去。」

楊浩感動地握住她的手，四目相望，情意綿長……

忽然，就聽外邊羅克敵喜悅地高喝一聲：「是他們，我二哥、三哥來了！」

楊浩目光一閃，向冬兒打個手勢，冬兒便會意地上前扶起他，於是……楊左使便一瘸一拐地走出了車轎。

是的，楊浩瘸了。

據說在德王府的地下密室裡，楊浩受到了慘無人道的酷刑虐待，這一次他們被解救出來時，楊浩是被人從密室中抬出來的，就可做為最有力的佐證。因為拖延太久，救治太晚，所以……當一路趕回宋國，傷腿養好的時候，他發現……自己的腿瘸了。

羅克捷、羅克勤兩兄弟出現在這裡，已是迎出了三十里路，事實上朝廷還有接迎的使者，就在汴梁城北的瓦坡集。瓦坡集距開封城十里，正合十里長亭的迎送之禮。

羅克敵兄弟相見，激動萬分，本以為生離死別、再無相見之期的兩個兄長，與羅克敵忘情地擁抱在一起，好一番唏噓之後，這才上前與楊浩相見，驚見楊浩竟然變成了瘸子，羅克捷兩兄弟大為驚訝，待問明經過，忍不住又是一番寬慰勸說。

隨即四人共乘一輛馬車，在車中坐定之後，羅克捷便道：「官家聽說楊兄與四弟盡皆活著，大為欣喜，只是不巧得很，今日正是皇長子德昭統兵西征漢國的吉日良辰，官家率文武百官盡去西城相送了，所以未曾大擺儀仗歡迎你們。官家會在金殿上等候你們，此番歸來，朝廷少不了要為你們加官晉爵的。」

楊浩嘆息道：「克敵兄年輕有為，若能得到官家賞識重用，那自然是朝廷社稷之福，至於楊某嘛……楊某如今已是一個殘廢，朝堂莊嚴之地，豈能容得殘缺之人站班持政？楊浩如今只想解甲歸田，過幾天閒逸日子，也不指望什麼前程了。」

羅克捷三兄弟情知他說的是實話，卻又不知該如何勸慰，轎中氣氛不免壓抑下來，靜默片刻，楊浩方展顏一笑，岔開話題道：「官家今日派皇長子出兵討伐漢國去了嗎？不知都是哪些將軍隨行？」

羅克捷鬆了一口氣，忙道：「是啊，自從張同舟將軍送回契丹國書，朝廷得到了契丹的承諾，便立即籌措伐漢之事，今日是出兵的黃道吉日，早已定好了的時辰，想不到大人恰於今日歸來。至於朝中派遣了哪些將領，三弟，你在衙門裡做事，應該知道的更詳細，你來說說。」

羅克勤道：「此番北伐，官家以侍衛馬軍都指揮使党進為河東道行營馬步軍督部署；剛剛趕回朝廷不久的潘美為都監；虎捷右廂都指揮使楊光義為都虞候，驍將郭進為河東忻、代等州行營馬步軍都監，分兵五路，會攻漢國。

「第一路，呼延贊、郝崇信、王政忠率兵攻汾州；第二路：閻彥進、齊超率軍攻沁州；第三路：孫晏宣、安守忠率軍攻遼州；第四路：齊延琛、穆彥璋率部攻石州；第五路：郭進率軍攻代州。皇長子德昭，與党進、潘美、楊光義直取漢國都城。」

楊浩聽了這樣的陣仗，不由暗抽一口冷氣。這一次，北國漢絕無生理了。

如今的漢國，國力衰微得已不堪一擊了，他們唯一的強援契丹又與他們絕交，放棄武力援助，在這種情況下何需党進、潘美、楊光義這樣的百戰驍將出馬？就憑方才所列五路戰將，加上他們所統率的禁軍精銳，打一個本來就如風中殘燭一般的漢國，就已經是大材小用了。何況還有党進、潘美這樣擅攻的名將？

楊浩還注意到，這一次趙匡胤派出的人馬，沒有一個是伐唐之戰中的將領，是伐唐之戰中的將領只擅水戰嗎？絕對不是，伐唐之戰中只有在強渡長江、攻破各路水師時主要啟用水師，進入唐國境內後，進攻的主力仍舊是禁軍馬步軍將士。

而趙匡胤把這些兵將一個不用，全部起用新的將帥，又對一個根本不堪一擊的漢國擺出了這麼華麗的陣容，分明是勢在必得，一定要贏得比平唐國時更快、更漂亮，同時讓一群完全不曾涉及伐唐之戰的將領們，隨皇長子德昭一起去征戰沙場，建立軍功，其目的已是昭然若揭了。

趙光義呢？趙光義甘心接受這樣的失敗嗎？

趙匡胤此舉，無疑是把那些被他排除在外的將領們往趙光義身邊又推了一把，但是他當然不在乎，整個宋國的軍政大權盡皆操在他的手中，只要他還在，就沒有人敢拂逆他的意旨，他有的是時間與自己的二弟過招，扶保自己的兒子穩穩當當地登上皇儲之位。

他這個皇帝至少還能當個一、二十年，這一、二十年的時間，自然會有無數的文臣武將圍繞名正言順的皇儲形成一股政治勢力，天下的臣民心中也會立下皇儲是國家正統的信念，未來的皇權交替，一定是太太平平的，根本不存在競爭與內鬥的問題。

唯一的問題是，全天下人都相信儘管眼熱於那個屬於皇帝的至尊寶座，但是同樣手足情深的晉王，絕不會對他大哥下毒手，也絕不敢對他大哥下毒手，就連皇帝自己都這麼認為，而楊浩卻知道，他敢，他一定敢。

此番出使契丹，自打踏進契丹國境，便是一路刀光劍影，殺氣沖天，如今好不容易離開了契丹回到汴梁，楊浩忽然覺得如今的宋國未必就比契丹安全，朝中暗流湧動，比契丹的局勢更加凶險。

＊　　＊　　＊

楊浩趕到午門時，趙匡胤與文武百官已經回到了金殿，一俟得知他們趕到的消息，馬上令楊浩與羅克敵上殿面君。

趙匡胤欣聞兩年前就被確認死亡的禁軍將領羅克敵活生生地返回宋國，不禁龍顏大悅，將他宣上殿來，好生安慰一番，立即晉陞他為步軍都指揮使。羅克敵道謝稱恩，回到武臣班中站定，含淚望向文臣班中的老父，直至此時，父子二人才得見一面。

馬步軍都指揮使党進和馬軍都指揮使呼延贊都出征漢國了，羅克敵甫一回來，立即便被委任為禁衛皇城的一支重要武裝力量的將領，這是怎樣的信任？

楊浩看在眼中，不禁大為感慨，誰敢說今人定比古人強？以這樣的胸襟氣度對待一個歸來的戰俘，要愧煞多少自以為文明的後人？

「楊卿。」

因為羅克敵自兩年前已傳出死訊，是以此番歸來，官家便第一個召見，待安置了他，趙匡胤便欣欣然地又喚起了楊浩。楊浩早已在殿門處候詔了，一聽傳呼，立即舉步向前，拖著一條病腿，一步、一步，看得趙匡胤兩眼發直。

趙匡胤指著楊浩，吃驚地道：「楊卿，這……這這……你的腿……怎麼了？」

楊浩一臉悲戚地道：「陛下，臣奉皇命，出使契丹。適逢德王耶律三明謀反，謀害禁衛將領，為臣所見。為防消息洩漏，耶律三明將臣囚禁於密室之中，為探我宋國機密，每日毒打拷問，致使臣腿上受傷，因無藥石及時施救，結果……這條腿……再也無法復原了。」

趙匡胤聽了不禁動容道：「愛卿為國效力，勞苦功高，竟爾受此迫害，真是委屈了你。」

楊浩拜倒在地，黯然道：「臣食朝廷俸祿，自當為朝廷盡忠，區區一條腿，又算得了什麼委屈？想當初，臣本一介布衣，躬耕於霸州，苟全性命於西北，不求聞達於朝廷。官家不以草民卑鄙，猥自枉屈，屢屢委臣以重任，由是感激，遂許官家以驅馳……」

趙匡胤聽他又抄起了〈出師表〉，牙都要倒了，要不是看他神情悲戚、聲音切懇，難免又要失笑。

楊浩全未發覺滿朝文武憋笑的神情，猶自情深意切地道：「臣自入仕以來，受陛下賞識重用，屢屢委以重任，心中感激不盡，漫說只是一條腿，就算是為朝廷鞠躬盡瘁，粉身碎骨，亦無所憾。如今臣已是殘缺之身，難立廟堂之上，乞官家開恩，允臣辭官，終老田園。」

楊浩這麼說，滿朝文武沒有人覺得奇怪。在那個時代，選官的標準向來是以「身、言、書、判」為首要條件的。所謂身，即形體，需要五官端正，儀表堂堂，否則難立官威。所謂言，即口齒清楚，語言明晰，否則有礙治事。所謂書，即字要寫得工整漂亮，利於上官看他的書面報告。所謂判，即思維敏捷，審判明斷，不然便會誤事害人。

在這四條標準之中，「身」居首位，是最重要的。因為觀瞻所繫，不能不特別強調。如果有兩個進士，文才第一的那個相貌不及第二的，那麼他落選狀元被人頂替，是很正常的一件事，由此可見形體之重要。

楊浩已經殘廢了，朝廷怎麼可能讓這樣一個官一瘸一拐地上堂署政、上殿面君，或者公出辦差，那不是有失朝廷體統嗎？

楊浩剛剛回朝，便主動提出辭職，許多官員都在心中讚他識大體、夠精明，他這官自己不辭，過些時日恐怕也要受到御史彈劾，趁著這個機會主動提出來，必然能撈到更多好處。

趙匡胤果然意動，暗想：「他身已殘疾，這官的確是不好再做。而且，他是南衙的人，如今朕既已著手打壓二弟的氣焰，若是藉此解除他的官職，倒也一舉兩得，他如今是什麼官職爵位來著？唔……開國伯、上輕車都尉，他的死訊傳來後，朝廷還未及評議出新的獎賞，不如就此再提一級，封他為上將軍，讓他體體面面地致仕罷了。」

趙匡胤剛要開口，一轉眼看到晉王默立班中，眼觀鼻、鼻觀心，一副萬物不為所動的模樣，忽然又有些不忍：「二弟會不會被我壓迫的太狠了些？」

趙匡胤暗暗嘆了一口氣，轉向楊浩，和顏悅色地道：「愛卿素懷大志，怎麼能因為一處腿疾便心灰意冷呢？卿自任鴻臚寺少卿以來，克盡職守，所司職事做得有聲有色。如今鴻臚寺卿因年邁已然辭官，九卿懸缺一人，朕此時怎麼能離得了楊卿呢？你便先做這鴻臚寺卿……」

楊浩一聽真有點氣極敗壞了：「我都瘸了還不放我走？真要逼得老子逃出汴梁城嗎？」

他忍著氣，做出一副感動莫名的模樣道：「陛下，萬萬不可，非是臣不肯受命，實是臣的身體……如今已然殘缺，有礙觀瞻，行止毫無官威，如果由臣來擔任九卿的高位，豈不令天下人恥笑我宋國無人嗎？陛下……」

趙匡胤輕咳一聲，說道：「先這樣吧，愛卿暫任鴻臚寺卿，同時延醫問藥，醫治傷腿，如果當真不見起色嘛，是否致仕還鄉，再做計議便是。就這樣吧，退朝！」

* * *

楊浩愁眉深鎖地坐在車內，冬兒、玉落、小六和鐵牛已經先行趕去他在此地的府邸了，楊浩一個人坐在車中，苦苦思索著自己的出路。

他曾經彷徨未定，但是如今卻已下定決心，重返西北。男兒在世，誰不想立一番功業，既有這個名垂青史的機會，他也要闖一闖。如今他雖還未回西北，可是財力上有繼嗣堂的鼎力支持、武力上有著自己的祕密武裝和党項七氏的擁戴服從，外交上又與契丹達到盟約，吐蕃、回紇諸部中，他的聲望也在日漸壯大。

如今萬事俱備，當他重返西北時，便是挾一天風雷，立成一方霸主。曾經遙不可及的東西，如今已是唾手可得。更何況，如果他毫不作為，任由西北自行發展下去，那麼西北就會照舊出現一個強大政權，在宋與契丹休兵罷戰的百餘年中，與宋國一直對立爭鬥，他相信自己能做得更好。

好在趙官家沒有把話說死，那就不妨再拖些時日，找幾個「神醫」好好診治一下，確認了自己難以痊癒之後再辭官離去，太太平平地返回西北，等到西北大局已定，朝廷縱然知道他使的是金蟬脫殼之計，那時也只能佯作不知了。

他正思忖著，忽聽窗外傳來一陣咆哮聲，街坊市井間行人吵架本算不得什麼事，可是那人脫口一句「李重光」，卻一下子吸引了他的心神。

楊浩急忙一踢車板，馬車停下，穆羽掀開轎簾，探頭進來，楊浩向他擺著手，輕輕掀開窗簾，向側方看去。只見自己的車子正經過一座府邸，門面倒是光鮮堂皇，門楣上懸著一塊匾，上寫兩個大字「李府」。

門廊下站著一群人，中間兩個正在拉拉扯扯。楊浩定睛一瞧，兩個人都有點面熟，其中一個是個中年文官，一襲官袍，三綹長髯，面如冠玉，一副斯文好相貌。另一個卻是個少年，身材不高，眉清目秀，儒雅中透著些怯懦，他被那中年文官揪住了衣領，卻又不敢推開，雙眼已掛上了淚花。

仔細想了一想，再聯繫起方才所聽見的「李重光」三字，楊浩輕輕啊了一聲，忽地想起了他們的身分。這兩人他都見過，一個是唐國的大臣，依稀記得是極受李煜寵信的，國宴時，每次都少不了他，那時候楊浩已有心假死遁身，整日做出一副目高於頂的囂張模樣，也不曾細細打量過唐國群臣，因為這位大臣時常上前向李煜進酒，言詞阿諛得有些肉麻，楊浩對他才有些印象。至於那個少年，卻是李煜之子，唐國太子李仲寓，楊浩也曾經在唐宮見過的。

那個文官扯著李仲寓的衣領冷笑道：「大將軍，本官看在與令尊同殿稱臣的分上，這才把錢借了來，可也得有借有還吶，說好了半個月就連本帶息還給本官，如今可都拖了五天了，請大將軍問問侯爺，這錢什麼時候才能還上？」

李仲寓歸宋之後，被宋國封為了牛千衛上將軍，是以如此相稱，這位上將軍打躬作揖地道：「張大人，請再寬限些時日，一俟朝廷發了下個月的俸祿，一定……一定馬上償還。」

「下個月？」張大人怪叫一聲：「這一拖又拖過去一個月了？你瞧瞧，你瞧瞧，沒錢？沒錢擺什麼譜啊？雇來這麼多的下人，他還當他是皇上吶？不是我張洎欺人太甚，我的手頭可也拮据得很，別的你甭跟我說，還錢、馬上還錢，要不然，我把你們告上開封府。」

李仲寓聽了雙淚長流，哀聲乞求道：「張大人，請您再寬限些時日，若是告上開封府，家父顏面何存啊？」

「顏面？」張洎冷笑：「他的顏面早就蕩然無存了，如今落得這步田地，他還好面子呢？」

楊浩聽他自稱，這才想起他的名字。原來這人本是唐國的中書舍人，清輝殿大學士，博學多才，精通典冊，素被李煜倚重，視他如友重過為臣，唐國詔書多由此人草擬。

唐國重臣被押至宋國後，趙匡胤曾在殿上責問他為李煜草擬詔書，痛罵自己的罪過，張洎見對唐廷忠心耿耿的徐鉉，趙官家都愛其才華骨氣，委以高官，便揣摩出了趙匡胤的性情，知道此人喜歡寧折不彎、忠心耿耿的臣子，於是毫無懼色，昂然答對：「兩國交兵，惡語相向又算得了什麼？陛下拿到的證據不過這麼一點，臣寫過的檄文詔書還多著呢！犬吠為其主，臣無可辯駁，陛下要殺就殺。」

趙匡胤本有殺他之意，一見此人鐵骨錚錚，氣節凜然，不禁對他刮目相看，讚道：「張洎有膽，不可加罪，似此等人，若能事朕，今後當不改其忠。」於是封他為太子允中。

楊浩見他向舊主索債如此嘴臉，心中深為不齒，這時就聽門內一個女子聲音淒淒喚道：「仲寓，你進來一下。」

李仲寓如見救星，忙乞求道：「大人請放手，母親在……在喚我。」

張洎猶豫了一下，冷哼一聲道：「去吧，今日若不還錢，我是不會走的。」

「小周后？」楊浩抬頭向門頭望去，只見門後一角羅衫，卻不見她的人。李仲寓進去片刻，捧著一個黃澄澄的盆子走了出來，訕訕地道：「張大人，如今府上實在沒有現錢，這……這是家父日常洗漱時用的臉盆……」

張洎勃然大怒：「什麼？你拿一個銅盆便打發了我，你當我張洎是叫化子嗎？」

李仲寓急忙辯解道：「不是……不是銅的，這是……金的……」

「金的？」張洎轉嗔為喜，一把搶過來試了試分量，考慮到自己的身分，終究沒有湊上去再舔一舔它的味道，他收起臉盆，乜了李仲寓一眼道：「令尊借了我五百貫錢，這個臉盆，就當是本金了，利息嘛，等你們下個月發了俸祿，本官再來取。」

楊浩一聽勃然大怒，立即叫道：「小羽，扶我下去。」

張洎認得他，因為方才在朝堂上見過，散了朝會之後，張洎就跑到李煜府上討債來了，行色匆匆，居然比楊浩跑得還快。

一見楊浩一手拄著杖，一手被人攙著，怒氣沖沖地走了上來，張泊嚇了一跳，驚訝道：「啊，楊大人，你這是……這是……」

「我是你大爺！」楊浩一把搶過他手中金臉盆，「砰」的一聲砸在他的頭上，把官帽都砸掉了，張泊眼前金星亂冒，不禁又驚又怒，喝道：「楊大人，你這是做什麼？毆打朝廷命官，該當何罪？本官……本官要向官家告你！」

楊浩搶起臉盆，「砰」地一下又拍在了他的臉上，金質偏軟，這一臉盆拍下去，臉盆上登時現出一個面具形狀，張泊哇呀一聲仰面便倒，鼻血長流地道：「你瘋了不成？本官哪裡得罪了你？」

楊浩提起拐仗就打，連打連罵：「不給你掛點彩，你在官家面前怎麼告我？你這個不仁不義、訛詐舊主的東西，枉披一張人皮。打你？打你算什麼？你不曉得老子在東京城號稱官場愣頭青嗎？打的就是你這隻反咬舊主的狗！」

張泊狼狽不堪地爬起來，順手拾起自己折了帽翅的官帽，一溜煙兒地逃開了去，大叫道：「瘋子，你簡直就是一個瘋子。」

小周后聽到門外動靜，悄悄探出頭來，見到楊浩粗野蠻橫地叫罵毆打張泊，本來她是最為厭憎這種粗俗不堪的野蠻人，這時不知怎地，卻有一種不同的感受：「是啊，他是一個粗鄙不文的漢子，而自己的夫君卻是字字珠璣的文曲下凡，可是那又怎樣呢？錦繡文章、風花雪月，換不來家人的安全和尊嚴，讓人欺辱一至於斯，昔日帝王落得這般下場，今後的日子可怎麼過啊……」

小周后越想越是心酸，不禁黯然淚下，她不想被下人看到，急忙以袖掩面，急急奔了進去。

楊浩打跑了張洎，整理了一下帽子，伸了伸自己的腰帶，扮出一副斯文人的模樣，一瘸一拐地到了李仲寓身邊，笑吟吟地道：「上將軍請了，這是怎麼回事呀？小羽，你們幾個，把人轟散了，看什麼熱鬧！」

四下百姓被驅散一空，李仲寓也認出了他，當初在唐國時，這個嘴臉最惹人憎厭的傢伙，此刻看在眼中真是可親得很，李仲寓不禁含淚道：「多謝大人仗義援手，仲寓感激莫名。」

楊浩擺手笑道：「區區小事，何足掛齒。對了，侯爺怎麼會欠了這個狗仗人勢的東西錢？赴汴京之前，本官不是護送你們從宮中揀選的財物足足有七、八十車嗎？難道都被人扣下了不成？」

李仲寓垂頭喪氣地道：「這個……倒沒有，承蒙大人護送，曹彬將軍一路照應，倒是沒人敢打我們財物的主意。只是……那財物中許多都是文房四寶、書畫典籍，是家父的心愛之物。而且，家父的開銷太大，朝廷賜下的這幢宅院，家父重新裝飾了一番，又僱請了大批的奴僕，每日的飲宴、日常的開銷，再加上……」

他四下看看，壓低了聲音，有些難以啟齒地道：「再加上交結朝中權貴饋贈的禮物，那些財物如今已所剩無幾了。就算加上仲寓與家父每個月的俸祿，如今也是入不敷出，只得……只得向舊人借錢，誰知他不但索要高利，而且……而且便連幾日也不肯拖延……」

李仲寓說著不禁又流下淚來，楊浩聽得兩眼發直：「這李煜……真是個極品敗家子……不過話說回來，這倒也怪不得他，他自幼生於皇室，從來沒有自己揣過一文錢、花過一文錢，心中哪有錢的概念？只是苦了他這一大家子，陪著他這落難帝王受罪。」

李仲寓又羞又臊，低頭說道：「承蒙大人解圍，本應相請大人入府待茶，只是如今這情形，實在不便相請，慢待了大人，還請恕罪。」

「哦，這沒什麼，」楊浩醒過神來，微微一笑：「楊某在唐國時，承蒙令尊禮遇，故交一場，楊某豈忍坐視貴府如此處境？這樣吧，楊某自有產業，手頭倒還寬綽，上將軍回府之後不妨與令尊說說，如果令尊允許，上將軍可以來尋我，楊某願無償借款與上將軍，暫應急難。」

李仲寓又驚又喜，連連稱謝不止。楊浩哈哈一笑，擺手辭過，登上了自己的車子。

車子啟動，穆羽不解地道：「大人，七、八十輛車子的財物，常人花上一百輩子也花不完，李煜只用了兩三個月的時間就敗光了，這樣的人物，誰養得起他？大人何必過問他們家的事？」

楊浩微微一笑道：「本官自有目的，無需多問。」

穆羽憤憤不平，就像楊浩正花著他的錢似的，剛要再開口，旁邊一個貼身侍衛拐了他一下，向他擠眉弄眼地遞眼色，穆羽心頭一動：「啊呀，莫非我家大人……打起了人家的主意？」穆羽趕緊閉嘴，不敢再搭腔了。

楊浩坐在車中，暗自思忖：「這夯貨被我一頓好打，也不知道他敢不敢去向官家告狀，就怕他自覺如此壓迫舊主令人齒寒，不敢去向官家告發，如果他真去了，那倒好了，官家現在對舊臣多施安撫之策，我當街暴打唐國舊臣，官家若是頭痛無比，說不定就會順水推舟，讓我捲鋪蓋滾蛋了。

「最重要的是……李仲寓……故唐之太子，這個人若是結交下來，誰知道什麼時候會用得上呢？宜未雨而綢繆，毋臨渴而掘井。如今我既然要自起爐灶，建一番轟轟烈烈的大功業，就再也不能渾渾噩噩度日了，有些閒棋，先行布下，緊要時候，未嘗不能收奇兵之效！」

三百九三　最後一班崗

文德殿中，趙匡胤正開經筵，與盧多遜和幾位學士們討論學問，今天的議題是「禮」，幾位學士引經據典，君禮、父禮、夫禮，尤其是君為臣綱方面的內容，說得真是天馬行空，鞭辟入裡。

而盧多遜此刻還兼著內史館的差使，所以早已打聽到這兩天趙匡胤調閱過的文章典籍，又見今日經筵，官家破天荒地把永慶公主也帶了來陪聽，對趙匡胤的心意便已洞若燭火，因此有的放矢，隨口講來，俱都是夫為妻綱，夫唱婦隨，夫婦相敬如賓，婆媳如何相處，凡事以和為貴的倫常道理，正投趙匡胤所好。

趙匡胤聽得頻頻點頭，不時還打斷他的話進行詢問，一君一臣對答得正得趣，就聽殿門口有人哀嚎道：「中官啊，本官有要事見皇上，經筵的時間已經過了啊……」

趙匡胤隱約聽到聲音，扭頭看看一旁的沙漏，不禁失笑道：「朕與眾位愛卿談得投機，竟然忘了時辰，呵呵，好了、好了，今日的經筵就開到這兒，諸位愛卿，請退下吧。」

「是，臣等告退。」盧多遜等人連忙離席向趙匡胤行禮如儀，一一退下。

趙匡胤坐直了身子，咳嗽一聲道：「是誰在殿外喧譁？」

內侍都知王繼恩拂塵一擺，連忙趨向殿外，片刻工夫，便神情古怪地回來，臉頰一抽一抽地道：「官家，太子允中張洎在殿外候見。」

「哦？」趙匡胤疑惑地道：「他來幹什麼？唔……宣他進來吧。」

趙匡胤微笑著又道：「女兒啊，盧相和幾位大學士所講的道理，妳可聽在心裡了嗎？」

趙匡胤說罷，不見永慶回答，扭頭一看，一旁的永慶公主依然單臂撐在几案上，手掌托著下巴，作聽得津津有味狀。趙匡胤好奇地探頭看看她用手掌遮住的臉蛋，只見永慶閉著眼睛，翹著嘴角，呼吸幽幽，正夢著周公。

趙匡胤一見，不禁又好氣又好笑，他啪地一拍書案，喝道：「該睡醒啦。」

「嗯？」永慶公主睡眼惺忪地睜開眼睛，喜道：「講完啦？」

趙匡胤沒好氣地道：「我今日聽《禮》，還不是為了妳？去年兵出閩漢、江南，戰事連連，連妳的婚事也耽擱了，現如今也該為妳操辦起來了。等妳皇兄得勝歸來，我便為妳操辦婚事，以後妳就要嫁作人婦，為人妻子、侍奉公婆，妳那夫君是宰相人家，知書達禮，妳這丫頭堂堂一國公主，不好好學禮，到了人家家裡豈不受公婆奚落？誰知妳……唉……」

永慶公主打個呵欠道：「喔，爹爹放心，女兒一定會好好學禮的。」

趙匡胤怒道：「睡著學嗎？」

永慶理直氣壯地道：「春困秋乏嘛，幾位大學士又總是之乎者也的，之呀之呀的，女兒就睡著了……」

「喔？那麼夏天……」

「夏日炎炎，當食冰瓜，睡涼席，臥於風亭之中，習習風來，一場大夢……哎喲……爹爹你又打我……」

趙匡胤氣道：「那妳說應該什麼時候才學禮？不學禮就不知禮，不知禮就是無禮，無禮之人……」

「官家，新任大鴻臚楊浩無禮啊！官家，新任大鴻臚楊浩無禮啊！」

趙匡胤扭頭一看，不由吃了一驚，只見太子允中張洎穿著一件皺巴巴的朝服，頭上戴著一頂官帽，只剩下一邊有帽翅，臉上瘀青一片，鼻子下邊一片乾涸的血跡，一隻手托著，好像托著一只無形的破碗。

永慶公主嗤的一聲笑，趕緊掩住了嘴巴。

張洎上前，哭喪著臉施禮見駕，沙啞著嗓子叫道：「官家，新任大鴻臚楊浩無禮啊！」

「啊？他怎麼了？」

「官家，官家，新任大鴻臚楊浩無禮啊！」

「行了，行了，朕知道他無禮了，他……怎麼無禮了？」

張泊哭喪著臉道：「這不是臣說的……」

「那是誰說的？」

「官家，官家，新任大鴻臚楊浩無禮啊！」

趙匡胤一抬頭，才發現是那隻潑皮鸚鵡站在承塵上學舌，不禁沒好氣地一拂袖子道：「不用理牠。你說，他怎麼無禮了？」

張泊嚥了口唾沫，說道：「皇上，違命侯向臣借了五百貫錢，說好本月初六三分利，連本帶息歸還。可是違命侯賴帳不還，臣下了朝去他府上討債，違命侯拿了個金臉盆還債。結果大鴻臚經過那兒，也不知道怎麼地，就拖著一條瘸腿蹦下車，抄起臉盆把臣打了一頓……」

永慶公主「咭」地又是一聲笑，趕緊摀住了嘴巴。

承塵上的潑皮鸚鵡好像剛睡醒似的，牠抖了抖尾巴，維妙維肖地學舌道：「拖著一條瘸腿蹦下車，抄起臉盆……拖著一條瘸腿蹦下車，抄起臉盆……」

趙匡胤翻了個白眼，怒道：「永慶，把妳的這隻賤鳥轟出去！」

永慶公主格格直笑，連忙「噓噓」幾聲，那隻鸚鵡得了主人吩咐，便展翅飛出了大殿，擇了根樹枝站定，頭搖尾巴晃地賣弄：「拖著一條瘸腿蹦下車，抄起臉盆……」

殿中，趙匡胤向張洎問明經過，不禁勃然大怒，拍案道：「殺人償命，欠債還錢，這是天經地義的事，況且，就算你也有錯，此事與他何干？堂堂朝廷命官，竟然當街扭打鬥毆，丟盡了官身體面，太不像話了！」

張洎哭喪著臉道：「官家，臣沒有和楊大人當街鬥毆，是楊大人毆打為臣，臣可沒有還手，官家您看，這是臣的牙齒……」說著他把托著的手向前一伸。

趙匡胤更是大怒：「這個楊浩，真是目無王法，該當嚴懲，該當嚴懲。」

張洎流淚道：「求官家為臣作主。」

趙匡胤道：「那是自然，朕一定會予以嚴懲，還張卿一個公道的，張卿儘管放心。」趙匡胤惡狠狠地說罷，又對張洎和顏悅色地道：「張愛卿識得大體，沒有和那粗人一般見識，很好，很好，到底是讀書人吶，唉，不知禮的人，品性修養是沒法跟你比的。張愛卿，你如今這副模樣……還是先行回府歇養吧，朕已經知道了此事，斷不會容他，你呢，這幾天就不用上朝了，待傷勢養好再說。」

張洎連忙稱謝皇恩，慷慨陳詞道：「臣食朝廷俸祿，為官家效忠，區區小傷，何足掛齒，臣不會因此誤了公事的。」

這番話說得義正詞嚴，可惜門牙缺了兩顆，說起來有點漏風，效果不免大打折扣。

趙匡胤笑容可掬地道：「愛卿公忠體國，朕甚慰之。愛卿快些回府歇息吧，此事朕會還你一個公道。」

待張洎千恩萬謝地退了出去，趙匡胤忍不住搖頭笑罵道：「這個楊浩，倒有些朕當年闖蕩江湖時路見不平，拔刀相助的模樣，可是……身為朝廷命官，卻是一身江湖習氣，這就不成了，不過說起來他的品性是極好的，可惜……竟然成了殘廢……」

趙匡胤在心底裡又加了一句：「可惜他出身不正，又是南衙一派，要不然，此等忠良，倒是可以為朕所用。」

永慶公主坐直身軀道：「那個楊浩……他送的糟白魚，著實好吃，此人的品性確實不錯，唉，挺好的一個人，怎麼就瘸了呢？不過……爹爹呀，這個張洎就太過教人鄙視了，李煜再怎麼說都是他的舊主，曾經是他的君上，如今他追討債務，竟逼得李煜拿臉盆抵債，太也窮形惡相了些，實在教人齒寒。」

趙匡胤微微一笑道：「此人品性的確讓人鄙視，不過他的才華確也不俗。人盡其才，物盡其用，帝王當有容納百川的心胸才是。這個楊浩，朕是要好好教訓、教訓他了。」

永慶公主道：「爹爹，楊浩暴打張洎，乃是不齒他的為人，爹爹如果嚴懲於他，恐怕寒了天下忠良的心呢。」

趙匡胤笑道：「契丹慶王謀反，爹爹若與他聯手，本是對我宋國大大有利的事，可就因他是一個亂臣賊子，爹爹是斷斷不肯與他苟合的。如今楊浩所為，爹爹又怎會過於苛刻呢？」

「那爹爹打算怎麼處治此事？」

「唔……爹先罰他三個月……不！罰他半年俸祿……」

「半年？好多啊！」

「對別人來說，當然好多，但對楊浩來說，不過是九牛一毛罷了。他的千金一笑樓日進斗金，還在乎這點錢嗎？」

趙匡胤冷哼一聲，又道：「錢王馬上又要進京納貢了，朕讓他主持接待了此事，便以鴻臚寺卿的官位致仕了吧。如此年紀，便位居九卿，朕也不算虧待了他。好了、好了，朝廷上的事，妳就不要管了，喏，把這個拿回去，三天之內給我背熟。」

永慶接過來問道：「什麼東西啊？」

她打開一看，不禁慘叫道：「《女誡》？爹爹，這有一千多字啊！」

趙匡胤板起臉道：「一千多字很多嗎？《女則》有三萬多字，皇后只用了半個月的時間，就倒背如流了。」

他語氣一緩，又語重心長地道：「永慶啊，妳快要嫁人了，還是這般頑皮不知禮儀，那怎麼成呢？哪怕妳貴為公主，一旦為人妻後，也要侍奉公婆、服侍夫君、好好打理家庭，做一個賢妻良母才是。這《女誡》，妳不但要背熟，還要細細體會琢磨，真正銘記心中才成。拿去，好好學學！」

*　　　*　　　*

宋廷開盛大國宴，以前所未有的隆重規格接迎吳越錢王。

吳越王錢俶此番進京朝覲的規模也是空前的，大船二十餘艘，裝滿各色貢品，其中至少有金三十萬兩、絹二十萬疋、乳香五萬斤，另金玉寶器五千件、美酒數千瓶……

看來吳越王錢俶是鐵了心要歸附大宋了，他把夫人孫氏、長子錢惟浚都帶了來，擺明了只要趙匡胤詔書一下，就順勢留在開封，將吳越拱手奉上。

群臣都知道此番皇長子德昭率軍北向，必然功成而返，閩南的陳洪進，在南漢國落入宋國之手後腹背受敵，也已乖乖服軟，放眼整個中原，只有吳越還是一個完整的國家政權，於是紛紛上密札，請官家下旨慰留錢俶，一統天下。

可趙匡胤不知出於什麼考慮，所有奏摺留中不發，對此事不置可否，只是囑咐楊浩以最大的規格隆重款待錢俶。

楊浩被停了半年的俸祿，朝廷的俸祿雖然豐厚，對他來說當然是無所謂的懲罰。這些時日，他讓妙妙把一笑樓的生意逐步轉移到張牛和老黑手中。讓冬兒和玉落、妙妙做好了遷居的一切準備。

在這段時間裡，羅克敵有閒暇時便來尋找玉落，這令有心與他疏遠，卻又苦無藉口的玉落很是為難，好在羅克敵如今身為步軍都指揮使，負責整個皇城的安危，軍務繁忙，能來尋她的時間不多，這才讓她勉強搪塞了過去。

牛千衛上將軍李仲寓限於侯府的窘境，果然求到了楊浩的門下，楊浩慷慨解囊，予以資助，這對陷於困境的李仲寓來說，大有患難見真情之意，所以與楊浩的交情日漸深厚。

楊浩卻也沒有憑白借助金錢給他，他雖未向李煜索取一分利息，所借的錢也不催促歸還，卻時常邀請他們夫婦到「女兒國」遊覽購物，儘管李煜如今已是落了翅的鳳凰，可是瘦死的駱駝比馬大，他的名氣仍在那兒。

再加上小周后豔若桃李，素有江南第一美人之稱。她在江南時，便引領著江南衣裝首飾的風流，但凡小周后喜歡的服飾和珠玉，必定很快流行於整個江南，到了開封，這種偶像效應仍然不減，楊浩帶著他們夫婦倆遊賞「女兒國」，再饋贈些貴重禮物給他們，引得開封的豪紳巨富、公相千金們對「女兒國」趨之若鶩，紛紛以和江南國主李煜、江南第一美人小周后使用同一品牌的服裝、首飾為榮。這一來「女兒國」的收入成倍增加，利潤已遠遠超出了楊浩對李煜的饋贈。

楊浩回到開封頭幾天，剛剛死而復還引起的騷動已經平息，接答應酬、酒宴安排也已消停，便請了幾個「名醫」來為他診治，拿到了腿傷再難痊癒的證明奏報於官家，再次懇切請辭，如今已得到了趙匡胤的正面答覆：吳越錢王歸去之後，便允他以大鴻臚的官位致仕。

楊浩大喜，這才穩下心來，踏踏實實地操辦起迎接吳越王錢俶的事來。

今日的國宴盛大而隆重，有頭有臉的重要人物盡皆到了，滿堂杯籌交錯，賓主盡歡。多飲了幾杯的趙匡胤紅著臉膛，笑吟吟地起身道：「諸位卿家，諸位卿家，朕今日得錢王來朝，欣喜不勝。錢王對朕，一向恭敬，朕對錢王，豈可少禮耶？朕今日特賜錢王兩項恩遇。」

錢俶聞聽，連忙離席拱揖聽旨，趙匡胤豎起一根手指，說道：「一、從今日後，錢王臨朝，可佩劍上殿，詔書不名。」

錢俶聽了，連忙把腰彎得更深，惶恐道：「臣惶恐，臣謝陛下。」

趙匡胤又道：「二、以朝廷典制，冊封錢王夫人孫氏為王妃，錢王長子惟濬為世子，錢王諸女為郡主。」

錢俶一呆，深深俯身道：「陛下隆恩，史無前例，臣不敢接受。」

盧多遜和呂餘慶、薛居正三位宰相交頭接耳一番，彼此都未聽說過前朝有過如此特例，呂餘慶便起身道：「陛下厚愛錢王，臣等皆知，然欽命冊封異姓諸侯王妻為妃，從無如此典故，似乎……有些不妥，朝廷典制不可輕易更改，還請陛下收回成命。」

趙匡胤不以為然，夷然一笑道：「恩出於朕，有何不可？」

趙光義淡淡笑道：「諸位相公不必再說了，官家是天下共主，官家所言，我等自當遵從。」

趙匡胤大悅，笑道：「晉王所言有理，就依此理欽封。光義，近前來，你與錢王當以兄弟之禮相見。」

錢俶惶恐，連連擺手道：「臣不敢，臣惶恐。」

趙光義卻欣然上前，微笑施禮道：「光義見過王兄。」

錢俶感激涕零，與趙光義把手相握，淚光漣漣。

楊浩持杯冷眼旁觀，卻不相信一向自以為官家之下，唯他獨尊的趙光義，會欣然接受錢俶這老頭做他的兄長。

當初，在趙氏兩兄弟間，他本來是更欣賞趙大的品性為人，所以鄙視趙二，因此明明他是出身南衙，依仗趙二才更有前程，他對趙二也總是若即若離，放棄了許多機會，始終成不了他的心腹。

而今更不同了，他答應過壁宿，要製造機會，把這個一手製造了江州血案、害死了水月的元兇交到他手上，看向趙光義時，自然帶著幾分敵意。

錢俶含淚望向趙匡胤，顫聲道：「陛下待臣禮遇，臣實不知該以何為報。今年秋上，臣……臣再來朝見陛下。」

趙匡胤微笑道：「路遠不便，有詔即來，無需專程晉見。」

盧多遜與呂餘慶等人悄悄地互相遞了個眼色，百官的密札皇上已經是看過了的，莫非……皇上還想放錢俶回去？明明唾手可得的一國領土，官家到底在打什麼主意呢？」

*　*　*

飲宴已畢，趙匡胤親送錢俶出宮，又令晉王和趙光美兩位皇弟親自送他回禮賓院，極盡禮遇。待他們一行人離開午門，百官辭退，趙匡胤瞟了楊浩一眼，問道：「楊卿，朕要你做的最後一件事，可做好了嗎？」

「是，臣已做好了。」

「唔……你隨朕來。」

楊浩隨著趙匡胤回到宮中，直趨大內，到了一處樹木遮蔽的獨立宮殿之下，內侍都知王繼恩捧著一個皇綾包裹正畢恭畢敬地站在那兒，一見趙匡胤便施禮道：「官家。」

趙匡胤微微頷首，王繼恩便隨在他的身後，與楊浩並肩而行。

殿中空蕩，並無一人，行至厚重垂幔處，趙匡胤止住了腳步，楊浩一瘸一拐地走上前去，輕輕拉開了帷幔。只見帷幔內空空蕩蕩，唯立石碑一面。

石碑上只有兩個大字：「誡石！」

趙匡胤輕輕走進去，繞到石碑背面站定，只見碑上龍飛鳳舞，是用趙匡胤親筆御書拓刻出來的三行大字。

趙匡胤輕輕撫摸著碑上大字，楊浩站在一旁，不覺也輕輕屏住了呼吸，敬畏地看著這塊出自他手的神祕石碑。

凡柴氏子孫，有罪不得加刑。即使有謀逆大罪，亦不可株連全族，只可於牢中賜死，不可殺戮於市。不准殺士大夫上書言事者。子孫有渝此誓者，天必殛之。

趙匡胤耿耿於懷的，覺得這一生最對不住的人，就是柴氏，誓碑上第一條就是要趙宋存世一日，就得善待柴氏後人，這一條在他的誓碑上列為第一。第二條才是關乎國事，自古以來，哪怕是以虛心納諫聞名的唐太宗，那也只是他個人掌理政務的風格，並不是朝廷的規矩，而趙匡胤卻把它當成了宋國立國的規矩。

皇權時代，敢於向皇帝直言何其不易，有了這一條，諫諍跟糾劾的言路才可以相對暢通一些，這對高高在上的皇帝是大有裨益的，在當時，一個封建帝王能有如此見識，已是極為難能可貴的了。

「此事，不可言與人聽。此碑建成之後，我趙氏子孫但凡登基為帝者，方可由不識字的太監引領至此，拜祭、讀誓。」

楊浩和站在幔外的王繼恩齊齊稱是，趙匡胤又道：「雕刻石碑的匠人付其大筆銀錢，嚴囑他們不得洩露此事。」

「遵旨。」見趙匡胤有意離開，楊浩忙取一疋黃綾，為石碑披上。

趙匡胤走出來，對楊浩道：「這匣中之物，是朝中百官勸諫朕留下錢王的密札，待錢王歸國時，你交給他，令他途中方可密視。」

「遵旨。」楊浩遲疑了一下，說道：「錢王已有歸附之意，官家何不現在就留下他呢？」

趙匡胤微微一笑，說道：「錢王未來時，曾向神佛許願，若平安返回，便建塔還願，他此時若還沒有斷了心中一絲念想，何必許此心願呢？若強行留他，錢王雖肯歸附，恐越地仍然有人要反。吳越對朕一向恭敬，從無拂逆，朕不希望吳越像江南一樣再起兵災。假以時日，吳越百姓會有越來越多的人看出大勢所趨，那時接收吳越，便更加妥當了，可確保吳越榮華不致毀於戰亂之中。」

楊浩由衷地道：「陛下仁慈。」

趙匡胤淡淡一笑，睨他一眼道：「可是晉王卻認為朕這樣做是婦人之仁呢。」他喟然嘆息一聲，抬眼看向前方，抗聲道：「殺是為了止殺，不是為了揚威。做秦皇漢武，固然彪炳千秋，受苦的卻是當世百姓。朕是趙匡胤，趙匡胤就只是趙匡胤，朕不需要效仿旁人，朕的天下，朕用朕的法子治理！」

走到午門的時候，楊浩輕輕嘆了一口氣，他是真心希望趙匡胤能平平安安地活下去，但他不知道在趙匡胤手足情深的那個兄弟什麼時候會動手？又是否能夠得手？在他本心裡，是寧願與趙光義為敵，也不願和趙匡胤做對手的。

不管如何，自己的路還要走下去，就像官家所言，每個人都是他自己，有他自己的路要走，不需要在別人的影子下面亦步亦趨，如今所有的差事已了，卸任之後，他也要歸去了。現在，是該向羅克敵攤牌的時候了……

楊浩一路想著，一路走出午門，無意中睨了午門口站崗的守卒一眼，隱隱泛起一種奇怪的感覺，可是他正想著如何向羅克敵開口，保證自己在平安離開時才讓他知道真相，因此也未深思，便登車而去……

三百九四　落英繽紛時

汴橋側，一座小樓。

楊浩和羅克敵對面而坐。知己好友，無需排場，四碟小菜、一壺濁酒，照樣可以盡歡而散。

但是今日，匆匆而來的羅克敵卻是如坐針氈，他看著楊浩慢吞吞地喝了兩角老酒，終於按捺不住道：「楊兄啊，兄弟如今是禁衛步軍都指揮使，軍務繁忙得很，你說今日要告訴我玉落姑娘疏遠我的原因，我這才忙裡偷閒地趕來，到底什麼原因？你倒是說話啊。」

楊浩放下酒杯，從懷中緩緩掏出一封信來，輕輕向前一推。

羅克敵一怔，詫然道：「玉落姑娘寫給我的？」

他伸手就要去抓，楊浩卻是五指箕張，緊緊按住信封不動，沉聲道：「羅兄，這封信，是我寫給你的。」

「你？」

羅克敵愕然，臉上的神色也變得凝重起來，楊浩就在當面，為什麼要寫信給他？他雖不明其故，卻已料到必有重大事情，於是急不可耐伸向那封信的手便緩緩抽了回去。

楊浩道：「玉落並非不喜歡你，只是……她有不得已的苦衷，這個苦衷，與兄弟我，亦有莫大的干係，所有緣由，俱都寫在這封信裡，可是這封信，你現在不能開啟。」

羅克敵反問道：「那要幾時才能打開？」

楊浩目光微微閃動，猶豫片刻，終於說道：「當我離開汴梁之後。」

羅克敵奇道：「離開汴梁？」隨即恍然道：「錢王就要返回吳越了，官家著你親自護送錢王返回？」

楊浩微微一笑，不置可否地道：「就算是吧。總之，要等我離開汴梁，你才可以開啟這封信。」

羅克敵頷首道：「好，我答應你。」

楊浩搖頭：「羅兄是個真君子，一言九鼎，兄弟本沒有不相信你的道理，不過……事關重大，我要羅兄起誓，以令尊之名起誓，絕不提前打開，這才可以交給你。」

羅克敵怫然變色，沉聲道：「楊兄，這個要求太過分了，為人子者，豈能以父之名立誓賭咒，羅某寧可不看這封信，永遠蒙在鼓裡，也絕不以家父之名立誓！」

見他欲拂袖而去，楊浩急忙一把拉住他，笑道：「好好好，不以令尊之名立誓，那便不以令尊之名立誓。那……就以你自己立誓，如果你提前打開這封信，那麼……今生今世，你與玉落絕無結合之可能！」

羅克敵驚疑不定地道：「到底什麼事這般重要，非要羅某立誓？」

楊浩笑得有點苦：「此事關係重大，一個不慎，就是掉腦袋的結果，你說重不重要？」

羅克敵驚訝道：「楊兄是否有些聳人聽聞了？什麼事情至於鬧到殺頭之罪？」

楊浩反問道：「那你起不起誓呢？」

羅克敵略一遲疑，慨然道：「成，為安楊兄之心，羅某起誓便是。」

他豎三指向天，鄭重地道：「皇天在上，神明鈞鑑，羅克敵得楊兄這封信，須待楊兄離開汴梁城方才開啟，如若違誓，婚姻難就，孤寡一生！」

楊浩展顏道：「好，這封信請羅兄收好。」

羅克敵悻悻地接過信，說道：「你我是同生共死的袍澤兄弟，又有冬兒這層關係，有什麼話不能當面講清楚？偏要做的這麼詭祕。家父一直念念不忘叔父的下落，如果他老人家能與姪女相認，一定老懷大慰，可是……如今我還得幫你隱瞞此事，以後父親大人知道了，定不會饒我。」

楊浩苦笑道：「兄弟實有不得已的苦衷，早晚你會明白的。」

羅克敵搖搖頭，說道：「不管如何，我既答應了你，就一定會遵守誓言。信我收好，我還有事，這就得趕回去了。」

楊浩道：「怎麼行色如此匆匆，不留下來喝幾杯？」

羅克敵道：「喝不得酒，今夜我還要出巡軍營，這是我任步軍都揮使以來，第一次巡視禁軍大營，現在就得回去做些籌備。」

楊浩隨之站起道：「巡視什麼軍營，你不就是住在軍營之中嗎？」

羅克敵道：「你不曾在禁軍中做事，不知行伍中的規矩。禁軍三司衙門，殿前司是守在汴梁城中，護衛皇城安危的，而馬軍、步軍侍衛兩司則駐紮在城外。禁軍兵馬實在龐大，並非只有東西兩大營，依次向外，還有多處軍營。如今党太尉、呼延將軍都去征討漢國了，各司的主官，只有本官一個，我雖調動不得他們的兵馬，卻負有代為巡視檢閱的責任。」

楊浩隨手拋下一串酒錢，隨著他往樓下走，羅克敵說道：「天下未定，軍伍之中紀律森嚴，每一旬，主官都要突擊巡察各處大營一次，看看軍容是否齊整、是否有人擅離職守、守將是否有飲酒、狎妓觸犯軍紀之事。我有重任在身，怎能知法犯法？今日這酒實是一滴不能沾脣，待改日有暇，你我再縱情痛飲一番。」

二人說著，已到了大街上，就見一隊禁軍正向御街方向行去，中間一位主將，騎在一匹黑馬上，絡鬚豹眼，十分威猛。

遠遠一看，楊浩就覺得有點眼熟，仔細再一瞧，不禁失聲道：「楚大人？那不是前三司使楚大人嗎？我記得楚大人因為汴京缺糧一事已然被罷官為民了，他這般威風，又被朝廷起用了嗎？」

羅克敵向遠處瞟了一眼，說道：「哦，那的確是楚將軍。楚將軍本已罷官，但是朝中正在用人之際，楚將軍又是有從龍之功的老將，經晉王說和，官家回心轉意，便把他降職任用為殿前司虎捷軍都指揮使，如今負責皇城警衛，唔……算算時日，今天該楚將軍當值，接替田重進將軍的控鶴軍負責大內侍衛。」

「原來如此，老楚理財原本就是勉為其難，還是令尊擅長此道，不過老楚做事還算勤勉，重新做回了老本行，倒也算是用其所長了。」

二人說著便在橋頭分手，羅克敵揣著那封令他好奇不已的信柬逕回軍營，楊浩站在橋頭目送他遠去，回頭又看向滔滔不經的汴河水，目光隨水而行，定在「千金一笑樓」那金碧輝煌的飛梔斗角之上。

高高聳立的樓尖，以湛藍的天幕為背景，傲然矗立在開封城中、汴河水邊。

「本來，這該就是我在汴梁城中留下的唯一印記，後人如果提起開封風物，或許會從一些宋人的筆記札記中提到『千金一笑樓』，津津樂道於它的宏偉，至於我這個一笑樓主人，卻連提也不會提起，就如後人只知有『樊樓』，不知其主何人一樣。可是今日離開汴梁城，史書中卻一定會記我一筆，如果我能在西北站住腳，那則將是濃重的一筆了……」

＊　　＊　　＊

如雪坊，琴聲幽幽。

柳朵兒一襲白衣，翩然而坐，面前一炷安神香，香煙裊裊。她盤膝安坐，十指撥弄，曲聲便如流水般瀉來。時值春暮，百花仍然鮮豔，朵兒琴曲中，卻有淡淡肅殺、秋風徐來之意。

她的琴聲悠揚流暢，高遏行雲，閉目聽來，彷彿秋高氣爽，風靜沙平，雲程萬里，天際飛鳴，似有鴻雁迴翔瞻顧，上下頡頏的美麗畫面。曲調起而又伏，綿延不斷，悠悠雅雅，靜中有動，在柳大家的十指撥弄下，更是妙至毫巔。

對面一人，方面大耳，身材魁偉，靜靜而坐，雙目微闔，手指隨著她的曲聲在几案上輕輕彈動，似為應和。

一曲撫罷，朵兒嫣然笑道：「朵兒這曲〈平沙落雁〉還入得千歲耳嗎？」

趙光義張開雙眼，含笑道：「朵兒才藝冠絕天下，縱是一首尋常曲調，但經柳大家調弄，亦如天籟一般，何況如此名曲呢？不過此曲意境太嫻雅了些，唔……朵兒可識得

〈廣陵散〉曲譜？」

朵兒黛眉微微一揚，嬌笑道：「此曲又名〈聶政刺韓王〉，據說是引自戰國聶政刺韓王的故事，昔日嵇康臨刑三千太學生為其請命而終不得免，遂索彈〈廣陵散〉一抒激憤情懷，曲罷曾言：『袁孝尼嘗請學此散，吾靳固不與，〈廣陵散〉於今絕矣！』

「只不過各人琴風不同，這只是嵇康臨刑激憤之語，言其所撫〈廣陵散〉就此成為絕響，卻不是說這首曲子就此失傳，後人以訛傳訛，遂道世間不復有〈廣陵散〉矣。不過此曲流傳確也不廣，天下人識者寥寥，而朵兒……恰恰是其中之一。」

她說到這兒，向趙光義嬌媚一笑，逢迎道：「想不到千歲於音律一道亦如此精通，竟知道這首曲子尚存人間，如果朵兒所料不差，千歲定然是曾經聽過的。」

趙光義頷首微笑道：「不錯，本王幕僚慕容求醉，曾以此曲獻於本王，本王甚是喜歡，既然朵兒亦擅此曲，不妨撫來聽聽，本王看看朵兒的琴風，較之慕容先生如何？」

朵兒調弄著琴弦道：「〈廣陵散〉描述聶政刺韓王氣象，有『刺韓』、『衝冠』、『發怒』、『報劍』等篇章，雖聲調絕倫，卻憤怒躁急、最不和平，於樂曲中素有所謂『以臣凌君之象』，恐不宜千歲怡神養性。」

趙光義撫鬚笑道：「朵兒儘管撫來，一首琴曲，豈能撼動本王心神？」

朵兒嫣然道：「如此，朵兒獻醜了。」

她凝神屏息片刻，纖纖十指撫上琴弦，一首千古絕唱〈廣陵散〉悠悠揚起，弦起處風停雲滯，人鬼俱寂，唯工尺跳躍於琴盤，思緒滑動於指尖，情感流淌於五弦，天籟迴盪於蒼天，仙樂裊裊如行雲流水，琴聲錚錚有鐵戈之聲，驚天地，泣鬼神，令聞者無不動容。

趙光義閉目傾聽，胸懷起伏，琴到急驟處，他長身而起，長長吐出一口濁息，嘆道：「此曲雖由女子之手撫來，亦是殺伐之音錚錚，聽來令人心懷激盪！」

琴聲戛然而止，朵兒輕輕抬起雙手，嫵媚笑道：「此曲本以慷慨激昂之風聞名，但得其中三分神髓，自然不改殺伐之音。」

她站起身來，款款走到趙光義身旁，趙光義回顧身旁紫檀書架上一排排典籍文章，訝然道：「本王素知朵兒才識淵博，只是……沒有想到，妳這裡竟然連《史記》都有，〈表〉、〈書〉、〈本紀〉、〈世家〉、〈列傳〉……無一缺漏。」

朵兒輕笑道：「朵兒好讀書，這套《史記》好貴，還是入主一笑樓後才購買的。」

趙光義微微一笑，手指撫上那一排書冊，心中只想：「今日，本王已是破釜沉舟，有前無後，成敗全然不計了。不知後人續修《史記》時，本王是會記在〈本紀〉、〈世家〉、〈列傳〉裡，還是在〈表〉、〈書〉中隨意提及一筆？」

他雙拳微微攥起，心懷激盪，目泛寒光，就連身邊美人幽幽沁入他鼻端的誘人香氣也似無所覺了……

「明日錢王就要回吳越了，一俟送走了他，我馬上就可以大鴻臚的身分致仕。一旦致仕，我就不必在京裡虛應其事地再候些時日了，反正不管只住一天，還是再住一年，只要我回西北，都是捅了馬蜂窩。

「面子也好，裡子也罷，都是有實力人家才給你。憑我的實力，固然不足以與趙老大這條粗腿較量，可是至少也能讓他忌憚三分。面子，如今我給他趙老大了，他總不能不給我一點裡子。他要真是一條路也不給我走，說不得，我只好亮出和契丹的關係，來震一震他這隻大老虎了。」

楊浩一路走一路想，心中竟湧起一股熱血沸騰的感覺。趙匡胤、蕭燕燕，這都是他原本遙不可及的人物，哪怕他來到了這個世界，成為這個世界中的一分子，他的天地最初只有丁家大院那麼一角天地，讓他小心翼翼地去應對的人物，只不過是柳十一、雁九那樣的豪門家奴。

現如今，他正一步步踏向世界的巔峰，與趙匡胤、蕭燕燕這樣的千古風流人物比肩而立，指點江山，笑傲風流，似雁九一般的角色，如今已漸漸成為他腳下的一隻螻蟻。

* * *

楊浩回到府中，聽說冬兒、玉落、妙妙正陪李煜、小周后在一笑樓中遊賞春花，不由欣然一笑，便也轉身出了府，往「如雪坊」走去。

如雪坊被圍在千金一笑樓中間，原本的院牆拆掉，在原有園林的基礎上增植了許多花草，勝日尋芳，別具風彩。

楊浩雖想著馬上就要離開汴梁了，可是接近李煜夫婦的想法並沒有改變，他不會忘記「燭光斧影」的故事。如今因為他的插入，歷史正悄悄地發生著變化，可是有些東西是不會變的，比如貪心、人性，這些東西不變，有些東西就一定會發生，只不過是在時間、地點、方式上做一些改變。

如果趙二篡位成功了，那西北是否立即兵戈便至就很難預料了。自古得位不正者，都要迫不及待地建功立業，以確保自己的地位穩定，以大功業在史書中為他正名。隋煬帝如是、唐太宗如是、趙光義也不例外。

那時……李煜夫婦或許就會有大用處，如果可能，楊浩甚至不介意結交蜀、荊、湖、漢，尤其是柴氏後人，只可惜他與那些人一向沒有交集，貿然往來，必然引人注意，不像李煜夫婦，彼此有過在唐國時的一段交情，尚不顯得突兀，最首要的，他當然是要保護好自己。

正值春暮，花林中落英繽紛，有的花開正豔，有的已是漸漸凋零，楊浩漫步林中，踏著一地紅塵，不時向姍姍行來的青衣小婢問詢一句，漸漸拐到了汴河邊上。

汴水河邊幾株梨樹如籠紗冠，白茫茫一片，前方河水滔滔，帆張如雲。一陣風來，滿樹梨花飄落，綽約如雪。

「林花謝了春紅，太匆匆，無奈朝來寒雨晚來風。胭脂淚，相留醉，幾時重，自是人生長恨水長東……」

李煜悵立花樹之下，面對悠悠而去的汴河水，黯然吟道。

「妙啊，真是絕妙好詞！」

冬兒、玉落、妙妙都是極具才學的女子，聽了這樣幾句信口拈來，卻極富藝術魅力的優美詞句，不禁擊節叫好，一個個妙眸之中蕩漾起崇拜欽佩的神情。

小周后站在一旁，脣邊卻露出一絲苦澀的笑意。曾幾何時，她的眸中何嘗不是像眼前這幾個女孩一樣，把李煜敬若神明，眸中滿是欽佩、崇拜，還比她們多了一分濃濃的情意，深深的愛慕。

可是現在再聽到這樣動人的詞句，她再也沒有當初那種心動的感覺了，只有深深的厭惡。她現在想的是：家裡的僕從太多了，本不需要僱傭這麼多人的，這個月的工錢又是好大一筆支出。夫君一日三餐仍要珍饈美饌，還得再典當些東西才行；夫君好飲宴，款待客人要錢、府上養的歌伎舞女要錢，難道總是向楊大人商借？將來拿什麼償還給人家？

貧賤夫妻百事哀，整日要為柴米油鹽醬醋茶發愁，小周后哪裡還有昔日的浪漫情懷？當千嬌百媚的容顏要敷上往日裡瞧都不瞧一眼的劣質胭脂，當每日為了米缸裡還剩多少米而精打細算，當每日都要捉襟見肘，為一個日漸沒落，卻無視現實，仍舊活在他自己的理想中的丈夫傷透腦筋的時候，還能保持最初的浪漫與溫情嗎？

歲月的風霜已將昔日的浪漫與美麗的幻想一點點消磨殆盡，很殘酷，是嗎？但是，這就是生活。浪漫的童話故事，主角一定是王子和公主。今時今日的小周后，從丈夫口中聽到這樣的詞句，只會生起深深的反感，她寧願自己的男人成為家裡的頂梁柱，一家人的生計前程，可以在他的安排下，井然有序地進行下去，而不是一個只會悲春傷秋，無病呻吟，反要靠他的娘子和兒子來撐起這個家。

「官人，時辰不早了，勞動楊夫人她們這麼久，咱們也該回去了。」

雖見李煜遊興不減，小周后還是上前說道。恰在此時，只聽一聲清咳，楊浩自林中轉了出來，微笑長揖道：「哈哈，李將軍，原來你們在這兒，讓楊某一番好找。」

李煜如今爵至侯爺，官至上將軍，可是那個侯爺叫「違命侯」，不無羞辱之意，所以楊浩與李煜交往時，向來只稱他李將軍，而不呼其侯爺。

楊浩既然來了，自然不容他再就此離去，兩下裡談笑一番，楊浩便盛請邀他到百味樓中飲宴，李煜夫婦盛情難卻，便隨他行去。

堪堪將至百味樓，就見前面一個身材魁偉的男子，在一個花枝般風流的妙人陪同下緩步走來。

楊浩一見不由一怔，前邊來的正是久不往來的趙光義和柳朵兒。

「壞了！」楊浩一下子想起了那幅「熙陵幸小周后圖」，今天自己府上女眷邀請李煜夫婦遊春，小周后可不比當日辭廟離國時一般頭戴面紗，如今被趙光義迎面撞見，看到她的國色天香，一旦起了色心……那我不間接成了拉皮條的？

楊浩急忙掙開左右攙扶著他的冬兒和妙妙，上前施禮，吸引趙光義的目光道：「下官楊浩，見過千歲。」

李煜見狀忙也急忙趨前拜見，趙光義瞟了他們一眼，目光從水蜜桃般汁多味美，正值女性成熟嫵媚年紀的小周后身上掠過，又從同樣千嬌百媚，只是比起小周后尚顯青澀稚嫩的冬兒、玉落、妙妙身上閃過，神色平靜，毫無異樣。

楊浩暗自鬆了一口氣，又覺有些奇怪：「趙光義既能不顧令譽，強占小周后，自然是對她垂涎萬分的，就算他如今是個王爺，不敢輕舉妄動，若有好感，神色之中不該一點也不表露出來，這是怎麼……趙二轉了性了？」

趙光義目光落在楊浩拖著的瘸腿上，眉頭不經意地一皺，神色更顯冷漠，只微一頷首，淡淡應道：「李侯爺與大鴻臚也來賞春踏青嗎？」

李煜臉上一片赧紅，訕訕應道：「是，下官蒙大鴻臚相邀，正欲赴百味樓飲宴一番，千歲若有閒暇，不妨……」

趙光義皮笑肉不笑地道：「本王剛剛飲過酒，已不勝酒力了。你們自去吧，南衙中還有許多事情要辦，本王這就回去了。」

趙光義回首向朵兒展顏笑道：「柳大家請止步，本王這就告辭了。」

柳朵兒忙道：「朵兒恭送王爺。」

這時路旁抬過一頂小轎來，楊浩移目望去，微微便是一怔。今日趙光義既是到如雪坊中相見美人，飲宴娛樂，當然不會抬著開封府尹那頂八抬大轎，鳴鑼開道，旗牌導引，乘一頂小轎事屬尋常，可是……這樣的私人飲宴，幽會的又是汴梁花魁，只帶三兩心腹佳人即可，而隨那頂小轎來的青袍文士打扮的人，竟是如今南衙倉曹程德玄，這就有些奇怪了。堂堂朝廷命官，自無扮小廝的理由，要拍馬屁也不必拍在這個地方呀。」

程德玄瞟了眼他拖著腿、肩膀一高一矮的模樣，不屑地冷笑著，掀開轎簾，向趙光義躬身道：「王爺，請上轎。」

趙光義向李煜、楊浩微一頷首，彎腰登上了轎子。

「恭送千歲。」幾人長揖施禮，看著趙光義的轎子吱呀吱呀地悠悠而去，柳朵兒偷偷瞟了楊浩一眼，輕咬薄脣，斂著羽袖，上前見禮道：「朵兒見過楊大人……」

楊浩望著趙光義離去的轎子仍在怔怔出神，充耳不聞，朵兒神情不免有些尷尬羞憤。

妙妙上前向她福禮道：「妙妙見過小姐。」

朵兒一側身，冷顏說道：「不敢當。」

冬兒輕輕一拉楊浩衣袖，低聲喚道：「官人。」

「嗯？啊！柳大家，失禮，失禮。」

楊浩醒過神來，連忙向她含笑一揖：「本官要陪李將軍去樓中飲宴，少陪了。」

楊浩說完，便向李煜做了個邀請的姿勢，向前走去。

柳朵兒身形欲動，終於抿著嘴脣站住，自後面看著楊浩拖著殘腿一步一沉的模樣，幽幽嘆息一聲，神情複雜地轉身離去。

楊浩與李煜並肩坐在三樓雅座中，憑窗望去，左前方是皇宮，右前方是大相國寺，遙遙對峙的是樊樓，眼皮底下就是如雪的花海，開封美景盡收眼中。兩側是冬兒、小周后、玉落、妙妙，四個美人各擅勝場，各具氣質，清風徐來，拂得她們衣帶飄飛，猶如天上仙子。

李煜果然有詩人氣質，酒至三旬，眺望開封盛景，不禁又詞性大發，在冬兒、玉落、妙妙的喜悅催促中開始吟詩了，楊浩卻持杯沉吟，充耳不聞，心中始終有些古怪的感覺，卻不知癥結出在哪裡。

如今他馬上就要離開汴梁了，諸事無不警惕小心，遇到什麼不同尋常的事自然格外上心，沉吟半晌，忽聽冬兒、玉落她們擊掌叫好，楊浩也沒聽清他吟的是什麼，就舉杯讚道：「好詞，好詞，來來來，請酒，請酒。」

李煜矜持地舉起杯來，二人輕輕一碰，捧杯飲酒，楊浩大袖遮面，一杯酒剛剛沾到脣邊，雙眼突地張大，他想起那種不舒服的古怪感覺最初由何而來了。

從他離開午門，心裡就始終覺得有點不自在，現在突地想起來，當時無意中一瞥，午門站崗的幾名禁衛似乎不是平時的侍衛。

午門侍衛有三班，楊浩這幾日接迎錢王，時時要進宮請命通報，進進出出不知多少次了，每次進宮那些侍衛都要驗看腰牌的，多少都有些臉熟，可是今日所見的幾個，並不是平時守門的幾個衛兵，尤其是……其中有一個現在想起來，似乎該是南衙中人，當初他任火情院長時，領著一班嘍囉滿東京城拆房子，其中有一個班頭，似乎就是站在午門前的那人。

這個班頭，就像密密編織的網上一個小小的線頭，順著他向下探索下去，許多看似無疑的事情都牽連起來，在楊浩心中重現了它的脈絡，一個大膽的念頭突地跳入楊浩的腦海：「難道……大雪漫天夜發生的故事，要發生在這落英繽紛時？」

一陣風來，捲起梨花如雪。

楊浩的心如置冰壺，寒氣撲面而來……

三百九五　明月夜

趙光義自從爭取了統兵伐唐的機會，調兵遣將、請功封賞，在這個過程中不可避免地要接觸到許多禁軍將領，雖然這麼短的時間不足以讓他掌控一支武裝，或者讓禁軍將領死心踏地地跟他走，但是與他們建立一定的聯繫、增加他們對自己的認同和好感卻很容易。

藉此關係，以他的地位，只須稍作示意，安插幾個有南衙背景的人在禁軍中做個校尉易如反掌。他不是要統兵造反，而是要策劃篡位，在關鍵部位，只要能有一個得力的馬前卒就足以做成大事了，就像蕭思溫謀殺契丹皇帝，只須收買他身邊一個廚子一樣。

楚昭輔本無大才，當初「義社十兄弟」，哪個不是手握重兵、叱吒風雲的人物？而他呢，那時只不過是掌管軍械庫的一個官吏，既無過人之能，也無了得的戰功，全因他堅定地站在趙匡胤這一方，有從龍之功，方才積資累歷，直至陞遷到三司使的高位。如今他被罷黜為民，走趙光義的門路重新做了官，會不會想再來一次從龍之功？即便他沒有膽子造反，這樣一個對趙光義感恩戴德的人，掌握了宮中的武裝力量，在既成事實面前，也會更容易倒向趙光義。

再者，趙光義好女色，這是史書上都無法迴避的事實。他以前那般自律，全因為他還不是可以肆無忌憚的皇帝，他正覬覦著帝位，不能不注重自己在朝廷百官、士林名流中的影響，儘管如此，他也並不掩飾自己對美女的欣賞，當日在汴河碼頭看見柳朵兒的時候，就曾欣然向人問起她的身分。

近來，官家對他頗為冷落，許多往常由他操辦的大事現在都移交給了別人，上一次巡狩洛陽時，還令皇長子監國，近來趙官家更與三弟趙光美往來密切，他這十年來都不曾以帝王之尊到過趙光美的府邸，可是自洛陽歸來以來，已經去了三次，有眼睛的人都看得出來，趙光義正在失寵。

而趙光義對此似乎全不在意，甚至縱情酒色，這個曾經不顧帝王身後名，強占臣妻、而且是歸降的唐國帝王皇后的趙二哥，怎麼會在見了比柳朵兒更加嬌媚動人的小周后時毫無所動？連他的眼神中都沒有起一絲波瀾？

結合以上種種想來，只有一種可能，那就是有一種更重要的東西，已完全占據了他的心神，使他無暇他顧。什麼東西比絕色美人更令男人動心，甚至忽視了美人麗色？只有一種，那就是權力。對晉王趙光義來說，還有什麼權力是他要追求的？唯有帝王的寶座。

「趙光義，已經感覺到了失寵的危險，而且要孤注一擲，進行反撲了！」

這就是楊浩得出的結論。憑著這麼一點蛛絲馬跡，本來任誰也不可能大膽地推測出他要策劃宮變、而且是馬上就要宮變的。在楊浩心目中，古往今來的智者中，「智近於妖」的武侯諸葛孔明不能；「江湖第一智者」的冷明慧冷大先生不能；智計百出、狡如九尾天狐的成綺韻成二檔頭也不能，但是他楊浩能。

因為只有他這個來自未來的人，知道趙光義早晚會反。而且他一直在猜測，猜測由於自己對歷史的影響，趙光義是會提前發動還是推遲發動，以什麼方式、在什麼時間、用什麼手段來發動？這個念頭一直縈繞在他心頭，如今發現了這些詭異之處，他自然很容易就想到趙光義要幹什麼。

楊浩神不守舍的樣子看在眾人眼中，便顯得他對今日飲宴全無興趣了。以李煜和小周后今時今日的處境，致使心境非常敏感，立時察覺他有心事，飲宴的性情便也淡了，再喝幾杯，便起身告辭。

楊浩也不挽留，將李煜夫婦送下樓去，便對冬兒三人立即說道：「馬上回府。」

冬兒和玉落、妙妙面面相覷，不知他為什麼不開心，只得答應一聲，隨他往回走。因一笑樓距他的住處只隔兩條街，步行即可，所以四人均未乘車轎。行了片刻，冬兒按捺不住，悄聲喚道：「官人……」

「嗯？」楊浩正反覆推敲著自己的結論，聞聲回頭。

冬兒期期艾艾地道：「官人……是不是見奴家讚賞李將軍詩詞，所以……所以有些不快？」

丁玉落和妙妙都悄悄豎起了耳朵，楊浩一怔，啞然失笑道：「豈有此理？李煜之詞，堪稱天下第一，妳們由衷讚賞，有什麼不對？妳家夫君是心胸那麼狹窄的人嗎？竟為這點小事呷醋？」

妙妙與冬兒這些時日交往下來，只覺這位大婦性情溫柔、嫻雅大方，實是最好相處的人，與她相處極為融洽，在她面前也不再那般拘謹，聽了楊浩的話便欣然上前一步，挽住楊浩胳膊，嫣然道：「你不說，人家怎麼知道呢？老爺突然變得沉悶起來，奴家還以為不悅於奴家對李將軍的賞識呢，老爺可是有什麼心事？」

楊浩拍拍她的小手，略一沉吟，問道：「『女兒國』已轉到張牛和老黑的名下了嗎？」

妙妙眸波一轉，長睫眨動，俏巧地點頭道：「是……呀。」

楊浩板起臉道：「要騙妳家老爺，那就騙得澈底一些，吞吞吐吐的，在玩什麼花樣？」

妙妙低下頭，小聲道：「老爺，這『女兒國』是咱家產業，老爺付出諸多心血，奴家……也打理許久，怎麼就隨手送與外人了……」

楊浩苦笑道：「我看妳呀，就是一隻小耗子，有什麼好東西，都只顧往自己家裡扒拉。該捨的時候就當捨去才是，妳說吧，又玩什麼花樣了？」

妙妙偷偷瞟了冬兒一眼，冬兒微微頷首，說道：「官人，這件事……妙妙和奴家說過，奴家覺得有些道理，所以便允她去辦了。」

楊浩奇道：「妳們做了什麼？」

妙妙這才把自己的想法說了出來，原來她得楊浩授意，要把苦心經營的產業交付他人，說起來張牛和老黑對自家老爺也算忠心，這產業如果真要就此拋下，那麼與其成了無主產業被官府沒收，自然不如許給忠心的家人。

可是但有一線希望，誰捨得自己產業交付旁人？所以妙妙便在其中動了些手腳，將「女兒國」移交張牛和老黑的同時，另起一份契約，再從張牛和老黑手中移交他人，兩張契約同時簽署，簽字畫押，第二張契約的受讓人卻是空白的。

對張牛和老黑，妙妙自然另有一套說詞。張牛和老黑並不知道楊浩有意把產業無償送給他們，如今只不過幫著走了走手續，按了個手印，偌大的產業就暫時交到了他們名下，成了楊氏產業名義上的主人、實際上的高級經理，他們樂得睡覺都要笑出聲來，哪裡還有什麼不滿意的？

更何況楊家女主人羅冬兒還親自出面，與他們簽署了第三份契約，契約中規定，如果他們好生為楊家經營打理這份產業，十年之後，「女兒國」三分之一的產業便完全轉移到他們名下。兩人從妓院裡的一對打手、龜公，一下子成了人上人，對她們感激涕零，當然就此死心踏地地決心苦守「女兒國」，以十年奮鬥，享一世榮華了。

楊浩聽了不禁暗自苦笑：「這兩個小妮子，自家夫君正打著謀國的大主意，她們還絞盡腦汁地想著如何保全自家的產業。不過這樣也好，留著這座『女兒國』，就可以與公相千金、王侯夫人們保持著最親密的往來，許多男人不會把機密的事情說與同僚和朋友聽，卻會告訴自己的家人，說不定這座『女兒國』今後會有大用，完全交予張牛和老黑，靠一分感激和義氣維繫長期的關係，不如用利益來控制他們更加妥當。」

想到這裡，楊浩便頷首道：「嗯，這樣處置也成。既然在開封城內已經沒有什麼需要處置的東西，那麼……咱們現在回府，收拾東西，天黑之前，妳們馬上出城。」

冬兒和妙妙看看天邊一輪紅日，詫然道：「現在出城？」

「不錯，就是現在！」

冬兒急問道：「官人，出了什麼事？」

楊浩輕輕一笑道：「方才我還與李將軍飲酒談笑，妳說能有什麼要緊事呢？只是，我們去意已決，那便早些動身更為妥當些，以免夜長夢多。」

丁玉落急問道：「二哥，那你呢？」

楊浩道：「妳們先行離開，明日一早送走了錢王，二哥就風風光光地致仕了，那時便趕去與妳們會合。」

冬兒狐疑地看著他道：「既然如此，我們又何必急於一時？我們留下陪官人，明天咱們全家人一起上路吧。」

楊浩拒絕道：「不可，我說今天走，那就今天走！」

冬兒和妙妙脫口道：「我不！」

楊浩把眼一瞪，怒道：「反了妳們！咱們誰是一家之主？」

兩女吃他一瞪，不由低下頭去，低低地道：「自然是官人（老爺）你呀……」

楊浩道：「那就成了，我說今天走，那就今天走，不想走，也得走。現在回去，馬上收拾行裝，上路。」

丁玉落略一遲疑，說道：「二哥，既然如此，那我留下來吧。」

楊浩反問道：「妳留下，那誰來照應妳的兩位嫂嫂？」

冬兒和妙妙連忙接口道：「我們能照顧自己，不需要照料。」

楊浩嘆了口氣，說道：「我知道妳們在擔心什麼，我突然決定妳們馬上就走，自己單獨留下，的確是有一件事情要弄明白，不過這件事對我來說並沒有危險，我只是想弄明白它的來龍去脈，以便做出相應的對策。如無意外，明日一早送走了錢王，我辭官致仕，就成了自由之身，那時自會去尋妳們。

「退一步說，如果今晚真的有事，妳說咱們是一家人都留在開封易於脫身，還是我一個人走更容易脫身？上京城那種地方才是龍潭虎穴、異族他鄉，插翅也難飛，我還不是太太平平地回來了？何況妳們走後，我雖看來只是一人，其實還有豬兒幫我、還有繼嗣堂的伏樁與我暗中聯絡，如果妳們執意留在我身邊，對我全無好處，反而讓我有所牽絆，不能來去自如。明白了嗎？」

冬兒和妙妙猶豫半晌，互相看了一眼，冬兒這才勉強應道：「是，那奴家依從官人吩咐，官人自己……千萬保重。」

*　　*　　*

府中要帶的東西早就已經捆紮停當，車馬也早已備好，一說要走，倒也快速。玉落這兩年來闖蕩天下，於行路打尖是極熟悉的，又有穆羽率幾名侍衛隨行，路上當不致有事。楊浩又將穆羽單獨喚到一邊，囑咐他一俟出城，立即星夜趕路，全速西行，務必把一家人盡快送回蘆嶺州。

看著車馬消失在視線之內，楊浩立即上馬，向巷子另一頭馳去。出巷口，過汴橋，長街盡頭便是巍峨壯觀的開封府。楊浩到了開封府前，只見開封府守衙的差役、進出的小吏，一如尋常，全無異樣。

楊浩本是來熟了南衙的，守門的小吏都認得他，此時他雖一身便裝，自然仍是放行無阻。楊浩拴好馬匹，拖著一條腿慢悠悠地進了南衙大門，一路行走，一路注意觀察著裡面的一舉一動。

他的根基在蘆嶺州。蘆嶺州本不是一個適宜生存安居的地方，否則也不會歷千百年下來，那裡還是一片人煙稀少的地方了。他能帶著幾萬百姓，在那裡扎下根來，得宜於西北三藩和雜胡異族之間的微妙形勢，方能如魚得水。

蘆嶺州，是利用各方勢力互相角逐、互相制衡的種種矛盾，才在一個原本絕不可能的三不管地帶，爭取到了生存和發展的機會，迅速成長起來。如今他雖擁有了很大的潛勢力，可是僅僅靠蘆嶺州一地，仍是處在三藩勢力的夾縫之中，沒有戰略縱深、沒有迴旋餘地，哪怕是有党項七氏的暗中支持，根基不穩，始終難以取得更大的發展，拓展自己的發展空間和生存空間。

麟州和府州雖然支持他的存在，以便在夏州李氏的眼皮底下安插一根釘子，卻絕不會願意讓他的勢力滲透到自己的地盤裡面。而對夏州來說，儘管夏州如今內憂外患、焦頭爛額，可是百餘年的苦心經營，也不是他振臂一揮，豎起大旗，立即就能對抗的。

他需要更多的時間、需要更多的機會。如果他能祕密返回蘆嶺州，在沒有後顧之憂的情況下先解決銀州慶王，占據這個戰略要地，那麼在外交上，他就可以獲得契丹的支持，同時擴大自己在整個西部的影響。

而在內部，他就可以利用蘆嶺州和銀州這兩個點，把整個橫山山脈聯繫起來，把橫山諸羌部落全部控制在自己手中，從而形成一個倚托橫山險隘、以蘆嶺州和銀州兩座雄城為根基，東倚麟府二州支持，西仗党項七氏扶助，暗得繼嗣堂源源不絕的財力支援的一方雄霸。

出於這種考慮，如果他能名正言順地離開汴梁，不予朝廷討伐他的藉口，他就要不惜餘力地去爭取，這會使他的阻力減至最小，製造更加有利於他的局面，把傷亡和戰爭的消耗減少到最小。

可是如果他能證明趙光義馬上就要發動政變，那他就不能從容等待了。趙光義的野心比趙匡胤更大，卻不具備趙匡胤的心胸和遠見卓識，如果讓他稱帝，以他的性情為人，自己很難有機會再離開汴梁了。

得位不正的趙光義要迅速擴大自己的影響，坐穩帝位，唯一的選擇就是建立軍功。如果那時北漢國已被趙德昭消滅，吳越國又早早就表現出和平歸順的勁頭，而北國契丹又不易取得建樹，那麼趙光義用兵的最大可能就只剩下一處：西北。

就算趙光義不出兵，自己想得善終的機會也是少得可憐。在趙匡胤庇佑下，唐、荊、湖、漢諸國前國君，個個都封王封侯，得以在開封安享太平晚年，可是趙光義一繼位，這些看起來已經沒有了威脅的諸國國君，仍是不免要在他的手中被「壽終正寢」。

楊浩記得，後蜀國主孟昶是在過生日時暴病而死的，在那之前，與他把臂言歡、痛飲慶生的正是南衙府尹趙光義。南唐國主李煜也是在過生日時暴卒而亡的，就連自始至終不曾對宋動過一刀一槍，把江山拱手送上的吳越錢王，也是在歸附宋國之後，過生日時暴病而卒的，能活下來的君主，都是在其當位期間倒行逆施，不得故國半點民心的昏君。

他楊浩在蘆嶺州的民心和聲望，趙光義透過程德玄恐怕是早就知道了，以前他可以不在乎，如果趙光義做了皇帝，他就不能不在乎。丁承宗和義父李光岑如今在西北秣馬厲兵、蓄勢良久，種種反象現在掩飾的還好，卻不可能一直控制得風雨不透，這又是一個威脅。

如果他現在還不趕緊離開汴梁，來日史書上恐怕就會很不起眼地用一句話來描述他的結局了：「霸州楊浩，曾為蘆嶺州一藩，致仕，於汴梁潛居。某年月日，生辰，帝賜御酒以賀，翌日卒。」

這還算是好的，如果他的女眷落到趙二哥手中，難保不會再傳出什麼「熙陵幸冬兒圖」、「熙陵幸焰焰圖」、「熙陵幸……」要是那樣，恐怕千年之後，他的墳頭上都是綠汪汪的一片青了。

想到這裡，楊浩一陣惡寒：「走！只要讓我確認趙光義動手在即，那就馬上走，無論是西北局勢，還是中原情形，都容不得我再拖延了。」

楊浩想到這裡，雙眉一挑，矍然抬頭，就見慕容求醉笑吟吟地站在儀門前石階上，拱手道：「楊大人，久違了。」

＊　＊　＊

「官家仁厚，把楊某提拔為大鴻臚，可是慕容先生也看到了，楊浩這條殘腿……唉……一瘸一拐，毫無形象，如何立得官威？如何站得朝堂？以楊某這樣的年紀，短短兩年工夫便從一介布衣位居九卿，也該知足了。明日，本官就要向官家辭職榮歸，自入京以來，楊某承蒙晉王千歲厚愛，多方予以照顧，今日是特來拜會千歲，以致謝意的。」

慕容求醉微笑道：「楊大人仕途一帆風順，前程遠大，將來位至相國，一人之下、萬人之上，本來也是意料中事。只是大人榮陞太快，仕途順利，前無古人，以致遭了天忌，方有此難。如今大人以大鴻臚的官職致仕，朝廷定然還有封賞，說不定能封個開國侯，得食封邑，蔭庇子孫，這一生也算是風光無限了。」

宋朝爵位有親王、嗣王、郡王、國公、郡公、開國公、開國郡公、開國縣公、開國侯、開國伯、開國子、開國男，共十二等，得封開國侯的，那已是要立下極大功勞方有可能的了。楊浩一聽連忙搖手道：「不敢、不敢，能有今時今日的地位，楊某已經知足了，豈敢再有覬覦，貪心不足。對了，千歲可已忙完了公事？本官此事造訪，不會打擾了千歲吧？」

慕容求醉微笑道：「大人來的不巧，千歲會同浚儀縣令宋大人等，去巡視黃河水道，商議拓疏河道事宜去了，如今不在府中。」

他抬頭看看繞樹環飛的鴉群，一縷斜陽還掛在樹梢上，慕容求醉目光閃動，微笑說道：「請大人先至清心樓飲茶，千歲應該也快回來了。」

「哦，千歲素來公務繁忙，只是想不到眼下已是暮色深深，千歲卻仍在為國事奔波操勞。」楊浩喟然感嘆道：「本官反正無事，那就等等千歲好了。」

他微笑著，不動聲色地邁過門檻，隨口問道：「春汛將至，河道是該疏通一下了，千歲是什麼時候去的河堤呀？」

慕容求醉道：「千歲下了朝就趕去河道上了，忙得馬不停蹄，老朽忝為千歲幕僚，卻幫不上千歲什麼忙，實在是慚愧得很。」

「散了朝會就去了河道上？那我在一笑樓所見難道是他的鬼魂？」楊浩心裡咯登一下，面上的笑容卻更加從容了。

信步前行，游目四顧，楊浩忽地看見一個衙差牽著一匹馬拐過右側一個甬道，楊浩雙眼微微一眯，便注意到那是一匹軍馬，他的目力甚好，依稀看見軍馬股上燙著一個禁軍馬軍營的烙印。楊浩急忙把目光收回來，指著旁邊一棵花樹讚道：「這一樹杏花，開得好美。」

慕容求醉笑道：「呵呵，清心樓下，處處玉蘭、丁香，不但比這一樹杏花還要美上十分，而且芬芳撲鼻，來來來，楊大人，這邊走。」

楊浩隨著慕容求醉轉入院中，不由豁然開朗，只見一片花海，處處芬芳，登時令人精神一振，花海之中，清心樓的飛簷斗角，已然在目……

* * *

萬歲殿裡，趙匡胤與晉王趙光義對面而坐。

兄弟還是兄弟，卻比往日多了幾分冷淡。酒宴依舊是趙匡胤特意囑咐的，自家兄弟最愛吃的菜肴，吃在口中卻味同嚼蠟，全沒了滋味。他們之間的這種冷淡不是表現在面上，而是存在於他們的心中，於是就像隔著一層冰，反而不易融解。

趙匡胤剛剛從趙光美那兒吃了酒回來，如今他已是第四次造訪三弟趙光美的府邸了。自從洛陽歸來，他便頻頻光顧趙光美的府邸，明眼人都看得出來，皇帝在為趙光美入仕造勢，恐怕不日就要起用他了。

趙光義也在如雪坊剛剛吃了酒過來，臉色和大哥一樣，微帶赧紅。想到大哥對三弟的親近、對皇長子的培植，想到他對自己的冷淡，想到大將軍曹翰的遇刺，想到那個男扮女裝的刺客、那個手持軍中大劍的接應者，心中也是五味雜陳……

「來，二哥，再吃一杯酒。」

趙匡胤打破了沉悶，舉杯對趙光義道。趙光義的沉悶，被他看成了對自己無聲的抗議。他很高興，二弟很久不來宮中找他了，如今他來了就好，有態度就比沒有態度強，他能把自己的不滿表現出來，那兩兄弟就還能交心。

旁的家業都能分，可是這帝王霸業卻是無法分家的，皇帝只能有一個，等到自己垂垂老去的時候，二弟的年紀也該不小了，自己考慮讓兒子接位，固然不無私心，可是這一點也是他下定決心的一個理由，相信事情說開了，二弟縱然還有不滿，時日久了，些許恩怨也能煙消雲散。

「啊，大哥請酒。」趙光義勉強舉杯，向趙匡胤略一示意，仰頭飲下。

「二哥……」趙匡胤沉吟著說道：「自從洛陽歸來，你我兄弟這還是頭一回單獨飲宴。」

「是啊。」趙光義苦澀地一笑：「自從洛陽歸來，大哥日夜操勞國事，兄弟怎敢前來打擾？」

趙匡胤沉默了片刻，起身走去，自龍書案上取過一盞燈燭，回到酒席上坐下，將燈擱在面前，燈光映亮了兄弟倆十分相似的方正面孔。趙光義的眼神有些閃爍，刻意地規避著他的目光。

趙匡胤目光一凝，問道：「二哥，你怎麼了？」

趙光義垂首道：「沒怎麼，只是……許久不曾與大哥同席飲酒，今日坐在這兒，竟然有些不自在。」說著，他微微發顫的手指輕輕縮回了袍內。

趙匡胤一笑，舉杯抿了口酒，放下酒杯撫著鬍鬚喟然嘆道：「二哥，這裡沒有旁人，咱們兄弟倆有什麼芥蒂，不妨把它說開了。自唐末以來，興一國、亡一國；立一君、滅一君，此起彼伏，形同兒戲，如果不能記取前人教訓，那大哥也不過是那須臾興亡的帝王之一，我宋國也不過是史書中也不勘其詳的一方諸侯。

「為兄處心積慮，方有今日成果，天下將定，四海昇平。可要想長治久安，就得有個規矩。確立皇儲繼承，正是朝廷久安之根本。」他拍著自己的大腿道：「二哥，這個寶座，誰不想坐？可是最終能坐上去的，畢竟只有一個。你的心意，為兄未嘗不知，可是今日為兄破例傳位於你，來日子孫中，兄弟之間，是否仍有人欲循此例？是否會因此致使皇室兄弟自相殘殺，禍亂無常？」

趙光義惶然道：「大哥，兄弟並無覬覦大寶之意，大哥……」

趙匡胤舉手制止了他，慨然道：「二哥，你我兄弟，今日坦誠以見，好嗎？」

趙光義微微一怔，垂首道：「是……」

趙匡胤將杯中酒一飲而盡，對面的趙光義目光不由微微一閃，有些緊張地端起杯子，將杯中酒也是一飲而盡。趙匡胤沉聲道：「古往今來，立儲之法，終無盡善盡美的，唯有擇其適宜長遠者做為選擇。

「商王朝兄死弟及，此後代代兄弟相爭，引起九世之亂，終至亡國。周取而代之，汙貶商朝之亡源於殷紂荒淫，不足為信。周公以此為誡，立嫡不立長，立長不立賢。自此方有宗法、禮法、階級……綱紀天下，納上下於道德，自是以後，子繼之法遂為百王不易之制矣。

「其實周公也罷，你大哥我也罷，誰不知立賢之利要比立嫡為宜，可是……唯有傳子之制、嫡庶之別，方可息爭啊。天下之大利莫如定，其大害莫如爭，不立嫡子，則無以弭天下之爭啊。

「而且這賢與不賢，難以界定，你以為他賢，另一個未必認為他賢，又有那善於偽裝者，未登大寶時看來是個人才，登基後也不過如此。更有前賢而後昏，不能善始善終的，這更不是立賢能夠解決的問題。

「若取立賢不立嫡之策，但凡想爭位的，誰肯說自己不賢？以篡逆戰亂篡位者，固然有賢者，可賢者固有之，暴厲昏君亦不乏少數，奈何？

「以南朝蕭梁來說，侯景之亂一起，梁武帝蕭衍的子姪輩裡，不知出了多少自以為配當皇帝，實則草包一個的紈褲子弟，一個個擁兵自重見死不救，自相殘殺不亦樂乎，結果是親者痛仇者快，被北人當猴子耍。

「家天下，家天下啊，只要一日還是家國天下，那麼立嫡不立長，立長不立賢，就是唯一的選擇。儘管它也不是萬全之策，卻已是最大程度保證家國天下得以延續的手段。立儲的選擇，越簡單越明瞭越好，一旦紛繁複雜，就會藉口頻出，戰亂不休，子子孫孫，為帝位爭執不已，其敝將不可勝窮，而百姓將無一刻安寧。故衡利而取重，絜害而取輕，以立子立嫡之法，以利天下後世。」

說到這裡，趙匡胤感傷地道：「二哥，你隨大哥多年，又治理開封十年，你之才能，較之德昭如何，大哥心中明白，但是即便拋卻私心，如非萬不得已，大哥也不能擇你為儲。如今天下已然承平，大哥多年來煞費苦心，拋卻唐時弊政，不使地方藩鎮節度滋生，只要內亂不起，我趙家怎麼也能坐穩兩三百年江山。可是趙氏諸王若為帝位自相殘殺，不出二十年，天下將易主矣。大哥有慮於此，方做如此選擇。」

他為趙光義斟滿一杯酒，又為自己斟上一杯，捧杯說道：「二哥，今日大哥剖心瀝膽，坦誠以見，希望二哥能明白大哥的一番苦心，你我兄弟同心，共保我趙宋江山。二哥若明白大哥一番苦心，接受大哥的選擇，就請滿飲此杯。」

趙光義略一遲疑，便緩緩伸出雙手，捧起杯來。

趙匡胤目中露出欣慰之色，向他一舉杯，說道：「乾！」說罷仰面喝了下去。

趙光義卻未飲酒，只是直直地望著趙匡胤，趙匡胤眉頭微蹙，訝異道：「二哥，你……」

趙光義的臉色沉了下來，說道：「大哥，兄弟還有一件事，總要當面向大哥問個明白，這個心結若不解去，兄弟如芒在背、如鯁在喉，這杯酒，是無論如何喝不下去的。」

趙匡胤聽了展顏道：「二哥你說，大哥知無不言。」

趙光義微微向前俯身，沉聲問道：「大哥，我的親大哥，如果你對兄弟如此仁至義盡，不知……那洛陽刺客……所為何來呢？」

他的臉上露出淡淡的笑容，燈影下，那笑容微微有些扭曲，顯得有些猙獰……

＊　＊　＊

楊浩看看天色已晚，最後一抹夕陽已將消失，便放下茶杯起身道：「慕容先生，看來千歲一時不會回府了，楊某先回去了，明日辭官之後，再來見過千歲。」

慕容求醉起身笑道：「如此也好，那老朽便送楊大人離開。」

慕容求醉陪著楊浩走出清心樓，直趨衙前。楊浩不敢做出一分急躁神色，扶著殘腿一瘸一拐地出了南衙，向慕容求醉拱手告辭，待他上了馬，緩轡行去，拐出慕容求醉視線，這才打馬一鞭，急急馳去。

慕容求醉拈著鬍鬚，長長地吁了一口氣，抬眼望向黯淡的天空，喃喃自語道：「此時，應該動手了吧？」

他又遙遙望向洛陽方向，暗暗說道：「相公，你對慕容有知遇之恩，這分恩情，慕容會牢記心頭。可是，慕容垂垂老矣，就算相公復了相位，慕容終難有出人頭地的機會了，可是……可是如今卻不同，從龍之功、從龍之功啊……恩相，慕容抱歉了……」

楊浩拐過南衙牆角，便策馬直驅御街。街上行人往來，摩肩接踵，楊浩行不得快路，耐著性子好不容易捱到了御街上，便向午門前馳去。

他記得午門守軍面目陌生，其中還有一個似乎就是南衙出身，因此不敢靠近，只在左近逡巡，看到石獅左近靜靜停著一頂大轎，楊浩便緩轡走去，拉住轡繩笑問道：「好一頂大轎，這是哪一位相公還在宮裡辦差嗎？」

地上坐起一個轎夫來，懶洋洋向他打量一眼，見夜色中一匹黑馬，馬上一個青袍文士，夜色昏暗，也看不清相貌，便懶洋洋揮手道：「去去去，宰相坐得這頂大轎嗎？這是晉王千歲的轎子。」

「啊，原來如此，得罪，得罪。」

楊浩告一聲罪，撥馬便走。楊浩抄著小道拐來拐去，越往越快，到了城西金梁橋時，天上已是一輪皓月當空。楊浩忽地勒住馬韁，低頭看著悠悠流水中一輪蕩著漣漪波紋的皓月沉吟起來。

「走，馬上就走，我不是早已決定，一俟趙光義發動，我這廂便立即離開嗎？當斷不斷，還在猶豫什麼？」

他提著馬韁在橋頭轉了個圈，惹得幾個過路的行人叫罵起來：「天色昏沉，還在城中縱馬，踢傷了人，告你入官，吃上三十大板……」

楊浩也不理會，心中天人掙扎，在自己的安危前程和他對趙匡胤這個某種意義上的對手的敬重愛護之間，苦苦地做著抉擇。

「理智一些，就算我回去，又有什麼用？如果趙光義還未發動，我這些蛛絲馬跡哪有可能做為證據，向皇帝告發他的親兄弟？恐怕……恐怕我連宮門都進不去，就要被宮門侍衛斫為爛泥……

「不修私德，淫亂人妻；江州屠城，殺人無數；天下承平久矣，仍是僵硬不化，將從中御；北伐失敗，丟下數十萬大軍任人宰割，自此放棄收復幽燕之志……他做皇帝，會比趙匡胤做的更好嗎？我能改變西北，就不能改變中原嗎？如果一定要有一個對手，我寧願選擇趙匡胤這樣的一代雄主。可是……現在還來得及嗎？」

楊浩仰首向天，天下只有一輪明月，皎如玉盤，清輝灑下，映在他的眸中。

楊浩深吸一口氣，突然一提馬韁，健馬仰天長嘶一聲，便放開四蹄向城中奔去……

三百九六　偷天

萬歲殿，酒殘菜冷，宮燭搖曳。

趙匡胤搗住小腹，氣若游絲，憤怒的眼神看著自己一母同胞的兄弟，臉色呈現出奇異的淡金色。

趙光義面容扭曲著，儘管他想強自鎮靜下來，卻始終難以掩飾地露出一副緊張與驚恐的神色，儘管他的大哥已經倒在地上，連爬起來的力氣都沒有了，可是他仍不敢靠近一步。

如果沒有他的大哥，今日的趙光義，可能仍住在洛陽夾馬營，在官府裡謀一個小吏的職位，終老此生。他的一切都是大哥給的，就連他一身武功也是大哥傳授的，趙匡胤的威嚴已經深深浸入他的骨髓，只要一口氣還在，他對兄長的敬畏就始終揮之不去。

這正是他最為懊惱的事情，哪怕他覺得自己天縱英明，可是只要看到趙匡胤，他就會自覺地記起，在他上面，還有一個人，只要存在一日，就永遠站在他頭上的人。他只能用色厲內荏的聲音來掩飾自己的恐懼和懊惱，乖戾地低吼道：「大哥，就算你沒有殺我的意思，今日之事，兄弟我也絕不後悔。」

他攥緊雙拳，憤怒地道：「我也想兄友弟恭，做一個好弟弟，可是我更想做一個好皇帝，萬世傳頌。這天下，是我和大哥一起打下來的，憑什麼就要傳給你的兒子，讓你的子孫代代成為九五至尊，而我和我的子子孫孫就得向你的子孫俯首稱臣？」

趙匡胤喃喃地道：「我們兄弟……一起打下來的江山……」

「不錯！」

趙光義猛一揮手，激動得臉龐漲紅：「大哥，你知道當初是誰偽造軍情，說契丹出兵伐我周國邊境，才使大哥你領兵出征的嗎？是我！是我趙光義！你知道當初是誰和趙普、高懷德、石守信、王審琦等人暗中計議，在陳橋驛駐馬不前、黃袍加身，擁立你做皇帝的嗎？還是我，是我趙光義！」

趙匡胤睜大了眼睛，彷彿從不認識似地看向自己的兄弟，哪怕親耳聽他說出來，他還是不敢相信當時年僅二十出頭，一直在自己面前唯唯諾諾、唯命是從的二弟會有這樣的心機手段。

趙光義的眼神有些瘋狂起來，顫抖著嘴脣道：「是我，都是我幹的。大哥你空有一身本事，立下赫赫戰功，得到各路大將們的擁戴，可是若不是我，你能成為開國之君嗎？世宗早逝，孤兒寡母把持朝政，符太后一介女流，皇帝是個七歲的黃口小兒，能坐穩江山嗎？你傻了？唾手可得的東西，你不去爭，早晚它要落入旁人手中。」

趙光義的膽子大了些，走近兩步，低喝道：「石守信，節度使兼殿前都指揮使，張令鐸，節度使兼侍衛步軍都指揮使，職位均與你相當；高懷德，節度使兼殿前東西班都指揮使，還有趙彥徽，他們的兵權和職位都在你之上。此外還有張光翰、王審琦、韓重贇、李繼勳、王彥昇，哪一個不是手握重兵、心高氣傲？

只有你，只有你的戰功和在軍中的威望才可以壓制他們，可是如果你不做皇帝，還要阻礙他們的前程，你道他們就不會把你當成一塊絆腳石一腳踢開嗎？亂世之中，一個英明之主都未必能守住他的寶座，何況是一個七歲的小娃？誰肯為他賣命？若不是我和諸位將軍計議，扶保你登基坐殿，坐了江山，會有今日的趙官家嗎？你早被人取而代之，變成了一堆枯骨！」

趙光義握緊拳頭，一步步迫近，惡狠狠地道：「明明得利的人是你，可你偏要做出一副耿耿於懷的模樣，怨恨旁人讓你背了這麼一口大大的黑鍋。那是皇帝啊！那是九五至尊啊！為此，就算被天下人唾罵又算得了什麼？

「我，我才是大宋開國第一功臣，可是這個功勞我偏偏提不得。現在你知道了？如果沒有我，就沒有你趙官家，就沒有一統中原的大宋！這天下，本來就應該是我的！憑什麼要傳給你的兒子？」

趙匡胤慘笑道：「既然如此，你何不直說？我便把這皇帝讓給你做，那又如何？」

趙光義神色一窒，沒有說話。

趙匡胤喘息著，眼中露出一絲譏誚的意味：「因為你知道你不成的，是不是？因為只有我才能壓制那些手握重兵、桀驁不馴的驍將，而你不成。你處心積慮，始終為的是你自己，你給我的，並不是我想要的，我這個大哥憑什麼要感激你？」

他眼中淚光瑩然，低聲道：「二哥，皇帝的寶座真的這般重要？重要到可以抹煞一切親情？你以毒酒殺死胞兄，奪了這個冰冷冷的帝王寶座，天下人會服你嗎？如此手段，如此卑鄙、如此毒辣的人，能成為一方人主嗎？」

「為什麼不能？」

趙光義冷笑，激動得渾身哆嗦：「我能把開封打理得井井有條，就能把大宋治理得如日中天。弒兄篡位又如何？嬴胡亥、楊廣弒兄弒父，固然是亡國昏君，可楊堅、李世民呢？楊堅可是奪了他八歲外孫的皇位；李世民更是心狠手辣，設計陷殺胞兄胞弟。

「李建成五個兒子、李元吉五個兒子，大的才只十幾歲，小的還在吃奶，全都被他殺光了，就連自己年輕貌美的弟媳齊王妃都被他占為己有，他甚至還篡改史書，把太子李建成和齊王李元吉說得奸詐無能、一無是處，那又怎樣呢？他是一代明君、千古帝王。」

他慢慢走到趙匡胤面前，輕輕彎下腰來，頰肉控制不住地哆嗦著，低低地道：「如果當初在陳橋驛，你堅持要做一個好人，做一個忠臣，那麼會怎麼樣？會有今日的你嗎？不會，你要嘛被符太后殺了，要嘛被走投無路的軍中諸將殺了，哪裡還有今日的大宋開國英主呢？

「大哥，大奸大惡的人未必不能成為一個好皇帝，而一個好人，卻未必能做一個好皇帝。做一個好人和做一個好皇帝，那是兩回事。為什麼你都快要死了，還是搞不明白？」

趙匡胤身子一震，突地鼓起餘力，一把攥住了趙光義的袍裾，趙光義嚇得一哆嗦，抽身就想跳開，可是突然覺得手腳發軟，連跳開的力氣都沒有了。

趙匡胤倒臥在地，臉龐就在他的腳下，只要一腳就可以踢開，可他哪有那個膽量，嚇得只是顫聲道：「放手，你……你……你放手。」

趙匡胤死死攥著他的袍裾，低聲而有力地道：「善待……我的妻兒！你……要……善待……我的妻兒。」

趙光義急於脫身，忙道：「我……我要的只是皇位，能對他們怎麼樣？我……答應你。」

趙匡胤仍是直勾勾地看著他，趙光義被看得一陣陣心寒，竟不敢反抗，於是急急伸出三指，向天發誓：「我答應你，一定善待你的妻兒，若違此誓，暴屍荒野，身軀飽以獸腹！」

趙匡胤眼睛直勾勾地盯著他，吃力而清晰地道：「好，我記得你的承諾，你若違誓，吾便做鬼，也絕不放過你！」

趙光義勉強笑了笑，說道：「君無戲言！」

說著，他不由自主地挺起了胸膛，這時他才意識到，他已經不需要再畏懼大哥了，更不需要在他面前彎下自己的脊梁，大哥馬上就要死了，他才是中原今後的主人。

「好！好！好！」

趙匡胤一連三嘆，仰面躺在地上，痴痴望著殿頂承塵，喃喃說道：「昔日提一條棍，闖蕩天下，我不曾死；投軍入伍、百戰沙場，我不曾死；實未料到，今以至尊，二哥殺我！」

他眼中流出淚來，慘然叫道：「實未料到，今以至尊，二哥殺我啊！」

這一聲憤怒的吼叫，駭得趙光義臉色發白，連連後退，竟然撞翻一桌酒席。正在承塵上面抓著稜格睡覺的那隻鸚鵡也被這一聲吼驚醒了，幸好鳥兒睡覺時全身放鬆，重量自然下沉拉緊了足部肌腱，雙爪扣得緊緊的，這才沒有掉下來。

大概是睡意未消，抑或是厭惡滿屋的酒氣，鸚鵡叼叼羽毛，便展翅向外飛去，驚恐不已的趙光義全神貫注在趙匡胤身上，生恐他暴起傷人，竟然沒有發覺。

可是趙匡胤並沒有跳起來，這一聲吼罷，他已圓睜雙目，溘然氣絕。

趙光義緊張地看著他，眼睛眨也不眨，半晌才雙腿一軟，跌坐在杯盤狼藉之中，顫聲說道：「我給你的，你不想要。你給我的，我同樣不想要。你給不了我的，兄弟我只好自己去取……天下你坐過了，九五至尊你當過了，你還有什麼不滿意的？你……你安心地去吧，這天下……從此以後，是我的了，該是我的了……」

* * *

夜風習習，楊浩重新回到御街上時，卻已是一身透汗。

前方就是夜色中巍峨聳立的大宋皇宮了，楊浩卻突然勒緊馬韁站在了那裡。

此時他才突然想到一個非常重要的問題：如何通知趙匡胤？

闖宮？闖得進去嗎？就算沒有被人立即砍成肉泥，如果趙匡胤未死，那麼為了給皇弟和滿朝文武一個交代，他楊浩也只有死。如果趙匡胤已經死了，他這一去豈不是羊入虎口？還能活著出來嗎？

能找誰？能去找誰？

楊浩緊張地思索著，本來魏王趙德昭是最好的人選，可惜，他如今正領兵在外。趙光美？從來沒有打過交道，他會不會信自己的話？再者，他如今還沒有官職，有什麼能力阻止趙光義？

還有誰？

楊浩急得滿頭大汗，忽地想到了他唯一熟悉的，在朝廷又說得上話的人物：羅公明。可是這個老傢伙狡詐如狐，他肯出這個頭嗎？這可要冒著殺頭的風險。

左思右想，楊浩忽又想到一個人物，便把牙一咬，撥馬行去……

* * *

萬歲殿，帷幔一閃，內侍都知王繼恩幽靈般地閃了出來，他仍然謙卑地彎著腰，悄悄向倒臥於地、面呈金紙色的趙匡胤瞟了一眼，便向痴痴呆呆地坐在那兒的趙光義彎了彎腰，細聲細氣地道：「官家。」

聽了這樣的稱呼，趙光義蒼白的臉色迅速恢復了紅潤，他清醒過來，從地上爬起來，定了定神，才粗重地喘息道：「都準備好了？」

王繼恩諂媚地笑：「官家放心，這萬歲殿上上下下，不相干的人早就被奴婢打發出去了，留下的，都是絕對可靠的人，至於各處宮門，奴婢也都做好了安排。」

「好，好，這是殺頭的前程，你對孤……對朕忠心耿耿，朕……不會虧待了你，一切依計行事。」

「遵命……哦，奴婢遵旨。」

王繼恩諂笑著答應一聲，他的兩個義子立即閃進殿來，兩個小黃門把趙匡胤的屍身抬起來，放到屏風後面的床榻上，又打掃房間，重新抬上一桌酒席，布置成吃得七零八落的樣子。

而王繼恩則召回那些被他藉故打發開去的內侍、宮人，一切準備停當之後，王繼恩向趙光義點了點頭，趙光義便朗聲道：「大哥，兄弟不勝酒力，再喝不得了，這就……這就告辭了。」

「哈哈，二哥自去，自去，來日……來日你我兄弟再行飲宴。」

這聲音竟是趙匡胤的聲音，說話的是王繼恩的一個義子，這個小內侍習有一手絕妙口技，張口學趙匡胤說話，語氣聲調粗獷豪放，與趙匡胤一般無二，還帶著幾分醉意的含糊，模仿的實是唯妙唯肖。

真正的趙匡胤此時正躺臥宮闈之中，屍身漸漸變涼，前邊卻有一個人正在模仿著他說話，聽來實在令人毛骨聳然。那半截紅燭把他們的影子投在牆上，更顯得鬼魂般幽離可怖，可是身在局中的幾個人，顯然並沒有這樣的感覺。

趙光義演過了戲，又向王繼恩深深望了一眼，便轉身走了出去，一出殿門，便腳下虛浮、醉眼矇矓了，兩個小內侍趕緊上前扶住。

「來啊，拿醒酒湯來，侍候朕……入……入寢……」

當趙光義搖搖晃晃地走出寢宮的時候，宮中猶自傳出趙匡胤豪放的聲音，未幾，帷帳中鼾聲如雷，侍候在外的宮女、太監們聽得清清楚楚……

＊　＊　＊

「這位壯士，你要什麼？」

盧多遜自夢中醒來，只見室中已燃起燈來，面前站著一個青衣蒙面、手中持劍的夜行人，不禁又驚又懼。不過他畢竟做了多年的官，還算沉得住氣，輕輕推開擁在懷中的侍妾若酒，故作鎮靜地坐起身來。

「起來，馬上穿好衣服。妳，滾開一些！」

那個夜行人說話粗聲粗氣，他挑開被子，用劍刃在那個花容失色、簌簌發抖的十六、七歲美嬌娘大腿上一拍，駭得那女子一跤跌下地去，粉彎雪股、酥胸妙臍，在薄如蟬翼的薄紗衣裙下若隱若現，羞得她趕緊拿手掩住衣裙難以遮掩的羞處。

盧多遜變了變臉色，沉聲道：「壯士若要求財，儘管取去，若是刺殺朝廷大臣，你該知道，天下之大，也再沒有你容身之處。」

夜行人怪笑一聲，一雙眼睛神光閃動，低叱道：「本人不是求財，也不是求色，而是來保你的前程、保大宋的前程。」

「什麼？」盧多遜又驚又疑地問道：「什……什麼前程？」

＊　＊　＊

趙光義回到開封府，宋琪、賈琰、程羽、慕容求醉、程德玄等一眾親信早在清心樓相候，一見趙光義，眾心腹不約而同地站了起來，雙眼放出緊張熾熱的光芒，可是看著趙光義，一時卻說不出半個字來。

趙光義吁了一口氣，說道：「大事已成了一半，如今唯有靜候佳音。」

所有心腹聽了不約而同地出了口大氣，趙光義逕直走到主位上坐下，見面前早已沏好了一壺茶，便拿起杯來斟茶，壺嘴碰著茶杯，發出叮叮噹噹的細微響聲，那隻手竟是始終握不得穩當。

眾人互相看了看，慢慢圍繞到他身邊，趙光義放下茶壺，強自鎮定地一笑：「事已至此，還有什麼好緊張的？哈哈，哈哈，你們……你們都坐吧。」

眾人應一聲是，臉上都露出了笑容，只是那笑容都有些牽強，慕容求醉想了一想，忽道：「千歲，今日晚間，大鴻臚楊浩曾來府上拜望過。」

趙光義剛剛舉起杯，聞言不由一怔，停杯道：「他來做什麼？」

慕容求醉道：「楊浩說他腿腳不靈便，決意明日辭官，今日特來辭謝千歲。」

說到這兒，他微微一笑，道：「此人對千歲始終若即若離，不為千歲所用，如今成了殘廢，才想到抱千歲的大腿，實屬可笑。老朽說千歲下了朝就去會合浚儀縣令宋大人巡視河道去了，他等得不耐煩，便離開了。」

趙光義聽了攸然變色，沉聲道：「本王因大事在即，心中忐忑，難以平靜，午後曾往『如雪坊』與柳大家對酌淺飲，聽其撫琴，舒緩心緒……」

他頓了一頓，又一字字地道：「本王回來時，曾與楊浩碰個正著。」

慕容求醉聽了不禁一呆，半晌才強笑道：「千歲下了朝後便不曾回衙，如此……老朽自然不知千歲的蹤跡。千歲從河道上回來，因身子疲乏，便去『如雪坊』消遣一番，這也說得過去的。」

趙光義霍地起身，負手在清心樓中踱行半晌，忽然止步喝道：「禹錫。」

程德玄踏出一步，抱拳道：「屬下在。」

趙光義道：「你去，馬上帶人去楊浩府上，把他全家……」

趙光義把手向下一劈，程德玄會意，重重一點頭，轉身出了清心樓。

趙光義走到窗邊，推窗望月，月色皎潔如水，他的心中卻是波瀾起伏，喃喃自語地道：「這一天好慢，明天的太陽……什麼時候才能升起來？」

*　　*　　*

一乘大轎，沿著御街吱呀吱呀地走向午門，八個轎夫不停地換著發疼的肩膀，心裡頭暗暗納罕：往日裡抬著那是何等輕鬆，今兒個盧相公怎麼變得這麼沉了？

轎廂中，青衣蒙面人、當朝宰相盧多遜和他最得寵的如夫人若酒擠成了一堆。若酒姑娘被捆得像個粽子似的，嘴裡塞著一團布，一雙漂亮的大眼睛睜得大大的，驚恐地看著端坐在轎中央，手中拄著一口明晃晃利劍的青衣人，大氣都不敢出。

盧多遜頭上的官帽帽翅之長僅次於王爺，此時只能側著身坐著，他看著中間的青衣人，低聲問道：「壯士，你到底是什麼人？」

青衣人粗聲粗氣地道：「毋須多問。」

盧多遜嚥了口唾沫，艱澀地道：「壯士，你拿著利劍，又蒙著面，根本不可能進入宮廷的。」

「我根本不需要入宮。」

青衣人冷笑：「我只是要逼你入宮，你入了宮，總要對官家有個理由交代，說明你為何深夜闖宮，不是嗎？不用擔心，你不需要負什麼責任，只須把我對你說的話向皇帝直言，有你轎中的如夫人為你作證，足以證明一切皆出自於我的脅迫，你又素受官家倚重，官家即便在他身上搜不出什麼證據，也不會怪罪於你。」

盧多遜忙應一聲是，目光卻頻頻閃動，不知在想些什麼。

那青衣人目不斜視，卻似對他的心思瞭如指掌，冷笑道：「你不要亂動腦筋，本人劍術通神，出入你的府邸如履平地，你該曉得本人的本事。你敢亂動腦筋，本人就算在午門禁衛面前取你項上人頭也是易如反掌，不只你要死、她也要死，你們這對鴛鴦再享不得人間富貴，只好到陰曹地府繼續恩愛去了。」

盧多遜身子一震，連忙道：「不敢不敢，此事於國於君，有益無害。無論真假，都不妨一試，盧某食君俸祿、受君深恩，赴湯蹈火亦在所不辭，又怎會懷抱異樣心思？」

午門到了，站崗的禁衛驚訝的喝叫聲傳來：「上朝之時還早，這是哪位大人深夜到了宮門？」

青衣人亮了亮手中寶劍，說道：「此番闖宮，事成你有護駕之功，事敗你是為刺客迫入宮闈，總之於你沒有半點壞處，本人有百萬軍中取上將首級的本領，就算站在這裡，要殺你也是易如反掌，還希望你能老實一點。」

「是！」

盧多遜嚥了口唾沫，緩緩拉開一角轎簾，那美妾若酒偎在轎角，一雙烏溜溜的眼睛看看自己官人，再看看端坐持劍的青衣人，露出可憐兮兮的表情。

盧多遜探出半個身子，又下意識地回頭一望，青衣人手腕一翻，利劍已橫到他愛妾頸上，把若酒嚇得蜷成一團，明媚的大眼睛中溢出淚光來，盧多遜把牙一咬，便僵硬著身子走了出去。

「哎喲，是盧相爺。這深更半夜的，您……上朝早了點吧？」

盧多遜強自笑笑，下意識地又扭頭看看不遠處靜靜懸垂的轎簾，說道：「本相有要緊國事稟奏官家。」

「什麼？」那守門的校尉面露難色：「相爺，深更半夜的，禁宮已然上鑰，未至天明，概不開啟，這個……相爺是知道的。」

盧多遜淡淡一笑道：「規矩是規矩，官家什麼時候守過這等死規矩？這些年來，官家深夜召見大臣也不是一次兩次了。趙相公當初就曾多次深夜入宮，早有先例，怎麼換了本相就不成了？」

那校尉乾笑道：「盧相，趙相入宮，可也是官家下旨宣召的，盧相不宣而來……」

盧多遜眉頭一挑，說道：「本相說過，有十萬火急的要事，不得不來，你有閒暇在此與本相聒噪，何不入宮請旨聽聽官家的意思？若是耽擱了大事，你擔待得起嗎？」

旁邊一個校尉陰沉沉地道：「盧相，什麼要緊的事，須得連夜入宮？官家如今已然就寢，我們只是一些守門的小校，驚擾陛下，可是吃罪不起呀。」

轎中青衣人從轎簾一角的縫隙中看著午門情形，燈光下，只見這個說話的小校正是他有些面熟的那個人，曾在南衙做事的一個屬吏。

盧多遜瞇起眼睛，沉沉問道：「官家夙興夜寐，常常處理公務直至深夜，你一守門小校，如何曉得官家已經睡了？」

那校尉笑嘻嘻地道：「今夜官家留晉王千歲宮中飲宴來著，官家與自己兄弟飲酒，素來大醉方眠，如今千歲已然離開，官家哪有不睡的道理？」

盧多遜臉色一變，失聲道：「晉王千歲已然離開？」

那校尉道：「離開約莫有一個時辰了。」

轎中楊浩聽了也是心中一沉，晉王已經離開？他已經得手了嗎？除非他不是今夜下手……楚昭輔換防田重進，一個班值是三天，羅克敵最快也要兩天才能趕回，除了今日，明日也是適宜動手的時機，蒼天保佑，但願他還沒有動手……

盧多遜聽說晉王已經離開，心中便是一震。那青衣人所說的篡位謀逆之事，實在是聽得他心驚肉跳。憑心而論，他根本不想攙和到皇室的家務事中，他已位極人臣，不管是誰登基為帝，為了穩定民心社稷，暫時都不會動他這些老臣，憑他本領，還不能取得新帝歡心？

可是這等誅心的私念只好深深藏在心裡，不知道是一回事，知道了不去做，那就是另一回事了，所以在利劍的脅迫下，他半推半就地來了。

如今聽說晉王已經離開宮闈，盧多遜馬上想到，如果現在強行闖宮，而官家正在好端端地睡覺，他說明苦衷，官家自然不會怪罪於他，卻也不會得到更大好處。如果官家真的已經駕崩，那他現在執意闖宮，下旨讓他進去的人會是誰？進不去後患無窮，進去了更加凶險，除了附逆做那篡位者的同黨，就只有身首異處一個選擇，身家性命、一世清譽……

盧多遜心思轉動極快，片刻工夫就已想清了其中利害，權衡出了利弊得失，他突然一把抓住那個對著他皮笑肉不笑的校尉，向自己這邊一扯，兩個人一下子換了位置。

那個校尉被他拽得有點發愣：今兒個盧相爺雅興不淺，打算跟我深夜在午門摔跤？

盧多遜一俟換了位置，便把身子一矮，用他遮住自己，放聲高呼道：「轎中有刺客、轎中有刺客，諸位兵士，快快擒下了他！」

* * *

「千歲，千歲！」程德玄氣喘吁吁地回到南衙：「楊家……人去室空，一個人都不見了。」

「什麼？」趙光義霍地站了起來。

賈琰眉頭一擰，說道：「千歲，大事要緊，一個楊浩濟得什麼事？這件事交給屬下們吧，馬上執行第二計畫，控制九城。」

「好！」

趙光義咬牙獰笑：「我就不信，區區一個楊浩，能壞得了我的大事！你們馬上去做。」

賈琰、程德玄抱拳應道：「是！」便即匆匆走了出去。

這時一個心腹急匆匆地跑了進來，急叫道：「千歲，宮中的……王都知到了。」

趙光義瞿然動容：「快請。」

未及相請，王繼恩已然登上清心樓，一見趙光義便道：「千歲，陛下駕崩，中宮已知！」

趙光義急步迎上，問道：「娘娘有何主張？」

王繼恩道：「中宮大慟，然神思未亂，急命奴婢出宮，相召盧、呂、薛三相入宮。」

「哦？」

趙光義目光一凝，冷笑道：「娘娘如此作為，所為何來？」

王繼恩放低了聲音，一字一句地道：「祕不發喪，急召皇長子德昭回京。」

趙光義仰天大笑：「好一個宋皇后，走！咱們入宮！」

程羽、慕容求醉等人簇擁著趙光義立即出了清心樓，樓下戰馬早已齊備，各自上馬，便向皇城疾馳而去……

三百九七　換日

楊浩自忖為盧多遜考慮得十分周全了，讓他「被迫」入宮示警，無論成與不成，有自己這個「刺客」擔著，他都沒有什麼罪過。他盧多遜是博學大儒，又素受官家倚重，值此國家安危之際，沒有理由不肯應承。

可他萬萬沒有想到，盧多遜居然當眾喝破他的行藏，驚怒之下，楊浩破轎而出，使一口劍殺出重圍，便向街巷中遁去。待他尋回盧多遜府邸附近，找到自己繫在路邊的馬匹，跳上健馬驅策西向時，忽見城中兩處火起，在夜色中顯得分外醒目。

隨即，不知從哪兒突然冒出了無數的巡檢、差役，左右軍巡院的人也是滿街遊走，那應急速度較之他做火情院長時足足快了十倍。按照他當時制定的火險規定，一俟火起，立即取消夜市，閒雜人等馬上回家，九城戒備，只許火情鋪、救火官兵、維持治安的衙役公差、以及救助傷者的車輛出入，這一來，楊浩深更半夜，單騎獨馬便立即凸顯出來。

楊浩單騎獨馬，目標過於明顯，迫於無奈，只得棄了馬匹，循小徑而走，此時他才發現，開封府衙差、地保、巡弋壯丁正向所有街巷滲透，楊浩穿過一條小巷，前方街上已滿是巡檢，楊浩只得潛身在街巷邊伺機而動。

過了片刻，就見前方一輛車子輕馳而來，也是向西而行，行至前方時被幾名巡檢攔住，車中人也不知拿出了什麼信物，那幾名巡檢舉起火把驗罷，頓現恭敬之色，忙閃開道路讓行。

楊浩見了心中不由一動，待那車子駛到巷口時，他讓過前方馬匹和車夫，輕如靈猿，倏然自高大的車輪後面閃了進去，雙臂一攀車底，身子便掛了上去。

車輪轆轆，楊浩貼在車底，緊張地掃視著四周，只見路上行人漸稀，車子時時受阻，不過驗過信物之後，這輛車子總是能夠暢行無阻，方向也是一直向西而行，這才漸漸心安。

此刻，他已料定趙匡胤必已被害，趙光義如願以償，還是坐上了皇帝的寶座。可是他此刻沒有一絲被挫敗的頹喪，胸中反激起一股奔湧的血氣：「歷史仍在按它本來的路走下去？不！絕對不會！該變的，已經變了，沒有變的，我來改變。趙光義，他不配！我一定要把這個人渣從本不屬於他的寶座上踢下來！一定！」

* * *

萬歲殿，宋皇后伏拜榻前，大哭不已。她今年剛剛二十四歲，年紀輕輕，就做了未亡人，疼她愛她的夫君已然故去，自己又不曾生下一兒半女，今後漫長歲月，深宮寂寂，可如何度過？

正哭得傷心，殿外忽地傳來一陣急促的腳步聲，宋皇后立即擦擦眼淚站起身來。她雖是一介女流，可是畢竟已經入主中宮幾年，在皇宮中幾經錘鍊，已非尋常婦人可比，她深知此刻不是大慟悲哭的時候，皇帝家事就是國事，如今皇長子領兵在外，她若六神無主，一籌莫展，這江山都要生變。

「娘娘。」

王繼恩閃身進來，躬身施禮。

宋皇后急急上前問道：「盧相、呂相、薛相可已來了？」

王繼恩退後一步，緩緩避向旁邊，慢慢說道：「娘娘，三位相爺沒有來，不過……晉王千歲到了。」

宋皇后一聽，面色頓時慘白如紙，就見趙光義快步走入，含淚說道：「嫂嫂，臣弟驚聞……皇兄……殯天了？」

宋皇后驚退三步，目光向王繼恩急急一閃，王繼恩垂首躬身，嘴角微微勾起，昏暗的燈光下透出一股陰惻惻的味道。

宋皇后激靈靈打了個冷顫，心知大勢已去，當機立斷，便向趙光義福禮低身，泣聲說道：「陛下……已然殯天了，我母子性命，今後均要託付官家了。」

趙光義見她如此識趣，心中暗喜，忙側身避禮，長揖說道：「我們是一家人，自當共保富貴，娘娘幸毋過慮！」

宋皇后慘然一笑，返身奔到趙匡胤榻前，悲鳴一聲：「陛下……」便即哭倒在地。

趙光義默默走到榻邊，跪下，並不敢向榻上望一眼，只是掩面大哭。

王繼恩躡手躡腳走到他身邊，細聲細氣地道：「千歲，皇上已然殯天。國不可一日無主，如今朝廷，唯有千歲威望隆重，得百官萬民擁戴，可承大寶。還望千歲節哀順變，早登皇位，以安天下，萬勿傷心過度，傷了龍體。」

宋皇后聽了，更是哭得淒慘無比，趙光義擦擦眼淚，由王繼恩扶著站起來，哽咽道：「社稷江山，何等沉重？皇兄撂下如此重擔，光義怎麼承擔得起呀？可是光義若不擔此重擔，皇兄一生心血，可該如何是好？王都知，請著令六宮，去吉服，為先皇服喪。請盧多遜、呂餘慶、薛居正，三相入宮，與本王一起，為先皇料理後事。」

王繼恩恭聲道：「奴婢遵旨。」

趙光義走到伏地慟哭的宋皇后面前，輕輕將她扶起，哀聲道：「皇嫂，節哀順變。清晨百官朝會，就要詔告先皇訃聞，皇嫂還要保重鳳體才是，來人啊，扶皇嫂回宮歇息。」

盯著宋皇后一步三回頭漸漸遠去的身影，趙光義嘴角綻起一抹陰冷的笑意，沉聲道：「召殿前司虎捷軍都指揮使楚昭輔晉見。」

一炷香的工夫，楚昭輔披盔戴甲，腳步鏗鏘地跑進宮來，趙光義已在外殿相候，一見趙光義，楚昭輔立即哭拜於地，悲呼道：「官家……」

這一聲叫得含糊，也不知是在哭先帝，還是在拜今上。

趙光義上前扶起他，含淚道：「皇兄暴病而卒，已然殯天，楚將軍……曉得了？」

楚昭輔大放悲聲道：「老臣方才聽說了，想不到官家一向龍精虎猛的身子，竟然……」

趙光義輕輕咳了一聲，楚昭輔身子一震，急忙止了哭聲，趙光義幽幽地道：「皇兄戎馬一生，早有宿疾。自稱帝以來，夙興夜寐，寢不安席，食不甘味，殫精竭慮地操持國事，始終不得歇息，方有今日暴病……」

楚昭輔頭也不敢抬，連聲道：「是是是……」

趙光義輕輕嘆息一聲，又道：「國不可一日無君，先皇早逝，皇子尚未成年，本王怎忍讓皇兄一世心血付諸東流，萬般無奈之下，勉為其難，決心接過這份重擔，不知……楚將軍可願輔佐本王？」

楚昭輔只聽到一半，就已明瞭他的心意，此時他哪敢露出半分猶疑？趙光義話音剛落，楚昭輔便噗通一聲跪倒在地，高聲道：「老臣願效忠官家，誓死扶保大宋。」

趙光義緩了顏色，連忙扶起他道：「老將軍忠心耿耿，朕……自是信得過的。愛卿快快平身，國家正值用人之際，朕決定提拔老將軍為樞密副使，皇城內外守軍俱受你的節制，沒有朕的口諭，俱守本營，擅動者死。」

楚昭輔身子一震，顫聲道：「是！」

趙光義又道：「先皇駕崩，京畿震動，朕擬聖旨一道，你速加樞密軍令，著伐漢大軍原地駐紮，魏王德昭輕騎回京奔喪。另與樞密院使曹彬共署公文，著令全國兵馬，國喪期間，沒有朕的親筆詔書加樞密府印，不得調動一兵一卒，速去！」

「老臣遵旨。」楚昭輔向他行個軍禮，便扶劍奔了出去……

* * *

車子越行越遠，路上行人越來越稀，楊浩緊緊貼在車底，轆轆聲中，聽得車中有聲音傳來，他正驚奇於這車中人的身分何以能在全城戒嚴中暢通無阻，忙附耳貼近，傾聽車中聲音。車中聲音並不甚高，但是依稀還能聽得清楚，就聽一個男子聲音道：「今夜……似乎有些不同尋常……」

另一個聲音有些懶洋洋地道：「與我等何干？」

楊浩聽這人聲音有些熟悉，一時卻想不起是哪個，忙又貼近了些，就聽車中沉默片刻，先前那個聲音似乎嘆了口氣，說道：「什麼事才與我等相干呢？老祖宗一直吵著京城裡面住不慣，想回西北，說起來，咱們自到了這裡，立住了腳，生意也越做越大，可是天子腳下，謹小慎微，終究不及在西北時縱意快活……」

另一個聲音責怪道：「二哥怎麼說這種話？居安要思危，西北縱意快活嗎？一旦兵戈一起，便將是處處焦土……老祖宗要回去，分明是想念小妹，你也知道，老祖宗最疼她，哪捨得從此不得相見，你壓根兒不該把她還活著的消息告訴老祖宗……」

「不說怎麼成？自打聽說了小妹隨那混蛋遇刺，燒死在船上的消息，老祖宗茶飯不思，形容憔悴，我們既知道了真相，若不說與老祖宗聽，恐怕老祖宗就要含恨九泉了。對了，那個混蛋跑了一趟契丹，又傳回消息說死掉了，害得我提心吊膽，生怕被老祖宗知道，天曉得沒兩天工夫，他又活蹦亂跳地跑回來了，弄得我現在都不知道他那瘸腿是真是假了，你說……他真的殘廢了嗎？」

楊浩聽到這裡方才恍然大悟，原來車中坐的竟是唐勇、唐威，自己一向沒有打過交道的二舅哥、三舅哥。他們受趙光義重用，在西城外掘地為池，為宋國造戰艦、練水師，也算半個軍中人了，難怪他們的車駕不受阻攔。他們這是出城？那我跟著這輛車，該能逃出這龍潭虎穴了……

不對！我死而復生的消息傳回來那是正常的，可是焰焰和娃娃沒有葬身火海的消息他們怎麼會知道的？楊浩心中電閃，略一思索，已若有所悟。

就聽車中一聲冷笑：「你也不是不曉得他在西北搞些什麼，瘋了？我看這是他以退為進的手段罷了。老祖宗要回西北，無論如何得攔著，咱們千萬不能再和他有半點沾連，咱們唐家的大小姐，已經『死』在唐國了，咱們唐家也沒收過他的聘書，不曾認過他這個女婿，他楊浩和咱們唐家沒有半點關係，事關唐氏家族興亡生死，大意不得。」

「二哥自然曉得，說起來……」

車輪顛簸了一下，楊浩沒有聽清下一句話，但是已經聽到的談話已是令他暗暗心驚了：「聽這口氣，他們知道我在西北的所為？難道崔大郎和他們還有聯繫？抑或是李聽風或者其他什麼人透露的？繼嗣堂所屬雖然鬆散，彼此之間卻有著千絲萬縷、割捨不斷的聯繫，這大概正是他們得以朝代更迭，始終不滅的原因。這些人，只能利用，萬萬不可信任、寄予他們重任。」

正想著，就聽車中唐三少又道：「咱們是生意人，生意做的越大，風險也就越大，一個失手，就可能血本無歸，再也翻身不得。西北那邊，就算是留下一注翻本的本錢，由著他去折騰吧。他敗了，和咱們唐家全無半點干係，若是成了，有焰焰這層關係，咱們也能攀上門路。但是現在，咱們唯一能倚靠的，就只有晉王這棵大樹，抱緊了些，輕易不能撒手……」

楊浩這才隱隱明白了他們之所以一直把自己視作路人，無論焰焰生死，始終不曾來往的原因，不由暗暗苦笑：「旁人謀國打天下，向來是有進無退，一旦走上去，就沒有後路可走。他們做生意，倒是可以狡兔三窟，預埋後路，始終保持家門不墜，難怪繼嗣堂的人嘗到了其中甜頭，始終利用他們龐大的財富和強大政權保持著密切聯繫，又能始終不和對方緊緊綁在一條戰船上，一俟事機不對，馬上另尋高枝。」

車子過了一座橋，忽地向北拐去，楊浩向車邊挪了一下，探頭向外一看，發現這座橋正是金梁橋，車子至此朝北拐去，剛剛經過藥鋪的店面。

楊浩心道：「糟了，他們的住處不在城外，再往前去就是大三橋了，那片新起的宅子莫非就是唐家的宅院？這兩位舅兄不大靠得住，他們知道我要反，卻是佯作不知，只顧撇清關係，要是明天知道他們抱的粗腿趙光義也反了，可難保不把我這個『後路』當了進身的前程，靠人不如靠己，走為上策！」

前方又是一個雜貨鋪，楊浩突然一縱身彈了出去，滾身避到了棚下，車子只是被他一蹬之力搖晃了一下，車上的人都以為是路面不平有些顛簸，卻也無人起疑。

楊浩候那車子去得遠了，這才跳起身來。此處因為已經接近城郊，住戶變得稀少，城中密布的巡檢到了此處也是全然不見了。旁邊是甕市子監獄，再往前去是京城守具所，調撥地方軍隊入京時駐紮的地方，現在是一座空營，冷清得很。

前面出了萬勝門，就離了汴梁城了，可萬勝門平時並不開啟，為此，在萬勝門稍南邊又開了一個角門叫西水門。楊浩見此處冷清無人，料想自己逃得迅速，京城中樞的震盪還沒有傳到這裡，西水門是個水門，船隻出入的地方，雖然旁邊也有門路，可是門路縱然關了，從水路中也易於脫身，於是便一路藉著樹木屋舍掩飾著行蹤，悄悄向前摸去。

前方快到便橋了，楊浩藏在樹後，四下看了一看，見沒有什麼動靜，便從樹下閃了出來，他剛剛出現，就突然止步，目光陡地收縮起來。

前方忽地從一戶人家牆角轉出來一人，只有一人，單人獨劍，慢悠悠走到道路正中，劍反手藏於肘後，抬眼望天，一綹微鬚隨風輕拂，猶如一幅學士靜夜賞月圖。

「你說……生路在西面……還是在東面？」

那個人忽然說話了，聽聲音赫然正是程德玄，楊浩只是默然不答。

程德玄輕輕笑了一聲：「我以為……生路在東面，還有比天子腳下更安全的地方嗎？可你偏偏要往西去。」

程德玄輕輕搖頭：「你要往西去，自管去便了，可你還要拉攏羅克敵、赫龍城一班人，裹挾著本官一起西去。結果……你賭贏了，贏了的人高官得做，駿馬得騎，成為蘆嶺州之主，好不風光。而我，卻被你害得身敗名裂，淪為同僚們的笑柄。」

他嘆息一聲，低下頭，輕輕地拭著森寒雪亮的劍刃：「到後來，你終於不得不向東去了，一道聖旨，你要來開封做官了。你也該為本官留條出路，是不是？本官其實沒有旁的想法，我只想成為蘆嶺州第二任知府，而且要比你做得更好、更出色。可是，你沒有，你的女人……設計害我，害得我再一次身敗名裂、走投無路，含羞忍垢地回了汴梁。

「本來，如果你我都為晉王千歲效力，個人的一點恩怨，本官也不會放在心上，這個大體……我還是識得的，可是……明明一片錦繡前程就在眼前，而你……卻又要往西走了……」

程德玄緩緩轉向楊浩，劍鋒慢慢向他指去，一字一頓地道：「這一次，我賭對了，你選錯了！」

楊浩冷冷一笑，目光左右移動，問道：「就憑你？你的人呢？」

程德玄哂然冷笑：「我的恥辱，我自己來洗刷。你不過是鄉紳一家奴，如今又是一個殘了腿的廢人，本官這口劍，還取不了你的性命？」

程德玄說罷，縱身一躍，劍氣森然，直取楊浩咽喉。

楊浩聽他話說到一半，目光便是一閃，待他縱身躍起，已然抽劍迎上。

「鏗鏗鏘鏘」之聲不絕於耳，月色下程德玄兔起鶻落，片刻工夫已是連環八擊，楊浩劍術雖然奇妙，卻是腿腳不便，劍術本走的是輕靈路數，身法跟不上，劍術難免大打折扣，險險便被程德玄一劍擊中，他踉蹌著退到了路邊，單手一撐路邊大樹，這才穩住了身形。

程德玄得意地笑了起來，一步步向前逼近，說道：「我一直搞不懂，你想要的到底是什麼？為什麼總是自討苦吃？不過現在，我已經沒興趣知道了，死人就是死人，一個死人想什麼，已經不重要了。」

他大喝一聲，挺劍刺來，楊浩後有大樹阻路，腿腳又不靈便，他有十成把握，這一劍可以洞穿楊浩的身體，一雪前恥。

但是就在這剎那間，當他得意地騰空躍起的時候，楊浩突然動了，動作突然間快了三倍不止，像一陣旋風似地捲到了程德玄的身側。

程德玄不是不知道高手過招輕易不可騰空，一旦騰空，身形無法再變，極易成為任人屠宰的一團死肉，但是他絕對沒有想到楊浩突然不瘸了，身法竟然快得出奇。

他身子騰空，眼睜睜看著楊浩一陣旋風般捲到身邊，除了急急收劍去擋，完全無法做出其他的應變措施。然他劍刃還未抽回，楊浩已一劍自他左肋下斜斜刺了進去，直透心臟。

楊浩抽劍，鮮血激射，程德玄落地，雙腿一軟，還未跌倒，楊浩又是旋風般一捲，那條本該瘸掉的殘腿帶著霍霍風聲揮了起來，「砰」的一腳踹中了他的胸膛，程德玄清晰地感覺到自己的胸骨都被踹斷了，他噴出一口鮮血，整個身子被楊浩踢飛起來，「轟」的一聲撞在那戶人家的院牆上。

由於他倒飛的速度太快，城郊百姓家的牆壁又不結實，這一撞，被他撞破一個大洞，身子嵌在牆洞裡，血從嘴巴和肋下汩汩流出，頭顱垂下，再也動彈不得。

楊浩拔腿便走，迅捷如飛，撲到便橋處向前一看，不由暗抽一口冷氣，西行道路已被封鎖，前方影影幢幢許多人影，程德玄哪裡如他自己所說一般，只是一人前來，只不過他對自己妒恨難耐，獨自跑到前路來迎他罷了。

「糟了，南衙最知道我與蘆嶺州的關係，我只一逃，他們馬上就想到我是向西走，前方不知還有多少人在等著我，西行危險了。這一走，不只我走不脫，冬兒她們更無法脫身了。」楊浩心思電閃，立即折身往回走。

路旁那戶人家睡得正香，就聽「轟隆」一聲響，老人家眠淺，那老婦人摸黑爬起了床，高聲叫道：「二愣子，二愣子，去瞅瞅去，什麼東西呀？轟隆一聲，好像撞垮了咱家的院子？」

對面屋子裡一個憨厚的聲音答應一聲，燈光亮了起來。

「披上件衣服，喏，拿著擀麵杖，要是偷雞賊，就狠狠地揍他。」這是媳婦溫柔的聲音。這戶人家住得偏僻，常有些潑皮無賴上門偷雞摸狗，是以這媳婦有此一說。

一個十六、七歲，長得五大三粗的小伙子一手舉著燈籠，一手提著擀麵杖走了出來，到了院牆下，看看一地磚石碎土，再困惑地照照牆洞裡塞進來的東西，小伙子放下擀麵杖，探手摸了摸，登時怪叫起來。

他那小媳婦一手攏著頭髮，扒著門縫戰戰兢兢問道：「愣子，是個啥東西？」

「屁股，是一個大屁股啊！」二愣子大叫起來。

楊浩提著血淋淋的長劍恰好奔到牆外，聽到院中叫聲，他向牆上那砣黑影看了一眼，嘴角露出一絲冷笑：「你說的對，楊某如今的生路在東面，程兄，你就放心地西去吧……」

＊　＊　＊

福寧宮，宋皇后與年幼的皇子趙德芳抱頭痛哭，一旁永慶公主握緊了一雙小拳頭，淚眼中噴湧著無盡的怒火。

「娘娘，爹爹是被二叔害死的！我們要為爹爹報仇！」

「噤聲！」

宋皇后臉色大變，急急起身走到門口看看，這才回來，淚流滿面地叱道：「永慶，這種話豈是隨便說的！」

「我沒有胡說！」

永慶公主小胸脯急劇地起伏著，兩行熱淚撲簌簌地流了下來：「誰都能騙我，可是鳥兒不會騙我。這隻鸚鵡慣會學舌，娘娘又不是不曉得？牠親口對我說的，牠說……牠說……『今以至尊，二哥殺我！』」

那鸚鵡聽她一說，立即顧盼神飛地叫道：「今以至尊，二哥殺我！今以至尊，二哥殺我！」

一聽這聲音，永慶公主和趙德芳姐弟倆哭得泣不成聲。

宋皇后卻是駭得臉色慘白，她看看站在她肩頭的那隻鸚鵡，四下再一瞧，忽地拿起一方攏肩的縵紗走過去，那鳥兒正得意洋洋，宋皇后突然把牠攏在縵紗中，不顧牠的掙扎，搶到榻邊，掀開被褥便把牠塞了進去，然後和身撲上去，將牠死死壓住。

永慶公主大駭，叫道：「娘娘，妳做什麼？」立即撲上去搶奪。

宋皇后淚流滿面地道：「永慶，這鳥兒留不得，牠是你我生死存亡的禍星啊。」

永慶掙扎道：「還給我，把牠還給我，牠是證據，我要在滿朝文武面前揭穿他這個兇手。」

永慶怎麼掙得過宋皇后？宋皇后緊緊壓住被子，流淚搖頭道：「沒有用的，一隻鳥兒，做得了什麼證據？人家不會說是妳教牠說的嗎？如今大勢已去，漫說一隻鳥兒，就算一位朝中大臣出面指證，也奈何不得他了。永慶，妳懂事一些，從現在起，切不可露出半點恨意，說不得半句狠話，本宮和妳、還有妳弟弟、妳哥哥，所有人的性命，都操在他的手中，妳懂不懂？懂不懂！」

永慶爭奪的手指無力地放開，頹然坐倒在榻邊，忽然她又一躍而起，兩眼放光地道：「對，大哥，還有大哥，大哥正領兵在外，應該通知大哥，要大哥領兵回朝，剷平叛逆。」

宋皇后哀聲道：「整個皇宮，如今都在晉王控制之下，我能掌控的，如今只剩下這一座福寧宮。待到明日，便連這福寧宮，我也指揮不動了。妳我母子三人深居內宮，與外界接觸不得，如何使妳大哥知道？」

永慶目中神光一閃，說道：「明天！明天，我們要為爹爹守靈，百官都要來靈前服喪，難道還找不到機會接觸外臣？」

宋皇后反詰道：「就算能接觸外臣，誰人可靠？誰人可以託付？」

永慶一聽，不禁愣在當場。

過了半晌，她突地跳了起來，說道：「我想到了一人，大鴻臚楊浩，楊浩是個忠臣，一定可以託付。」

宋皇后變色道：「萬萬不可，他是南衙出身，是你二叔的人，靠不住的。」

永慶冷笑道：「二叔是我爹爹同胞兄弟，可靠得住嗎？」

宋皇后一呆，永慶公主又道：「前兩日張泊來向爹爹告狀，說他向違命侯逼債，被偶遇的楊浩痛打了一頓。楊浩是朝廷的官，違命侯卻是他國的君主，楊浩不怕惹得爹爹生氣，見那張泊欺辱舊主，不齒他為人，便出手揍他，他又豈會因為出身南衙就捨了忠良大義？」

趙德芳這時也跳了起來：「這個人我記得，大概是靠得住的。他和大哥一向交好，記得有一次我與他同車去大哥府上，路見一潑皮占一女子便宜，他跳下車便打，毫不計較官儀。這人性如烈火、嫉惡如仇，想必是個忠心的。」

宋皇后被他們說得意動，可是想想事敗之後的難測之險，又猶豫道：「永慶、德芳，你們還小，不知其中厲害，你們可知，一旦事敗，那楊浩反手出賣了咱們，會是個什麼下場？」

永慶挺起胸膛，凜然道：「不過一死而已！二弟，你怎麼說？」

趙德芳走到她身邊，與她並肩而立，挺起胸膛，小手握緊，臉龐漲得通紅：「趙家男兒，但能手刃仇人，死則死矣，又有何懼！」

＊　＊　＊

天色未明，午門外就站滿了上朝的官員。

每個人都有自己的門路、自己的派系，皇帝駕崩的消息雖然還沒有正式公布，可他們已經透過自己的管道聽說了，如此大事，誰還能高臥不起？所有有資格上朝的官員，雞還沒叫，就紛紛跑到了午門外候著上朝。

皇城禁軍，在新鮮上任的樞密副使楚昭輔調動下，把皇城圍得水洩不通，處處都可見密集駐紮的兵丁。城中兩處火起處已被撲滅，開封府迅速恢復了常態，他們必須盡最大可能剝離自己和昨夜皇帝駕崩有可能的任何關聯。

所以，早起的市集仍是熱鬧非凡，尋常百姓仍如往常一般上街做買賣、購物，偶爾會有人議論起昨天兩場並不嚴重的火災，沒有人注意到人群中有一雙雙陰冷的目光，正在注意著他們的一舉一動，那些都是南衙的密探。

今日百官來得比任何時候都早，可是今日的午門卻比任何一次朝會開得都晚。但是文武百官沒有一個露出不耐之色，他們默默地立在午門下，直到一輪旭日噴薄欲出，將飛簷斗角、宮牆玉瓦映得一片金黃。

太陽，升起來了。

這時，偏有一個官員一瘸一拐地向午門走來。官員們詫異地向他望去，正迎著陽光的官員用手搭起了涼棚，就見御街盡頭，躍出地面的一輪紅日中心，有一個人影越走越近，行得近了，眾官員才發現，這個準時趕到午門的官，正是大鴻臚楊浩。

三百九八　哭靈

一入宮門，文武百官就發現宮中的武士、內侍、宮女，已經披麻帶孝，就連武士們手中的槍戟也都裹上了白綾。一個太監站在小山似的一堆白衣服前面，哀聲唱禮：「皇帝殯天，文武百官去吉服，帶孝入殿。」

文武百官早已知道皇帝駕崩的消息，所以倒也沒有因此引起什麼騷動，他們默默地走過去，領一套白衣罩在官袍外面，又以白綾繫在官帽上，一個個默默走向金殿，許多人已低低飲泣。

金殿上，趙光義披麻帶孝地站在御座下面，左右站著同樣身著孝衣的盧多遜、呂餘慶和薛居正三位宰相，默默地看著文武百官魚貫而入。

「各位大人，昨夜……陛下暴病身故，已然殯天了。」趙光義沉聲說罷，兩行熱淚已止不住地流了下來，文武百官齊齊仆倒在地，放聲大哭，一時金殿上嚎啕震天，粗的細的、高的低的種種哭聲匯聚成一種怪異的聲浪。

趙光義和三位宰相不敢在正面承受百官之拜，亦退至一側，與他們一同向御階上空置的龍椅膜拜嚎啕，半晌，呂餘慶和薛居正方擦擦眼淚，上前一步攙起泣不成聲的趙光義，盧多遜上前一步，大聲說道：「百官止哀，起立。」

待百官一一立起，盧多遜方道：「先帝兢兢業業，勵精圖治，終龍體抱恙，暴病殯天。國不可一日無主，驚聞陛下駕崩，盧多遜驚恐悲痛，卻不敢忘卻宰相責任，急與呂相、薛相參議，晉王趙光義聰穎謙恭，人品貴重，德行高尚，可為人主。臣等擁戴，奏請皇后娘娘允准，決議：扶晉王陞位，為我宋國之主！晉王，請升座，百官參拜新君。」

趙光義哭泣不止，連連擺手拒絕，抽噎得話都說不出來，被呂餘慶、薛居正強行扶上龍椅，就在他面前按著他的雙手跪了下去，階下百官一見，如鐮刀一劃之下的麥子，齊刷刷地倒了下去，齊聲說道：「臣等叩見吾皇萬歲、萬歲、萬萬歲。」

「眾卿家……平身。」

趙光義哽咽的聲音在金殿上迴盪：「先帝駕崩，天摧地裂，朕……悲痛不能自已。今皇儀殿中，已為先帝設靈堂，朕率百官，祭拜先帝、哭靈守靈，並議先帝廟號。國事一日不可荒廢，然先帝乃朕手足，先帝殯天，朕悲痛欲絕，實難料理國事，故停朝三天，三日之後，再臨朝聽政。望眾卿盡心輔佐，綿延國祚，興我大宋。」

他站起身來，泣聲又道：「先帝大行，應予國喪。盧相，此事該由誰人負責？」

盧多遜畢恭畢敬地道：「凡朝會、賓客、吉凶儀禮之事。凡國家大典禮、郊廟、祭祀、朝會、宴饗、經筵、冊封、進曆、進春、傳制、奏捷事。凡外吏朝覲，諸藩入貢，與夫百官使臣之覆命、謝恩，應由……鴻臚寺主持。」

那時的禮部，主要負責科舉考試，一應朝廷大禮，都是由鴻臚寺主持的，趙光義只道楊浩已然逃之夭夭，卻仍故作不知，便含淚道：「如此，鴻臚寺卿何在？」

他淚眼看向群臣，就聽下站臣僚之中一聲高喝：「臣在！」

一個身著孝衣的官便一瘸一拐地從文官隊列中走了出來，向他遙遙一揖道：「臣，聽旨！」

「啊！」趙光義大驚，像見了鬼似的，直勾勾地看向楊浩。

楊浩渾若未覺，又是一揖，朗聲道：「請陛下吩咐。」

「啊！」趙光義眼中閃過剎那的驚慌，隨即道：「鴻臚寺當負責國喪禮儀，楊卿身為鴻臚寺卿，當須負起責任，主持料理先帝後事。」

「臣……遵旨……」楊浩高聲領旨，抬起頭來，兩人眼神一碰，趙光義眼中一簇火苗突地一閃，楊浩卻是目光澄澈，神情自然，毫無半點異樣，趙光義見了，不禁一陣猶疑。

*　　*　　*

垂拱殿上，楊浩與三位宰相議論了一番大喪禮儀，並徵得趙光義同意，三位宰相便告辭出去，導引百官祭拜先帝靈位去了。

趙光義坐在御書案後，看著站在眼前的楊浩，一時不知該說些什麼才好。楊浩也站在那兒，平靜地看著趙光義，兩個人對視良久，趙光義忽然道：「朕……聽說昨晚楊卿去過南衙？」

「是，臣去過。官家當時正忙於河道疏浚事，至晚不歸，故臣辭去。」

「哦……」

趙光義拿起面前一杯茶，輕輕啜了一口，臉上露出一絲令人心悸的笑容：「朕還以為楊卿有什麼大事，回去後便讓禹錫去尋你，誰知禹錫到了府上，卻見空空如也，朕著實奇怪，因城中有兩處走水，忙於調度，後又聽聞先帝駕崩，方寸大亂，一時顧及不得楊卿，楊卿府上……沒什麼事吧？」

「沒有啊！」

楊浩的笑容也透著十分古怪：「臣如此年輕，便已官居大鴻臚，位列九卿，位極人臣，常自感念慈母教養之恩，惜慈母早喪，不能奉養盡孝，這是臣最大的遺憾。故此……昨日臣讓家眷代臣前往北地霸州祭掃家母墳塋去了，因送家眷出城，戌時一刻才回來，想必沒有和程大人碰上。」

趙光義眉頭微挑，帶起一片肅殺，淡淡地道：「這可奇了，朕記得讓程德玄去尋楊卿的時候，已是戌時三刻，怎麼卻不曾見到楊卿呢？」

楊浩面不改色地道：「臣記得很清楚，戌時一刻，臣就回府了，回府之後，吃了碗消夜，洗了個澡，一覺睡到天亮，這才趕來上朝，如果程大人確是在臣回府後來過，臣沒有不知道的道理，官家日理萬機，諸事繁忙，想是記錯了時辰。」

趙光義瞳孔微微收縮了一下，微笑道：「戌時一刻，你就回來了？」

楊浩斬釘截鐵地道：「絕不會錯，戌時一刻，臣就回府了，再不曾離開。」

趙光義盯了他半晌，轉顏一笑：「如此說來，想必是朕記錯了。先帝駕崩，是眼下最重要的事，你身為大鴻臚，當盡心竭力，把先帝風光大葬。去吧，且去靈堂那邊照應著，好好操持。」

「臣遵旨。」楊浩長長一揖，退了出去。

王繼恩一個箭步閃到趙光義身邊，趙光義一擺手，便將王繼恩要說的話堵了回去，王繼恩那隻惡狠狠地舉起，作勢欲劈的手也慢慢收了回去。

「曹彬可肯與楚昭輔合署公文，喝停北伐大軍、調魏王回京了？」

「是！」

王繼恩的腰桿很自然地彎了下來：「天明時分，曹樞密終於簽署押印了，楚將軍已令八百里加急快報傳往北伐軍中。」

趙光義吁了口氣，道：「這件事，才是眼下最重要的事，大軍要肯停下，魏王要肯回來，這江山……才算是穩下來。你去靈堂那邊看著點，看看百官有何反應，但有異常立刻稟報於朕。」

「遵旨。」王繼恩答應一聲，卻沒動彈。

趙光義微微一笑道：「愛卿勞苦功高，朕是不會忘記的。宮中大事小情，現在還要依賴著你，朕封你為宮苑使，負責六宮一應事宜。先帝駕崩，遵先帝遺囑，當歸葬埋石馬之處，愛卿便負責陵寢事宜。」

宮苑使負責後宮一切事宜，那是內官最為尊貴的官職。而主持工程，素來是肥差，哪怕不太貪的，也能得賺得盆滿缽滿，放屁流油，王繼恩恭聲謝恩，卻未露出過分的喜悅。

趙光義又道：「你做事得體，識文通武，總做些侍候人的差使，未免大材小用。朕登基之後，總要出兵北伐，再拓疆土的，唔……待先帝陵寢事畢，便放你個外官，暫任河北道刺史，將來隨朕征討天下，但得立下戰功，前途不可限量。」

王繼恩動容跪倒，喜形於色道：「謝陛下，奴婢遵旨，陛下一夜勞累，請歇息龍體，奴婢告退。」

外官與內官，是完全不同的官員。內官雖也有品秩，俸祿著實不低，但說到底，不過就是侍候皇帝和嬪妃的太監頭頭，可是外臣……那是要開衙建府，做一方父母官的。見了皇帝也只稱臣，非逢大禮不必下跪，豈是宮中一個男女不分的「奴婢」比得的？

王繼恩心花怒放，腳步輕鬆地退了出去。

殿中一靜，趙光義蹙起眉頭，驚疑不定地自語道：「奇怪，他到底有何所恃？竟然回到朕的眼皮子底下？」

猶疑半晌，趙光義咬著牙根一笑：「以為大庭廣眾之下，朕便動不得你嗎？朕就不信，你敢在百官面前胡言亂語，哼哼，來日方長，咱們走著瞧！」

這時內侍通報一聲，宋琪、賈琰走了進來，這些人都是趙光義潛邸的心腹，趙光義一得皇位，就給他們送去了出入宮禁的腰牌，他現在的全部班底還在南衙，在正式登基坐殿前，這些心腹又不好安插到朝中為官，只得透過這種方式聯絡。

一見趙光義，宋琪與賈琰便拜了一下：「臣參見陛下，恭喜陛下，榮登大寶。」

趙光義滿面春風，親自離座將他們扶起，宋琪緊跟著又道：「官家，程德玄死了。」

趙光義吃了一驚，失聲道：「禹錫死了？怎麼死的？」

宋琪將發現程德玄死屍的事說了一遍，趙光義臉上陰晴不定，宋琪又道：「官家，無緣無故，誰會半夜三更刺殺朝廷命官？禹錫是去追緝楊浩的，依臣所見，殺人者必是楊浩無疑，楊浩此時恐怕已然逃逸，堂堂九卿之一，猝然失蹤，豈不可笑？官家可下明旨，通緝於天下，只要找到他的下落，臣自有手段，教他神不知鬼不覺地……」

趙光義陰沉沉地道：「不用找啦，楊浩現在就在宮裡。」

宋琪大吃一驚，失聲道：「什麼？」

趙光義有些煩躁地道：「他大剌剌地出現在朕的眼皮子底下，朕一時倒動他不得了。不用管他，他既敢回來，朕就不怕他逃出生天。如今朕甫登基，太多事情需要料理，哪有心神與他閒耗？」

賈琰道：「陛下說的是，官家以至尊凌天下，小小楊浩何足道哉？」

趙光義道：「當務之急，是要穩定帝位，鞏固皇權，穩定天下人心。朕正有事與你們計較，來來，你們坐。」

宋琪、賈琰忙道：「官家面前，哪有臣的座位？」

趙光義一笑，仍叫人搬來錦墩，二人千恩萬謝地坐下，三人便計議起來。

「遠征之軍原地駐紮下來，對軍中諸將還要做些安撫。官家登基，大赦天下，群臣也要封賞的，北伐諸將不妨先賞，自党進以下，重要將領均應有所封賞，以安其心。」

「這個朕省得。今著曹彬附旨，傳令三軍停而不前，只是一個試探。既然曹彬識時務，樞密正副使肯聽從朕的命令，京畿禁軍便在朕的掌控之中，但憑這一點，党進那邊就得三思而後行。」

「官家，洛陽那邊，已經連夜派了人去，趙相那裡掀不起什麼風浪。皇三弟及諸多皇族府邸也都在密切監控之中。此外就是党進等諸多北伐將領的家眷，這些人也被監視著一舉一動，插翅難飛。」

「好！」

「輸運北伐大軍的糧草已經掐斷，待魏王收到聖旨時，軍中便該知道這個消息了。」

「好。」

「眼下，還要大赦天下，詔告天下臣民，新帝登基。還有定年號……」

「這個……定年號……早了些吧？年號應該自先帝駕崩次年算起……」

「如今還有大半年的時光，夜長夢多啊，早一日定下來，年號、皇號、太子，都要早些定下來，名分正了，天下也就定了。」

「……好！」

＊　＊　＊

楊浩離開垂拱殿，便一瘸一拐地直赴靈堂。

他和趙光義這番過招，正是置之死地而後生。程德玄去過楊家沒有？去過！他在不在府上？不在！

可他就是當著趙光義的面，一口咬定自己在家，趙光義又奈他何？新任皇帝跟一個臣子沒完沒了地計較他昨晚到底去了哪兒？又不是獨守空床的老婆，一肚子怨氣，你非得計較那麼仔細幹嘛？

楊浩反正是知道他絕不會放過自己，擺出這麼一副死豬不怕開水燙的模樣，趙光義反而有所忌憚，摸不清他到底有什麼底牌，因此心生疑慮，便不敢輕易下手了。他可是九卿之一，趙光義有何罪名敢公開殺他？若要暗中下手……他可是大鴻臚，整日操辦先帝喪事，這幾天恐怕皇帝都沒他見的官多，整天在人前晃，誰能下手？何況他這幾天大多數時間要在宮裡頭度過，趙光義絕不敢讓他死在宮裡，給自己的登基添加點不堪的佐料。

至於宮外……他清晨上朝之前，已經悄悄見過了豬兒，並與繼嗣堂在汴梁的暗樁取得了聯繫，有汴河幫的江湖好漢們暗中相助，又有繼嗣堂遍及三教九流的潛勢力，這幾天讓他們好好安排，來日他一出宮門，便像魚入湖海，誰還能尋得到他蹤跡？

布設靈堂的大殿中，已是一片素白。趙匡胤的棺槨在大殿盡頭，前方置著香案、靈牌，文武百官依序祭拜，在禮官指引下哭祭先帝。

楊浩位列九卿，地位僅次於三位宰相，所以直趨最前方，在三位宰相身後跪下，祭拜一番，然後便起身走到一邊，鴻臚寺諸官員都圍上來，焦海濤等人各自將自己負責的事宜彙報一下，楊浩又指點安排一通，各司官員立即分頭下去，料理安排自己手頭的事情。

楊浩則在側前方跪下，避開文武百官序列，方便鴻臚寺官員隨時向他請示，安排大喪各項禮儀。

楊浩一邊哭靈，一邊游目四顧，只見靈前百官神色各自迥異，顯然對趙匡胤突然暴斃，很多人毫無心理準備，倉卒逢此大變，難免有些失措。曹彬、田重進等官員面色更是沉重，卻也無人敢東張西望、交頭接耳。

新君已經拜了，他們是大宋的官，扶保的是趙家的社稷，坐江山的是趙家的人，他們除了接受現實，還能怎樣？

楊浩又將目光轉向靈前，跪在靈位最前方的，自然是宋皇后和趙匡胤的一雙子女。宋皇后一身孝，尤顯年輕，二十許人，貌美如花，只是一雙眼睛哭得像桃子似的，此刻她已哭得嗓子都啞了，高聲不得，只是不斷拭淚。

楊浩見了，不禁心生惻隱，忽地，他察覺兩道目光正在盯著自己，心頭不由一懍，趕緊伏下去，隨著百官作嚎啕大哭狀，藉著擦淚的動作，他以袖掩面，向那目光悄悄看去，這一看便是一怔。

他還以為是趙光義的耳目在注意他的一舉一動，不料這一抬頭，碰上那對目光，卻是暗吃一驚。那人竟是永慶公主，她身穿一襲麻布白衣，一頭青絲也綰在白絹之內，清秀的臉蛋上掛著淚痕，鼻頭哭得紅紅的，那雙淚眼卻是一瞬不瞬地正在盯著他看。

一碰上他的目光，永慶公主立即微微側身，隨著唱禮官的高呼拜伏下去，嘴巴向自己身前使勁呶了一下，楊浩向她身前一看，不禁一陣茫然，永慶公主又呶了一下嘴巴，楊浩茫然地想：「在她身前跪著的就是宋皇后，她要自己看什麼啊？莫非……那個蒲團跪得不太舒坦，她想讓我換一個？」

三百九九 幽會

永慶見他不能意會，心中不免焦急，可她也知道，楊浩是外臣，不得輕易靠近自己。她靈機一動，計上心來，似乎想要站起身來，卻做出雙腿發麻站立不穩的樣子，楊浩見機，一個箭步上前扶住了她，永慶公主立即低低說了一句：「伺機與我一唔！」

只一句話的工夫，王繼恩就披麻帶孝，像一隻白貓似地躡著手腳飄了過來，楊浩收手，滿臉戚容地道：「公主節哀，請保重玉體。」

王繼恩細聲細氣地道：「公主若是身體不適，且請稍作歇息。」

永慶公主搖了搖頭，低聲道：「本公主去一下西偏殿。」說罷輕輕退到了一旁。

殿西盡頭是宮中方便之處，皇親國戚、文武大臣們為皇帝守靈，可也不能不吃不喝、不拉不撒，誰有些內急，都是去西偏殿的五穀輪迴之地方便一下，王繼恩聽了連忙退開一步，永慶公主便向西偏殿走去，始終不曾再望楊浩一眼。

楊浩神色如常，回到原位跪下，隨著唱禮官的呼喝祭拜如儀，心中暗暗揣測：「公主行蹤如此詭祕，要與我私下會唔做什麼？」

楊浩百思不得其解，直到永慶公主回來，還是想不透其中緣由。皇帝一家人雖然都住在大內，可是帝王家庭重門疊戶，規矩森嚴，可不是尋常人家的三間瓦房，東西屋住著，這屋放個響屁對面屋都聽得清楚，害得新媳婦過門放個屁都得躲著。

趙匡胤的死因，楊浩一清二楚，卻不認為皇后和公主、皇子們也知道，就算他們知道，也沒有找到自己頭上的道理，在世人眼中，自己可算是南衙的人，永慶公主如此詭祕，到底要幹什麼？

永慶公主伺機睨了楊浩一眼，楊浩卻再不看她一眼。如今宮中，最為趙光義注意的就是楊浩，暗中不知有多少雙眼睛盯著他，他怎有可能與公主相見？永慶公主揣摩不出他的心意，暗自焦急不已，卻也不敢再向他做些暗示。

過了一會兒，焦海濤來到殿角，向楊浩微一示意，楊浩看見，便起身走過去。焦海濤小聲道：「大人，棚匠們已經到了。」

楊浩點了點頭，便向殿外行去。到了殿口，王繼恩不知從哪個角落蹭地一下竄了出來，假意碰個正著，點頭哈腰地道：「哎喲，大鴻臚，這是往哪兒去？」

楊浩向他點點頭，淡淡地道：「棚匠們已經到了，本官去張羅一下。」

「哦……好好好，碗兒……」

一個小黃門從殿門邊站了出來，王繼恩道：「碗兒，侍候著大鴻臚，靈堂裡邊諸事繁雜，離不得大鴻臚，有什麼事，你跑腿傳報一聲。」

楊浩淡淡一笑，起身出了大殿。

那時有什麼紅白喜事都要搭棚，迎來送往要搭棚，慶祝開業也要搭棚，這棚子常以綵帶縛木，結常青松、柏枝及五色彩旗於其上，形似過街牌樓，每年正月十五觀花燈，七夕乞巧、八月中秋、元旦除夕更是滿城重結綵樓，以為慶祝，所以汴梁城中搭棚業非常發達。

楊浩一瘸一拐地去見被選進宮來的棚匠們，小黃門碗兒便寸步不離地跟著。到了外面，就見一個小鼻子小眼睛的市儈商人，領著一幫紮圍裙、穿短衣的工匠，帶著各式的工具正等候在那兒。

焦海濤快步上前，說道：「大人，這位是侯掌櫃的，是這些棚匠的工頭。侯掌櫃的，這位就是大鴻臚，還不上前參見？」

那個侯掌櫃的連忙上前見禮，陪笑道：「大鴻臚，這些……都是東京城裡手藝最好的棚匠，哪怕搭個三門大棚，中間走車、兩門過人，也不需一斧一鋸，搭出的棚子上邊有頂，兩旁有挑角，全部用杉木桿搭架子拉撐，外縛柏枝而成。木桿不鋸不釘，平地搭棚，不刨坑，不栽樁，全憑繩索捆綁，牌樓立好，風吹不倒，人推不散……」

他比比畫畫地說著，幾個外人不易察其奧妙的動作便在手勢中帶了出來，楊浩看了目光微微一閃，淡淡地道：「這有什麼好吹噓的？皇宮大內，允你們拎著斧鋸鑿子，滿地鋸木刨坑嗎？正是要你們這樣的手藝，才要你們來。侯掌櫃的，所需木桿多長多粗，你們都丈量好了，在宮外弄好，然後搬進來搭棚，這棚子得從內廷、靈宮，一直搭出午門去，直到御街盡頭，時間可有限得很，你們打算怎麼個紮法，走，本官一路指著地方，你給本官好好說著，可出不得半點紕漏……」

說著，他也做了個不引人注意的動作，眼角微微向下一沉，在旁邊豎著耳朵傾聽的那個小黃門身上一頓。

侯掌櫃的目光微微一閃，點頭哈腰地道：「大鴻臚放心，大鴻臚放心，小人們雖只是掙口辛苦飯吃，做事還是勤勉的。只是白綾、白布、白綢、白紗這些應用之物，以前紮棚可都是主家出的，小人們小本經營，買不起那許多貴重之物……」

「聒噪什麼？皇家會差了你這些東西？回頭本官與娘娘和王都知商議一下，由內廷裡往外搬，用多少不會差你一尺布頭，走吧。」

「是是。」

那侯掌櫃的答應一聲，一擺手，那些扛箱擔籠的棚匠們就亂哄哄地跟了上來，一個匠人擔著根扁擔，前後各有一口箱子，那箱子一晃，稜角一下子便撞在小黃門碗兒的小腿骨上。

這一下碰上去一點聲音都沒有，可那個地方挨一下狠的，可是痛澈入骨，碗兒慘叫一聲，抱著小腿就倒在了地上，疼得在地上直抽搐。侯掌櫃的一見大驚，衝上去劈頭蓋臉照著那匠人就是一頓抽，破口大罵道：「你個夯貨，這是什麼地方？你也不小心著點，找死不成？」

「行了！」

楊浩冷喝一聲：「這種地方也是能大聲喧譁的？滾開！」

他淡淡地瞟了眼那個小黃門，訓斥道：「碗兒，你也是不長眼睛，傻不愣登地就往上撞？平時怎麼做事的？好了好了，去旁邊歇會兒，等緩過了勁再跟來聽用。」

碗兒痛得眼淚汪汪的說不出話來，楊浩已拖著殘腿一起一伏地去了。

皇儀殿宮門口，幾個匠人比比畫畫，又說又量，焦海濤在一旁指指點點，畢竟宮中禮儀和地方百姓辦喪事還是有許多不同的，這方面的禮儀他可比楊浩那根大棒槌明白。

楊浩立在不遠處，抬頭看著搭了梯子爬上宮牆丈量的匠人學徒，嘴脣輕輕嚅動了一下：「都準備妥了？」

站在身後的侯掌櫃還是一副很猥瑣的樣子，可是一雙小眼睛裡也隱隱透著一絲精明：「一俟得到大人吩咐，我們便立即著手準備。大人是要走水路還是走旱路？先往西還是先潛居城中？未曾得到大人的準信，我們只好都做著準備，保證萬無一失。」

他咧嘴一笑，低低說道：「這天底下再光亮，也有陰溝暗渠，城狐社鼠，挖門撬洞，官府再了得，也沒本事把手伸到那裡邊去。」

楊浩微微頷首：「你們先準備著，如何潛走，現在還沒個頭緒，我也要隨機應變、見機行事，對了，我在宮裡，處處都有眼線盯著，可是我想見一個內宮裡極重要的人物，你們……有沒有本事把她帶來見我？」

侯掌櫃的眉頭微微一蹙：「大人，內宮人物，恐怕不好相見，這宮裡頭，我們可伸不進手來。」

楊浩微微一笑，說道：「事在人為，未必想不出辦法。內廷也是要搭棚的，一會兒我帶你去靈堂，先認認人，詳細的計策，咱們再作商議。」

＊　＊　＊

皇帝大行，文武百官輪番入宮哭靈、守靈，趙光義雖然忙得焦頭爛額，也得一日三至，帶頭哭祭，到了第二天午後，整個宮中已是人困馬乏。換進來的哭靈官們還算有點精神，王繼恩這些人可是一刻不停，都有些吃不消了。

一箱箱未曾染色的白綾、白緞自後宮裡搬出來，工匠們忙忙碌碌，內廷中的棚子已經都搭完了，一座座棚子矗在那裡，莊嚴肅穆。

皇子德芳年紀還小，早已禁受不住，由人帶下去暫作歇息，皇后娘娘和永慶公主卻仍一直守在靈前，中間只休息過兩個時辰，吃了點東西。

楊浩忙碌一番，回到靈堂一角站定，永慶公主悄悄睨了他一眼，楊浩假意咳嗽，向下重重地點了下頭。永慶公主此前已得到他匆匆示意，此時見他點頭，便輕輕退到一旁，帶著兩個貼身宮人向西偏殿行去。

王繼恩正監看著滿殿文武的舉動，尤其是楊浩的一言一行，對這位年幼的公主卻不大放在心上，他在乎朝臣們有沒有啟疑竇、有什麼舉動，卻萬沒想到身處深宮的小公主會知道先皇遇刺真相，而且異想天開地要與外臣接觸，何況她往西偏殿去方便也不是一次兩次了，所以渾未在意。

永慶公主帶著兩個心腹宮人出了靈堂往西偏殿行去，迎面兩個匠人抬著口箱子正好迎面走來。永慶公主回頭看了一眼，忽然快步迎了上去。

雙方交錯而過時，那口箱子的箱蓋忽然彈了開來，永慶公主側身一歪，便倒進了箱子，箱蓋闔上，兩個匠人仍是穩穩當當地向前行去，兩個宮女也是似無所覺，繼續向偏殿行去，整個過程只在剎那之間，恰於此時，轉過牆角來的兩個內侍渾若未覺。

靈棚已經搭到靈堂外邊了，楊浩得了消息，一瘸一拐地出去指揮，王繼恩打個哈欠，摳了摳眼屎，向碗兒遞個眼色，碗兒苦著臉點點頭，一瘸一拐地跟在楊浩後面出去了。

眼見殿門外全是匠人，一捆一紮的，碗兒可不敢靠那麼近了，只在廊下站著，監視著接近楊浩的所有人。

「上邊再高一些，多搭幾條白綾，門口得寬一些，要抬先帝棺槨出來的，別刮著。」

楊浩賣力地指揮著，一瘸一拐地來來去去，身旁倒也沒人靠近。

「哎，那口箱子放下，讓本官歇歇腳。」

楊浩忽地看見兩個匠人抬了口箱子過來，連忙招呼一聲，令他們把箱子放下，把人趕到一邊，一屁股坐上去，一副疲憊不堪的模樣。他一邊看著匠人們搭棚，時不時地還要高聲指點幾句。碗兒看得沒趣，便依著殿柱，在階石上坐了下來。

「你……你讓開些！」

楊浩突然覺得屁股被人用手指戳了一下，不由一驚，趕緊不著痕跡地往旁邊挪了挪，只見箱蓋上露出一尺見方的一個小洞，一隻小手縮了回去，然後湊上來一張俏臉。

楊浩只低頭看了一眼，就繼續抬頭看著前方，以手撫脣，作沉吟姿態，低聲問道：「公主，有何要事與楊某相晤，還要做得如此隱密？」

永慶公主沒好氣地道：「本公主自然有不得不小心的理由，可你……你似乎比本公主還要小心，這是……這是搞什麼名堂？」

楊浩哪能說出自己現在是整個宮廷裡最受關注的人物，他乾笑一聲道：「臣也有臣不得已的苦衷，公主有話請快些講。」

永慶公主平抑了一下呼吸，沉聲道：「大鴻臚本霸州一百姓，如此年紀，兩年時光，便位列九卿，堪稱本朝第一人，不知大鴻臚食君俸祿，可肯忠君之事嗎？」

楊浩聽了這句場面話，心裡怦地便是一聲跳，可是這種問話，根本就沒有第二個回答，只得硬著頭皮道：「公主，臣雖武人出身，沒有讀過多少書，卻也識得君臣大義。君義為仁，臣義為忠，父義為慈，子義為孝，人倫五常，君臣忠義為先，臣蒙皇恩，破格擢拔，始有今日成就，豈會不感念君恩、效忠朝廷？」

永慶公主目中盈起了淚光，低聲道：「好，那我問你，現在如果有人不忠不義、弒君犯上，你大鴻臚該當如何？」

「莫名其妙的，公主怎麼會問出這句話來？難道……」

永慶公主見他不語，聲音都發起顫來：「你大鴻臚……該當如何？」

楊浩垂下頭，低聲道：「臣自當竭盡所能，維持朝廷綱紀。」

永慶緊追了一句：「如果那人……那人如今隻手遮天，一言可令人生、一言可令人死呢？」

楊浩把心一橫，說道：「皇恩浩蕩，方有今日之楊浩，臣縱粉身碎骨，亦不能仰酬皇恩於萬一，大義當前，若有亂臣賊子欺君犯上，臣自當以身報效，縱死無悔。」

「好！」

永慶公主應了一聲，箱子上露出的那張面孔已是掛滿淚痕：「大鴻臚，我父皇暴卒，實為奸人所害，這奸人如今已篡奪國之寶器，即將登上至尊寶座。永慶走投無路，今求助於大鴻臚身前，大鴻臚，你能盡臣之忠義本分，為國除奸嗎？」

楊浩聽了瞿然變色，連忙咳嗽兩聲以作掩飾：「茲事體大，公主有什麼憑據？可萬萬胡說不得。」

「本公主沒有胡說。」永慶哽咽道：「大鴻臚可還記得本公主從你朋友那兒討來的那隻鸚鵡？」

「記得。」

「那隻鸚鵡慣會學舌，大鴻臚是親眼見過的。那隻鸚鵡自被本公主帶回宮中，一向喜歡夜宿父皇宮中承塵之上，昨夜，那隻鸚鵡飛回本公主的殿中，學父皇口吻，大叫『今以至尊，二哥殺我！』試問父皇口中的二哥除了我二叔，還能有誰？父皇龍體一向康健，昨夜卻無緣無故暴病身亡，豈不正與此相應？一隻鸚鵡，若非耳聞，怎能效父皇口吻說出這句話來？」

楊浩變色道：「那隻鸚鵡現在在什麼地方？」

永慶哀聲道：「那隻鸚鵡……已被娘娘以被褥……悶死了，可是如此大事，若非事實，本公主豈敢妄言？大鴻臚信不過本公主，還要親自求證嗎？」

楊浩吁了口氣，喃喃地道：「殺得好，殺得好，這隻鸚鵡不死，潑天大禍就要臨頭了。」

永慶公主盯著他問道：「大鴻臚，本公主已把真相和盤托出，把自己的身家性命也交給了你，你如今……怎麼說？」

「這個……」

楊浩略一猶豫，永慶公主已凜然道：「大鴻臚如要榮華富貴，現在就可以去向新皇帝告發，永慶這條命，你只管拿去，用我的鮮血，染紅你的前程。」

楊浩連忙道：「公主這是說的哪裡話來？楊浩但有半點人心，豈會幹出這種事來？」

永慶喜道：「那……就請大鴻臚言行如一，為我父皇洗冤昭雪。永慶結草啣環，必以報德。」

楊浩游目四顧，努力保持面部平靜，喃喃說道：「公主，不知妳想要臣怎樣為先帝洗冤昭雪？楊浩手中沒有一兵一卒，難道要刺殺晉王嗎？晉王一身武功，臣縱抱著必死之心，卻也未必就能殺得了他。」

永慶公主興奮地道：「大鴻臚不必擔心，本公主怎會要大人刺殺那篡位弒君的奸人？永慶是想請大人去報信與我大哥知道。我大哥魏王如今統御大軍在外，若知真相，揮師返京，討伐貳臣，憑他手中虎賁，定可剷除國賊！」

永慶說罷，睜著一雙興奮的大眼睛，瞬也不瞬地看著楊浩，卻見楊浩一臉木然地望著前方，她怔了一怔，方才醒悟道：「大鴻臚力挽狂瀾，立此不世之功，待我大哥剷除國賊，登基坐殿，自然不會虧待了大人，就封大人一個宰相……不，封大人為郡王，立此不世之功，便封一個郡王也不為過，大人……」

楊浩木然道：「公主的意思是說，要臣追上魏王千歲的大軍，向他說明先帝駕崩的真相，然後由魏王千歲統領大軍回師，剷除奸佞，恢復正統？」

「對呀。」箱口露出的一雙眼睛天真地眨了眨：「有什麼不對？」

楊浩長長地吸了一口氣，道：「臣……身為大鴻臚，值此先帝駕崩、新君登基之時，要怎麼樣才能神不知鬼不覺地離開汴梁？」

永慶一呆。

楊浩又問：「臣見了魏王千歲，告訴他皇帝駕崩，弒君者乃官家胞弟晉王千歲，魏王殿下就一定會相信為臣？」

永慶吃吃地道：「這……這個倒是好辦，皇兄識得我的筆跡……」

楊浩不接她的話，再問：「魏王千歲縱是相信了為臣，可那時晉王千歲已然登基稱帝，魏王從未領過兵，在軍中並無威望，他要統兵回師，討伐新君，軍中眾將、十萬禁軍，就一定會追隨魏王嗎？」

永慶又是一呆，結結巴巴地問道：「楊……楊大人，那……那你說該怎生是好？」

楊浩搖了搖頭，默然不語。

木已成舟，一個是隨趙匡胤打天下，又做了十年開封府尹，早就著意結交文武百官，勢力盤根錯節的晉王，一個是初出茅廬、根基幾等於無的毛頭小子，再加上趙光義馬上就要稱帝，而皇長子連皇儲的身分都沒有，白痴都知道會選擇誰，瞎子都知道他沒有翻盤的可能了。

他的頭搖了三下，永慶公主的臉頰已蒼白如紙，離那箱口也遠了些。楊浩卻突地眼前一亮，陡然想起一件事來，一下子連心都跳得快了起來。

他思索片刻，緩緩說道：「臣……有辦法把消息傳遞給魏王千歲，至於魏王能否調動三軍討伐貳臣，臣卻沒有把握。」

永慶公主激動之下，忘形地抓住了他放在洞口的手：「那就成，那就成，你說，要怎麼做？」

楊浩輕輕抽回手，目光閃動，徐徐說道：「臣的意思，當穩妥行事，先探明三軍意志，若三軍擁戴，願隨魏王揮師討逆，那就不妨拚上一拚，若三軍不肯事魏王，那麼……君子報仇，十年不晚，事機沒有洩露，公主和娘娘、魏王等也不致有殺身之禍，可以暫時隱忍，留得青山在，不怕沒柴燒。」

永慶公主忙不迭地道：「大人所思所慮，自然比永慶周詳。還請大人教我，永慶該怎麼做？」

楊浩緩緩道：「公主……須答應臣三件事。」

永慶公主急道：「你說，你說，漫說三件事，就是一萬件事，我也答應你。」

楊浩道：「第一，要請皇后娘娘擬一封討逆檄文，這一封檄文，非只言與魏王一人的，乃是號召全國軍民討伐叛逆，須用皇后璽印，方可為證，取信天下。」

「這個使得，娘娘與爹爹恩義深重，恨不得隨爹爹而去，只為顧慮我兄妹安危，她才忍辱負重，隱忍不發，大人若肯相助，娘娘一定會應允的。」

「第二件事，還請公主親筆寫一封家書，專門寫與魏王的，言明先帝遇害經過和你們在京中的處境，臣會把這封信先交予魏王，請其決斷。畢竟，如果魏王揮師伐逆，娘娘和公主在京中的安危就很難保證，到底如何決斷，還得請皇長子決定。」

永慶重重地一點頭：「這沒問題，殺父之仇，不共戴天，永慶的個人安危又算得了什麼？何況，大哥一旦舉事，他更不會輕易對我們下毒手的，其中利害，大哥一定也會想的明白。」

楊浩點頭道：「這第三件事嘛，就事關為臣了，這件事，就要著落在公主身上了。」

「我？」

永慶酥胸一挺，臉蛋向洞口湊近了些，毅然道：「你說，無論什麼事，我都肯做！」

第四百章　獨角戲

三天一過，新帝登基。

靈堂那邊白茫茫一片，文德殿卻已恢復了金壁輝煌的模樣。

皇家比不得尋常百姓家，家事也是國事，新帝登基乃是舉國同慶的大日子，既延誤不得，也不能帶出一絲晦氣來。

登基大典異常隆重，從內朝、外朝，再到午門、御街，所有的靈棚都已撤下白綾，換上彩綢，裝飾得花團錦簇，唯有靈堂一處仍然帶孝，穿白衣、紮白帶子的的宮人、內侍們暫時也被約束在靈堂內，大典期間不得隨處走動。

新帝登基，文武百官、皇親國戚、元老宿臣，各依序列，依次入殿，參拜致禮，山呼萬歲聲中，趙光義小心翼翼地把他的屁股放在皇帝的寶座上，心裡終於踏實了些。

今天，萬眾矚目，他是唯一的主角。他的一舉一動、一言一行，都是秉承天意，他是高高在上的皇帝，望著御階下跪拜的群臣，他就像高高在上的神明，俯視著腳下的螻蟻，那種感覺實是飄飄欲仙。

參拜新君已罷，盧多遜、呂餘慶、薛居正便率中書、門下、樞密兩府一院、六部、九卿進請陛下更換年號。

循舊例，先皇駕崩的當年，年號是不更改的，新任皇帝要在次年元月一日，再擬立新的年號，可是如果仍然沿用舊的年號，對趙光義來說，亡兄的陰影便揮之不去，自己的帝位始終不夠踏實，所以他也顧不得古制舊禮了，在他的授意下，三相率百官請立年號，早已有備的趙光義假意推讓一番，便更改年號為「太平興國」。

隨即，趙光義又改了自己的名字。

他本名叫趙匡義，趙匡胤登基之後，臣子要避皇帝名諱，他就改了名字叫趙光義，如今自然沒有再改回舊名的道理，他也不想改回舊名，趙匡義這個名字總是令他情不自禁地想起讀音相近的另一個名字，於是他祕密延請京城名相師，為自己擬了一個新名字，單名「炅」字，今後，趙光義就叫趙炅了。

宋以火德興國，這個炅字日下有火，正合大宋國運，在他看來是大吉大利，雖說命相風水之說終究有些虛妄，但是對急於鞏固政權的趙光義來說，但凡能討些吉利彩頭的東西，他現在都不厭其煩，從善如流。

起好了年號、名號，隨即便是大赦天下，頒布新政，新帝皇恩浩蕩，普天之下雨露均霑，除殺頭大罪不得開釋外，所有罪囚都做了開釋、減刑等處置。

同時，春闈科舉大考正在緊張進行之中，趙光義下旨，這一科春闈，擴充取士名額，每科錄取人數由太祖皇帝時候的每試幾十人擴充了十倍甚至百倍，達到了數百人甚至上千人，並規定從此以後，均依此例。此舉自然得到了千軍萬馬過獨木橋、唯求入仕一途的讀書人及其家眷的熱烈擁護。

科舉考試，同科及第的進士們互稱同年，稱主考官為座主、座師或恩門，自稱門生。這樣，新進士就和主考官之間建立起了一種非常特殊的師生關係，新進士常把自己的及第看作是主考官對自己的一種恩情而感恩戴德，於是科舉考試就成了主考官結黨營私，建立和培植自己勢力的一種管道，唐末的牛李黨爭就是一例。

趙匡胤有鑑於此，就把最終決定考生能否被錄取的大權移到了自己的手上，從而形成了科舉的第三級考試：殿試。皇帝成了最終的主考官，成了所有新進士的恩門，所有的新進士都成了皇帝的學生，成了天子門生，他們感恩戴德的對象就只能是皇帝了。這樣，皇帝就把科舉的取士大權牢牢地抓在了自己的手上。

趙光義大肆擴充取士名額，就給官宦隊伍補充了大量新鮮血液，這些進士將來都要在官府中任職的，這就等於一下子掌握了一支龐大的效忠於他的後備官員隊伍。這一手十分高妙，獻計者正是宋琪和慕容求醉。

隨即，趙光義便大肆封賞群臣。遠征在外的党進、潘美、呼延贊等人固然皆有封賞，朝中文武也不例外，盧多遜、薛居正、呂餘慶、沈倫、曹彬和楚昭輔等人都加官晉爵，自身已陞無可陞的，就加官、加爵，擢陞他們的兒孫子姪為官。另外就是進行一番平調，一些元老重臣如趙普這般，在朝中仍有極大潛勢力的大臣，都被他一道道詔書下去，準備調到開封附近，以便控制。

趙光義下一道詔令，文武百官便山呼萬歲一次，聲音如排山倒海，坐在高高御座上的趙光義感受到迎面而來的巨大聲浪，不禁熱血沸騰，這就是權力，無上的權力，階下每一個人，都是威震一方的文武重臣，而他們莫不跪倒在自己的腳下，這就是帝王。

王爺，哪怕是再尊貴的王爺，和皇帝之間都有著天淵之別，不坐上這個位置，永遠不會感受到那種天下江山盡皆掌握手中的滋味，雖然竭力保持著莊重、肅穆，和緬懷先帝的哀傷，他還是禁不住露出一絲微笑，於是學著皇兄以前的習慣動作，伸出一隻手，緩慢而有力地一揮，沉聲說道：「眾卿平身。」

「謝萬歲！」眾臣爬起，依序歸位。其中一人一瘸一拐，顯得異常礙眼。

趙光義一看到他，心裡就特別不是滋味。

楊浩，這個他曾經想招攬的人，對他始終若即若離，這令折節下交的趙光義心中始終有一絲不快和羞辱感，這種壓抑的反感在楊浩變成一個殘廢的時候，終於把他心中最後一點耐心都消磨殆盡了。

而今，這個很難稱得上是自己心腹、卻很可能掌握著他弒兄篡位真相的楊浩，就像是他眼中的一根刺，必欲拔之而後快。

可是……現在還不是時候，坐上這個寶座只是開始，坐得穩這個寶座才是結束。楊浩沒有膽量、也沒有能力當場揭穿他的醜事，他有的是時間和機會慢慢收拾他，直到把這根眼中釘永遠拔去。

他從高高的御座上俯視著楊浩，眸中閃過一絲寒光，隨即抬起頭來，平視前方，沉聲道：「朕於潛邸時，掌理開封府事，府中幹吏宋琪、賈琰、程羽、慕容求醉諸人，殫精竭慮、勤勉用心，皆堪重用，今朕承繼大寶，是故擢陞任用。王繼恩，宣朕旨意。」

「奴婢遵旨。」

王繼恩答應一聲，說道：「上諭，慕容求醉任給事中、宋琪為東閣門使；賈琰為東頭供奉，程羽任西閣門使、商鳳為殿前左班、陳從信為右班殿直，陳贊為軍器庫副使，王延德為御廚副使。張遜任……周瑩任……王繼英任……」

王繼恩一一念來，南衙屬吏大多在朝中安插了職務，這些官職不但充斥於中書、門下、樞密和六部，而且遍布於京師和地方的軍隊系統，總人數足足有八十多人。什麼叫一朝天子一朝臣？這就是了。他們擔任的官都不算大，可是誰都知道，用不了三年五年，這些人便會連連擢陞，成為皇帝在文武班中的中堅力量。

這些人中以宋琪、賈琰、程羽、慕容求醉等人為代表，代表眾受封官員上殿謝恩，趙光義和顏悅色地將他們喚起後，突然熱淚盈眶，顫聲說道：「先帝非只天下之君，也是朕的胞兄，兄皇龍馭殯天，朕心中不勝悲慟。先帝在時，厚愛家人，未嘗以至尊自居，朕登基大寶，以敬天法祖為首務，豈敢不效先帝？今朕登基，大赦天下，文武官俱受封賞，天下萬民俱承皇恩，豈能忘卻了家人？娘娘、皇弟、皇子、皇女上前聽封。」

已換穿了宮裝禮服的宋皇后、皇子德芳、已嫁人的兩位皇女和永慶公主，還有皇三弟趙光美走上前來，向皇帝見禮，趙光義早已離開龍座，一溜小跑地下去，堪堪將他們扶起，熱淚盈眶地道：「皇嫂、皇弟、皇姪，你們都起來，都起來。朕這道加恩的旨意，你們不必跪接，靜聽便是。」

王繼恩待趙光義退開一步，才清咳一聲，高聲宣旨：「……魏王德昭，改封吳王，加永興節度使、平章事；皇次子德芳，加封山南西道節度使、同平章事；皇弟趙光美，加淮南西路節度使兼侍中、中書令，知開封府、封齊王；先帝子女、今上子女、皇弟齊王子王，今後均稱皇子皇女，無分彼此……」

隨後，又追封先帝已經過世的兩位皇后，給宋皇后上尊號，趙匡胤本有四子六女，兩個皇子、三個公主早夭，如今健在的三位公主中，已經出嫁的昭慶公主進封為鄭國公主，延慶公主進封為許國公主，尚未出嫁的永慶公主也進封為虢國公主，公主還是公主，在封號上是有品秩的，這一進封，她們的俸祿、待遇便提高了一層……

趙光義這般作為，登時打消了許多朝臣的猜忌和疑慮。如果說加封的那些節度使、平章事、甚至王爺都算是虛銜，只是增加了俸祿和待遇，並沒有什麼實權，可是皇三弟趙光美任開封府尹，這可是貨真價實的權力，如果先帝駕崩真有什麼蹊蹺，今上豈敢如此放權？

趙光義將眾臣的反應看在眼裡，心中不禁生起一絲得意，他目光一轉，忽地瞟見那個眼中釘楊浩，發現他脣角似乎含著一絲淡淡的譏誚，定睛再看，卻見他如其他大臣一般，恭謹地站著，目不斜視，毫無一絲不敬之意，似乎是自己方才眼花了。儘管如此，他心中還是好不舒服。

這時，皇三弟趙光美已上前謝恩，他無暇多想，忙上前扶住三弟，好言安撫一番，說起亡兄時，兩兄弟倆執手相望，熱淚縱橫，好一幅兄友弟恭的感人場面，文武百官見了，有人思念起先帝來，也不禁隨之暗暗飲泣。

隨後，宋皇后便領著一雙子女上前謝恩。在趙光義面前，宋皇后不敢露出一絲怨恨之色。她嫁進宮後，尚無子女，先皇后所生的皇子德芳便被她當成了親生子，最受她的疼愛，宋皇后生怕趙德芳少不更事，被趙光義看出什麼破綻，所以一直緊緊地拉著他，把他摟在自己懷裡，永慶公主則跟在兩個姐姐後面，低著頭，淚水在眼眶裡盈盈打轉。

「官家，臣妾率一子三女，叩謝皇恩……」

「嫂嫂快快請起。」

趙光義趕緊扶起她，動情地道：「皇嫂，皇姪……咱們雖是天家，禮不可廢，但是如此稱呼，僅止於金殿。按皇兄時規矩，咱們一家人日常相見，只以家人相稱，朕仍是嫂嫂的二叔，光美的二哥，三位公主和德芳口中的叔父。

「皇嫂，你們不要過於悲傷了，逝者已矣，不能復生。朕繼承大寶之後，朝政上會秉持皇兄一向的主張，撫內攘外，與天下黎民共創太平。在家裡，朕也會像兄皇生前一樣，做一個仁厚友愛的一家之主。」

宋皇后緊緊攬住趙德昭，垂下頭來，低低地道：「謝官家。」

趙光義點點頭，環顧文武，上前兩步，大袖舒展，抗聲說道：「眾位卿家，承天恩賜，以火德王，始有我宋一朝。先帝雄才大略，南征北戰，滅荊、湖、蜀、漢、唐諸侯，振長鞭而御宇內，奠盛世之基，開萬古之兆，以至國運昌盛，四海賓服。朕自幼追隨先帝征討天下，既是先帝的臣子，又是先帝的胞弟，深受先帝的恩寵，今又受先帝遺託，得承千古之業……」

這番話醞釀良久，早已背得滾瓜爛熟，說起來鏗鏘有力，在金殿上久久地迴盪著，震撼著每一個人的心靈，文武百官都知道這是新任皇帝登基的最後致詞，將定下他今後執政的基調，所以無不側目傾聽。

「從來帝王之治，無不以敬天法祖為首務。先帝柔遠能邇、休養蒼生，共四海之利為利、以天下之心為心，保邦於未危、致治於未亂，英明神武，千古明君。朕之天資難及先帝萬一，唯有夙夜孜孜，寤寐不遑，躬行勤政，焚膏繼晷，以勤補拙，謹遵先帝遺政遺志，不負先皇所託。還望眾卿竭力扶助，與朕共創大宋之萬世太平！」

敬天法祖，那就是說他不會對朝政大動干戈，太祖皇帝的一切遺政遺命，他都將奉行不渝，這不但把他自己打扮成了先帝遺志的最佳繼承人，也讓忐忑不安的文武百官們最終踏實下來。文武百官齊齊跪倒，轟然應道：「扶保大宋，臣等責無旁貸。定當戮力同心，效忠朝廷！萬歲、萬歲、萬萬歲！」

趙光義很想得意地仰天大笑三聲，可是先帝喪期未過，這樣做未免不合時宜，於是他只抿了抿嘴，向百官頷首示意。

轟然隆隆的宣誓聲中，忽有一個不協調的哭聲幽幽切切地傳來，趙光義眉頭微微一皺，他閃目看去，見是永慶公主掩面哭泣，便強抑不快，扮出一副和顏悅色的模樣，柔聲說道：「永慶，莫要傷心了，妳父皇雖已龍馭殯天，以後叔父卻會像妳的爹爹一樣妥善照料妳的。」

「謝官家。」永慶公主向他福禮，垂淚道：「叔父形容酷肖爹爹，今日上殿，見叔父著龍袍，戴通天冠，龍行虎步，器宇軒昂，儼然便是爹爹模樣，永慶見叔父而思爹爹，想起以前少不更事，常惹爹爹生氣，如今想來，好生悔恨。」

趙光義聽了，霽顏說道：「永慶，不要內疚了，妳能明白這些道理，妳父皇在九泉之下也會感到寬慰的。」

永慶抽抽噎噎地道：「永慶還記得，見到爹爹的最後一面，是在那日經筵上，那天，爹爹宣盧相公和幾位大學士進宮為永慶講禮……」

盧多遜聽她提起先皇，忙向天拱一拱手，嘆息道：「是啊，臣記得很清楚，那一日先皇特意提了一個禮字，讓臣等為公主講解，先皇乃天下共主，有多少國事需要操勞啊，還如此為公主的終身大事操勞掛念，先帝真是……用心良苦啊。」

永慶泣聲道：「可是永慶卻不知珍惜，竟爾偷偷小睡。記得盧相公等離去後，張洎大人又來，參劾大鴻臚楊浩，咆哮殿堂，永慶這才驚醒……」

趙光義十分不耐，可是現在不只是一個女兒在緬懷她的慈父，她說的可是先帝，於是只能像百官一樣，雙手微拱，肅立一旁，靜靜地聆聽。

永慶公主幽幽嘆息一聲，道：「唉……那是永慶最後一次與父親說話呢……永慶還記得，父皇聽了張洎大人的話非常不悅，扣罰了大鴻臚半年的俸祿，永慶當時還插嘴說處罰的重了些。

「可父皇卻對永慶說，楊浩大人雖然行事魯莽，卻是忠心耿耿、做事勤勉的一位朝廷棟梁，他遷民於西北，實有開疆拓土之功；此後出使唐國，為我朝平定江南立下了汗馬功勞；出使契丹，又為我朝平定漢國製造了一個大好機會。哪一樁差使，都是出生入死，實有汗馬功勞。

「如今西北軍政糜爛，正缺一位能臣戍邊，楊浩大人雖腿腳有所不便，卻是最佳人選，國家用人之際，不拘一格，爹爹過兩日就要加封楊浩為橫山節度使、檢校太尉、開府儀同三司，判蘆嶺州府事。

「如此年輕便承此重任，為免他年少氣盛，有剛極易折之虞，如今略作小懲，削削他的銳氣，也是磨礪他的一番苦心。爹爹無論是待臣下還是待家人，少有責罵訓斥，常以苦心諄諄善誘。說罷這番話，爹爹就教訓永慶，不學禮就不知禮，不知禮就是無禮，罰永慶背誦《女誡》，永慶偷懶，便有意避著爹爹，誰想……這竟是見爹爹的最後一面，今日謁見叔父龍顏，想起爹爹音容笑貌，怎不傷心欲絕？嗚嗚嗚嗚……」

永慶說罷掩面哭泣不止，滿朝文武卻是一片譁然，趙光義……趙光義臉都黑了。

先皇要加封楊浩為橫山節度使、檢校太尉、開府儀同三司，判蘆嶺州府事？那……那不是縱虎歸山，把這個心腹大患又送回西北去了？

可是他剛剛才向滿朝文武宣布，帝王之治以敬天法祖為首務，信誓旦旦地保證他要謹遵先帝的一切遺政遺志，不負先皇所託。

永慶公主是先帝的女兒，她在文武百官面前說出這番話來，這就等於說了一道先帝的遺詔，他遵是不遵？為了給自己營造一個良好形象，消除百官心中的猜疑，趙光義下了好大的血本，連開封府尹都讓給三弟做了，要是對永慶口述的這道先皇遺命置若罔聞，那今天這齣戲不是都白作了？

楊浩也嚇呆了，他臉色發白地看向永慶公主，心中只道：「我的上帝真主馬利亞啊，我只是想討回蘆嶺州知府的差使，堂堂正正地回到西北，讓他找不到理由為難我蘆嶺州罷了，怎麼怎麼……什麼横山軍節度使、檢校太尉、開府儀同三司，判蘆嶺州府事？我沒教妳啊！凡檢校官加節度使出判府州事者，謂之使相。妳想讓我以宰相的身分返回蘆嶺州？妳這不是幫倒忙嗎？他能答應嗎？」

說起來，永慶在楊浩教給她的詞上又擅作主張加了這麼一條，卻也是出於一番苦心。在她想來，楊浩是個可以倚靠的忠臣，大哥要起兵除逆，如果身邊有個宰相級的人物壓陣，分量會更重一些，於是便在趙匡胤的「遺言」上又加了這麼一條。

文武百官全都有點牙疼似地咧著嘴，看向這位口口聲聲要敬天法祖，謹遵先帝一切遺命的官家，看他到底是答不答應。如果他答應，那除了戰國時期那位十二歲就被秦昭王拜為宰相的甘羅，楊浩就算是古往今來天下間最年輕的宰相了。

趙光義也像牙疼似的，咧了咧嘴，轉向楊浩，一副似笑非笑的神氣，他還沒說話，楊浩已一個箭步跳了出來，真難為了他一條瘸腿，還做得出如此高難度的動作。楊浩激動莫名地仆地高呼道：「臣惶恐、臣不敢，臣頑劣粗鄙，不堪大用，先帝卻如此器重，臣感激涕零，可如此優遇，臣實實不敢當，不敢當啊……」

趙光義氣得牙根癢癢，真想一腳把他踢出去，他要是不跑出來，趙光義還有蒙混過關的心思，他跑出來這麼一說，趙光義想裝著沒聽明白都不成了。

他的眼皮突突地跳了幾下，咬著牙根衝楊浩笑：「先帝慧眼識人，不會看錯的。楊卿出身朕的潛邸，能得先帝如此賞識器重，朕也與有榮焉。先皇既有遺命，朕又豈敢違逆？說起來，平唐國、伐漢國，開疆拓土，楊卿往復奔波，雖不曾統兵，所立功勳實不弱於十萬大軍之力，如此國之幹才，理應重用。朕……便依先帝遺命，加封楊卿為橫山軍節度使、檢校太尉、開府儀同三司，判蘆嶺州府事，待朕登基大典事了，楊卿便赴蘆嶺州任事吧。」

楊浩剛剛還臣惶恐、臣不敢呢，趙光義這句話還沒落地，他就馬上接過來道：「陛下如此器重，臣一定肝腦塗地，以報君恩之萬一！」

他俯拜在趙光義腳下，趙光義看著他的後頸，眸中寒光一閃：「就封你個王又能怎樣？你能活著回到蘆嶺州嗎？」

楊浩誠惶誠恐跪在地上，嘴角也悄然逸出一絲冷笑：「我就是相信母豬能上樹，也不會相信你趙老二，但是這個名分讓我拿到手，看你狗咬刺蝟，還如何對我下手！」

四百一章　離京

楊浩離京了。他以封疆大吏的身分先去覲見了皇帝，聆聽了官家一番教誨，然後便去先帝靈前做最後的拜祭。來到靈堂，趨禮參拜，仍在靈前守候的宋皇后、永慶公主和剛剛得授節度使的趙德芳並不方便與他說話，楊浩也是目不斜視，行禮如儀，直至拜別先帝，起身告辭的時候，才抽暇瞥了她們母子三人一眼。

該說的早已悄悄說過了，楊浩只是望了他們一眼，似在無聲中向他們做出了最後一次承諾，然後便神情自若、不生一點波瀾地轉身離去。靈堂一角，王繼恩陰鷙的目光一直追隨著他的身影，直到他完全消失在靈堂門口。

趙光義安排護送楊浩的宣旨使一文一武，共有兩人。

武的是日本直將虞候王寶財。直，是大宋禁軍的一個武裝單位，大宋禁軍中有幾支特別的隊伍，是由一些投靠大宋的少數民族士兵組成的，規模比較龐大的有「歸明渤海直」、「吐渾直」、「契丹直」等。

渤海直是由被契丹消滅後散逃中原的渤海國士兵組成，吐渾直則是由鮮卑人和羌人為主，契丹直自然就是契丹族人了，由於契丹族人相對較多，還分為契丹一直、契丹二直等。這些以少數民族為主組成的部隊大多是馬軍，騎射精湛，驍勇善戰，甚受朝廷倚重。

而日本直則不太有名，因為日本直的構成主要是一些日本浪人和高麗武士，他們飄洋過海來到中原後落魄不名，最後只有憑仗一身武藝投入軍隊吃餉當兵，他們人數相對較少，也不擅長配合作戰，所以一向名聲不顯，不過這一直的人馬擅長個人技擊，也算是一個長處。

護送楊浩西行的武將是日本直的統領，官職是將虞候。這位將虞候是個日本人，本名叫佐佐木則夫，是一個破落武士，流落中原後，本打算棄武經商的，所以取了個討彩的名字叫王寶財。不料他到中原的時候，中原也正處於戰亂之中，佐佐木經商無著，最後還是加入了軍隊。

常言道，人不可貌相，自然更不該以名相，這位將虞候雖然名字俗氣些，但是才四旬左右年紀，正是體力、智力達至巔峰的時候，身材不高卻很結實，披掛起來威風凜凜，腰間挎著一柄太刀，一臉的殺氣。

文的是禮部員外郎公孫慶，公孫慶也是四旬左右，身材頎長，白面微鬚，一看就是個文質彬彬的書生，不過言談舉止間倒也沒有多少酸腐之氣，答對行止十分灑脫。

除了他們攜帶的人馬，就是楊浩的家人了。當日程德玄去楊浩府上時，楊浩府上只剩下幾個看家護院的家僕，主人全都不見了。次日楊浩祕密見過永慶公主後，立即變更了自己的計畫，於是繼嗣堂馬上動了手腳，神不知鬼不覺地撤換了他府中的人，做好了第二手準備。

這一手果然用上了，楊浩如今以封疆大吏的身分趕回蘆嶺州，自然不能再按繼嗣堂最初安排好的逃亡方式和逃亡路線離開，於是這些剛剛上任的丫鬟使女、院子門子，一窩蜂地便都跟著他上路了。

對於這些細微處的舉動，趙光義全無察覺，他注意的只是楊浩和他的家眷，怎會注意楊家有多少下人？門子是誰、廚子是誰、使喚丫頭姓啥名誰呢？他只想要楊浩死，楊浩必須得死，其他的並不重要。

對於將死的人，趙光義一向是很客氣的，他親自把楊浩送到了宣德樓前，又由三位宰相將這位使相送到了御街盡頭，可謂風風光光，極盡榮耀，然後便由其同僚和下屬接手，將楊浩送出城去。

把楊浩送到宣德樓後，趙光義便折返到了一處偏殿，此處正有十幾位將軍在此恭候。這些人是趙光義點名召見的，曹彬、李漢瓊、田欽祚、丁德裕……俱都是昔日隨趙光義伐唐的有功之臣。

因為先帝居喪期間不能歌舞、不能有大型飲宴，所以趙光義只簡單地準備了些菜肴、美酒，宴請這些將領。這些將領都是伐唐的有功之臣，都是在他趙光義統率之下立過軍功的將領，犒賞他們，既是對他們的認可，也是對自己的肯定，同時也可以使這些和自己關係比較親近的禁軍將領們與他關係再密切一些。

出征在外的吳王趙德昭是否肯乖乖回京？隨之出征的將領們雖然被他加官晉爵，又控制了他們的家人，但是他們會不會再來一齣「黃袍加身」？趙光義現在還沒有十分的把握，所以當務之急就是要抓住軍權，穩定留守東京的禁軍。雖說他安插了許多人，控制了留守禁軍的許多要害職位，但是對這些軍中重要將領，必須要大力倚重。

所以趙光義沒有絲毫皇帝架子，他換了便服，撤去首席，與眾將坐在一起把酒敘話。酒過三巡，菜過五味，重溫了與諸將一同南征的那段戰爭歲月之後，趙光義忽然眼含淚光，感傷地說道：「當日朕與諸位將軍跨天塹，戰江南，有袍澤之情。今日雖分屬君臣，朕與諸位將軍同席，依稀是往日場面，只是……朕與眾位愛卿把酒言歡，席上獨缺一人，想起來不免令人唏噓啊。」

眾將面面相覷，不知道他說的是差了哪個，莫非還有誰敢奉詔不來？可是左右看看，主要將領濟濟一堂，似乎並未缺了什麼重要人物，眾人不禁四顧茫然。

趙光義說道：「缺席的這位，就是曹翰曹大將軍。曹大將軍戰功赫赫，本可為朝廷繼續效力，再創豐功，可惜……卻為奸人所害，英年早逝。今日見到諸位將軍，朕不免想起曹將軍來，豈不感傷？」

他撫膝嗟嘆一番，揚眉道：「王繼恩，傳旨，自內庫中撥三十萬錢賞賜曹家。曹翰遺孀封為詔命，曹翰的兒子今已十二歲了，便加封他為迪功郎，給他一個出身前程，以慰曹將軍在天之靈。」

王繼恩連忙接旨，在座諸將聽了皆不禁動容。曹翰遇刺後，趙匡胤已經把曹翰官陞一級，隆重安葬，並對其家眷進行了妥善安置。而趙光義再次加恩，對這位遇刺的將軍如此恩遇，眾將感同身受，誰不感激？

趙光義此舉，就連一直寵辱不驚、神情平淡的樞密使曹彬也不禁大為感激，新帝登基，多少大事要做？這個關頭還能記著這些追隨他伐唐的將領，單獨賜宴接見，已是無上榮光。而曹翰遇刺已經有了一些時日了，趙光義不但仍記得他，而且加恩賞賜，不忘舊情，這對他們這些戎馬生涯的將軍們來說，正是最大的安慰。

曹翰本是曹彬的直屬部下，官家如此關愛，曹彬身為曹翰的老上司，此時自然要出頭為他拜謝。曹彬眼含淚光，斟滿一杯酒，走到趙光義面前肅然跪下，以大禮參拜，代曹翰向官家謝恩。

趙光義加恩於曹翰，固然有示惠於眾將的意思，可是這個時候他特意提到朝廷大員遇刺身亡，實也另有一番用意，只是其中緣由，卻不足為外人道了。如今見一直有些若即若離的曹彬終於被他打動，屈膝席前敬酒，趙光義不禁大悅。

他趕緊起身，扶起曹彬，舉杯道：「諸位愛卿皆是朝中棟梁，朕繼承大統，今後還須依賴諸位將軍輔佐。今因國喪，暫休戰事，來日討伐漢國、出兵幽燕，朕必御駕親征，與諸位將軍如往日征江南一般，並肩作戰。諸位將軍，請滿飲此杯！」

眾將紛紛應諾，舉杯與之共飲……

* * *

勸君更盡一杯酒，西出陽關無故人。

在城門口為楊浩送行的，是原本出身南衙的一眾屬官，宋琪、賈琰、程羽、慕容求醉等共事過的同僚，還有鴻臚寺的全部官員。已然致仕的前任大鴻臚章臺柳因老邁年高，沒有親至，卻也讓他的長子前來相送。

不但鴻臚寺典客丞焦海濤、司儀丞曹逸霆、主簿寧天色以及一干屬員都到了，就連那位很少與楊浩謀面的鴻臚右卿高翔，今天也滿面春風地出現了，熬來熬去，他終於熬出了頭，楊浩一滾蛋，這個大鴻臚就是他的囊中之物了，往日些許恩怨，自然大風吹去，得有些肚量才是。

鴻臚寺的屬官們看著自家這位離任的大人，都是一臉的羨慕。做官，誰能做得像楊大人一般如此暢快？就算楊大人此後這一輩子再無任何建樹，就憑他弱冠之年便成為使相的速度，也足以成為大宋政史上的一個傳奇，或許……也是再也無人能夠企及的一個傳奇了。

南衙的一眾官員看著楊浩，眼中卻既沒有羨慕、也沒有嫉妒，而是一種深深的、卻不易被人察覺的同情，哪怕楊浩再惹人厭，此時他們也毫不吝嗇自己的同情。就算不需要楊浩承他們的情，也得讓其他同僚看看，自己不乏同情心。

他們看楊浩的眼光，分明就是在看一個死人。

勸君更盡一杯酒，此去黃泉無故人！

楊浩就在兩衙官員們複雜的神情中出了城門，走出一箭之地，他回頭一看，那些官們還站在原地，楊浩便向他們遙遙招手示意，他的手在空中剛剛揮動了兩下，忽地發現城頭上站著一個女子，一襲白裳，衣帶飄飄，獨自佇立，似乎正凝視著他。

楊浩站穩了身子，定睛再往城頭看去，那人卻已悄然消失，天空湛藍，白雲朵朵，城頭上只有宋字大旗迎風獵獵，方才所見竟似南柯一夢，尋跡無蹤。

「大人，請登車上路。」將虞候王寶財在馬上彎了彎腰，向他大聲說道。

楊浩點了點頭，向後面隨行的家僕們望了一眼，楊浩的家僕比他的家眷在京城時還要齊備一些，管家、奴僕、丫鬟一應齊有，但是……他一個也不認識，這些人都是他變更逃跑計畫之後，繼嗣堂的人臨時找來的。

楊浩只知道他的管家叫李慶風，楊浩看他年紀、聽他名字，非常懷疑他和自己在唐國救下的李聽風家族有些什麼瓜葛，不過直到目前為止，他還沒和這位管家詳細交談過。

楊浩登上車子，放下轎簾，整個隊伍便加快了速度。

過了瓦坡集，前方路口忽然出現一個綵棚，說是綵棚，因為皇帝大行，正居國喪，所以沒有披紅掛綵，只綴了些松枝、柏枝充門面，未免名不副實。綵棚下面也沒有鼓樂迎接，只有著黑白兩色衣衫的一群百姓站在那兒，老遠便高聲叫道：「這位軍爺，敢問前方來的可是楊太尉嗎？」

一個日本直的士兵用很生硬的中國話答應了一聲，那些百姓們立即歡喜起來，也不知從哪兒變出一把萬民傘來，也不撐開，便迎了上來。

一見是歡送楊大人離京的，公孫慶、王寶財二人也不便攔阻，二人對視一眼，便命人向後傳報，通知楊浩，片刻工夫，楊浩便迎上前來。

那群百姓為首者，是一個體態圓滿的員外，只見他畢恭畢敬搶前作揖道：「楊太尉，小民于圓，忝為鄉保。大人在京時，德政惠民，令無數百姓得益，今太尉要離京赴西北上任，百姓們感恩戴德，不捨大人離去，特意委託小民，向太尉敬獻萬民傘一把、美酒十罈，萬望太尉笑納。」

遠遠地，日本武士王寶財先生聽得很是納悶，轉頭向公孫慶問道：「公孫大人，末將是武官，對楊太尉的事情了解的不多，他的，做過這裡的地方官？」

此時，楊浩正遜謝不已，眾百姓則阿諛如潮，馬屁連天，聽得禮部員外郎公孫慶都快吐了，他冷笑一聲，見周圍沒有楊浩的人，這才說道：「王將軍，這不過是官場中習氣罷了。自古以來，愛民如子的好官離任時百姓割捨不下，送萬民傘以示敬意是有的，可是後來的官，不管是不是清官、是不是愛民如子，都喜歡在離任時玩上這麼一套把戲。

「官聲好的，有紳民主動送傘，官聲不好的，他也不願灰溜溜地離開，於是變著法子也得讓人送。比如說前朝時候，康遠縣令是一個大大的貪官，百姓恨之入骨，他離任時也想要百姓們送萬民傘，可是百姓們誰肯送他？

「你不送？你不送他就賴在縣衙裡不走，新官沒辦法接任，於是那位新任縣太爺還得帶頭去勸當地仕紳們送傘，仕紳們實在不肯答應，那位新任縣太爺沒法子，自己做了一把，又讓家人扮成當地百姓，才把那位前任風風光光地打發走。你明白了？」

「喔……」王寶財作恍然大悟狀，連連點頭道：「我的明白，我的明白。」再看向楊浩時，王寶財便露出了鄙夷的神色。

公孫慶笑道：「後來的官總想比原來的官離任時更加隆重，於是花樣翻新，不只送萬民傘、立德政碑，還有那恬不知恥的，提前僱幾個潑皮閒漢，在他離任的轎子前邊泥地上躺下，滿地打滾，就是不起來，意思是擋住道路，不讓他們的好官離開。在官場上，這種事稱為『臥轍』，嘿嘿，如此官場醜態，傳揚開去，卻是百姓無限愛戴了。」

兩個人說著不禁仰天大笑。

前方，楊浩推辭不下，最後半推半就地收下了當地鄉紳于圓代表當地紳民恭送的萬民傘，由於萬民傘是用不同顏色的布做成的，國喪期間不便張開來，所以用素綾裹了放在車上，楊浩又接過十罈美酒，一併放在車上繼續趕路，于圓等人作依依不捨狀又追了好久，這才漸漸散去。

見那些作戲的鄉紳們走了，公孫慶這才鬆了一口氣，吩咐道：「加快行程。」

他們離開京城的時候已經是午後了，當天行不了多遠的路程，傍晚時候，他們到了板橋鎮附近，此時夕陽西下，紅日漸沉，為了趕在日落前進鎮，車隊的速度不斷加快，眼看到了前方一座木橋，前行的武士忽然放慢了速度，公孫慶心中有事，察覺前行速度放緩，立即抬頭問道：「出了什麼事？」

「大人，你看！」一個武士向前一指，公孫慶一看，只見橋頭又搭著一座綵棚，棚下的人倒是不多，也就那麼五、六個人，兩個站著，剩下幾個橫七豎八地躺在橋上。

王寶財一見先是一愣，隨即叫道：「臥轍？」

看了看公孫慶，兩個人忍俊不住，一起大笑起來。

「前方來的可是楊太尉？本地士子于一舟率士林同好請見太尉。」

楊浩得報，又滿臉笑容地上前接見，於是乎，問名，寒暄，接見，感恩，辭讓，兩下裡又是好一通折騰。

王寶財急躁起來，對公孫慶低聲道：「公孫大人，像他這般走走停停，幾時才能走得出去？咱們在板橋鎮裡安排的……」

「噤聲！」公孫慶立即打斷他的話，看著前方一臉笑意的楊浩，冷笑道：「王大人，便讓他再風光一時半夜又算得了什麼？對死人……咱們得有點耐心，你說是嗎？」

王寶財苦笑道：「公孫大人教訓的是，呃……嗯？那幾個人在幹什麼？」

公孫慶一抬頭，就見楊浩已被推坐在橋上，旁邊正有人為他脫靴，另有人捧著一雙新靴站在一旁，公孫慶不禁兩眼發直，半晌才喃喃地道：「太不要臉了，太……不要臉了。」

「嗯？」王寶財捏著下巴，詫異地問道：「出了什麼事情？」

公孫慶咬著牙根嘿嘿地笑：「這位楊太尉也不知道從哪兒打聽來的，居然連『遺愛靴』的把戲都用上了。」

「遺愛靴？」

「嗯，萬民傘、德政碑、臥轍，這都是送行官員的場面功夫，還有一樣，那就是遺愛靴了。」

公孫慶長長地吸了一口氣，說道：「有些地方仕紳，捧臭腳、拍馬屁，於是別出心裁，官員離任時就請他留下腳下穿舊了的靴子，把靴子掛在牌樓上，任由風吹雨打直至腐爛。嘿嘿，王將軍，以後你到了什麼地方，要是看到當地牌樓上掛著幾隻奇形怪狀、腐爛不堪的臭靴子，估計就是當地出過不少『好官』了，哈哈哈……」

王寶財聽了，卻很嚴肅地連連頓首：「末將明白，多謝指教。」

就在這時，只聽「啊」的一聲怪叫，就見楊浩光著兩隻腳丫一瘸一拐地逃了回來，那個叫于一舟的士子，手中持著一柄明晃晃的匕首在後面緊追不捨，王寶財看得直了眼睛，驚奇地道：「中土風俗實在奇怪，公孫大人，請指教，他們……還想留下點什麼嗎？」

「還想……還想……」

公孫慶忽然怪叫一聲，驚訝地道：「刺客？」

這時就見楊浩一竄一伏，氣極敗壞地叫道：「有刺客，有刺客，救命，救命啊！」

說著他已搶到了王寶財身邊，竄到了他的馬屁股後面，王寶財巴不得他讓人一刀殺了，就省得自己煞費苦心地安排手段了，可是他已逃到自己身邊，自己身為護送的武將，無論如何不好裝聾作啞，於是嘿的一聲拔出了太刀，惡狠狠地罵道：「何方鼠輩，膽敢刺殺朝廷命官？」

在中原混了近二十年，他的漢語已經說得相當好了，倒沒喊出「巴嘎呀魯，什麼地幹活」的話來，王寶財一動，他麾下士兵立即紛紛拔刀出鞘，呼喝著撲了上去……

月朗星稀，楊浩一行人風塵僕僕地出現在造化鎮，造化鎮在板橋鎮更北方，距板橋鎮三十多里。

那幾個成事不足、敗事有餘的刺客沒能殺了楊浩，反而打草驚蛇，他們見事不可為，紛紛跳水逃生了，緊跟著探路的士兵一上橋，那橋就轟然倒坍了，原來那橋早已被人動了手腳。驚魂未定的楊太尉打死也不去板橋鎮了，自作主張改了線路，繞道來了造化鎮。王寶財火冒三丈，卻也無可奈何，好在這一路行去機會多多，板橋鎮的布置就算白費了，前路也有的是機會。

楊浩後背的衣衫被那個于一舟劃破了一道長長的口子，嚇得他一進造化鎮，就鑽進一間屋子不出來了，當地鄉紳聽說來了個這麼大的官，忙不迭地跑來拜見，他也壓根不肯露面。公孫慶和王寶財哭笑不得，隨意打發了那些鄉紳離去，剛剛回到徵用的小客棧，外邊便又闖進一個人來，大模大樣地問道：「敢問，楊太尉是借宿於此嗎？」

公孫慶一口茶都還沒來得及喝，他沒好氣地問道：「你是哪個？」

那中年人微微一笑，拱手道：「鄙姓余，是……」

公孫慶手裡一杯熱茶匡啷一聲全灑到了前襟上：「又是姓于的？」

一旁王寶財已鏘啷一聲拔出太刀，惡狠狠地撲了上去，大叫道：「把他拿下！」

四百二章　造化鎮

光聽王寶財這個名字，你絕對想不到他是一個武士，可是誰也沒有規定只有叫西門吹雪、燕南天這種威風霸道的名字，才可以成為一個武功卓絕的武士。

王寶財只一出手，一個漂亮的十字刀花便在那中年人面前炸開，豎劈橫捲，乾淨俐落、一氣呵成，刀術當真了得。他的刀法沒有一點花哨，劈、刺、砍、捲都是最直接的動作，但是出刀穩而有力、快捷如風，足以破除一切花哨的招法，以最快、最簡單的手法殺人。

佐佐木的家傳刀法雖然凌厲，可那中年人竟也有一身好功夫，只是突出意料，根本來不及應對，虧得他身手矯健，當下仰身一縱便躍出門去，鋒利的刀尖堪堪貼著他的身子劃過，一截衣帶無聲地飄下。

「你做什麼？」那中年人這才來得及吼出一聲。

王寶財如猛獸般低聲咆哮一聲，緊追著便衝了出去，後邊一群尚未來得及入住房間的扶桑浪人、高麗武士風風火火地跟了出去。

公孫慶揚聲叫道：「不要殺他，拿活的，問明他的身……」

他話音未落，那些武士嘩啦一下又湧回了院子，公孫慶愕然望去，就見將虞候王寶財一步一步地向院落中退來，在他身前，上下左右十幾把鋒利的長槍緊緊地逼著他的身子，封鎖了他周身上下所有要害，看樣子只要他稍有反抗動作，就能一個攢刺，在他身上搠出十幾個透明窟窿來，把他迫進來的竟是十幾個禁軍打扮的大漢。

哪怕是呂洞賓那種修至地行仙境界的高手，在戰場上也起不了什麼決定性的作用，當日陳摶若非借助山谷的擴音和回聲效果，用高聲頻的長嘯刺激馬匹，單憑武力，他也休想擋得住一個千人隊的契丹武士。

訓練有素的士兵作戰動作整齊畫一，除非你有金剛不壞之身，否則像這樣十幾把大槍同時刺向你周身要害，就算你有三頭六臂也招架不過來，一個人苦練二十年的武藝，在只練過兩年合擊之術的大頭兵面前就是個渣，個人武藝在兩軍陣前作用有限就源於此了。

公孫慶看清對方也是禁軍服裝，不禁又驚又怒，跳起身喝道：「你們要作反不成？本欽差奉召出京，宣撫西北，爾等是哪位將軍的部下？竟敢如此無禮？」

被他一提醒，王寶財也省起了自己的身分，腰桿微微一挺，抗聲說道：「我們是殿前司的，你們是什麼人？」

那個便裝中年人被士兵們護擁著又走了回來，冷笑道：「我們是侍衛司的，殿前司的人就可以肆無忌憚出手殺人嗎？」

王寶財喝道：「本官殿前司日本直將虞候王寶財，你們挾制上官，該當何罪……」

「啪！」

那中年人掄圓了胳膊給了他一個大嘴巴，脾氣比他還大，聲音就像打雷：「本官是侍衛司步軍都虞候余謙，你刺殺上官，該當何罪？」

王寶財一聽，剛挺起的胸脯又塌了下去，人比人，氣死人，雖說兩個人都是虞候，可這官差著可有十萬八千里。虞候有都虞候、虞候、將虞候、院虞候等詳細的分類，地位天差地遠，眼前這位步軍都虞候就相當於陸軍少將，軍級幹部，而他呢，只是個中尉連長。

「這個……純屬誤會，末將奉命護送楊太尉赴蘆嶺州，途中遇刺，刺客也姓于，所以一聽大人自報名姓，誤以為……」

「啪！」

他另一邊臉也挨了個大嘴巴：「誤以為?放你娘的大臭屁！」

余謙火冒三丈地道：「老子方才退得若是慢一些，現在已被你一刀斬成四塊了，你他娘的到時候衝著哪一塊說誤以為？」

公孫慶一見，忙換了副笑臉上前打圓場：「哎呀呀，誤會，純屬誤會，這真是大水沖了龍王廟，一家人不認一家人。這位將軍請勿著惱，卑職們重任在身，不敢大意呀，有些得罪之處，還望將軍海涵……」

余將軍橫了他一眼，沒好氣地道：「好生晦氣，你遇到個姓于的刺客，見了姓余的就都要殺了嗎？嗯……？」

他神色一動，趕緊問道：「刺客？那……楊太尉可曾受傷？」

公孫慶苦笑道：「楊太尉……好像腳上受了點傷，倒是沒有什麼大礙。」

余將軍詫異地道：「既遇刺客，怎麼腳上受傷？」

公孫慶摸著鼻子，支支吾吾地道：「這個……脫靴……跑得倉卒……腳心被……石頭……硌得……」

「嗯？」

余將軍聽得雲山霧罩，滿臉狐疑地看向公孫慶，公孫慶正不知該怎麼解釋，楊浩已得了消息，蹦啊蹦地從房間裡蹦了出來，一個金雞獨立站在廊下，笑容可掬地道：「這位將軍，本官就是楊浩，可是步軍司羅兄要見我嗎？」

余將軍一聽連忙上前叉手稱諾：「末將見過太尉，正是我家步帥要見太尉大人。」

* * *

村外一片青紗帳，月色如水，蟲兒唧唧，尤顯靜謐。

羅克敵的人就駐紮在村子北頭，趙匡胤猝然駕崩後，新皇帝下了嚴令，所有軍隊駐紮原地聽候消息，不得擅動一兵一卒，違者以謀反論處，立斬，以致正在軍營中巡視的羅克敵也動彈不得，只得原地駐紮，每日從朝廷邸報和樞密院往來的公文了解朝中發生的事情。

直到新帝正式登基，禁令解除，羅克敵這才匆匆趕回汴梁。他隨身帶了百餘名親兵隨從，行經造化鎮時天色已晚，便在這裡駐紮下來，卻仍按行伍中規矩散布有遊哨巡弋，楊浩一行人剛到就被他們發現了，得知是楊浩到來，羅克敵才命部將去迎。

兩個人緩緩走在鄉間小路上，前邊一道緩坡，楊浩慢慢走上去，笑道：「羅兄有什麼機密話要和我說，還得避開手下？」

羅克敵腳步越來越慢，沉沉說道：「那日得太尉大人書信一封，羅某一直隨身攜帶，須臾不離，方才得知太尉大人已然到了造化鎮，末將便取出書信，已然……看過了。」

楊浩微微一驚，緩緩轉過身來，羅克敵凝視著他，眼眸中滿是痛苦掙扎的神色，他深深吸了口氣，低聲問道：「太尉大人不是計畫辭官致仕之後，悄然潛出汴梁嗎？何以風風光光，以朝廷使相、封疆大吏的身分前往蘆嶺州？」

「這個……」

羅克敵的手輕輕探向腰間長劍，森然道：「先帝……到底是怎麼死的？還望太尉大人告訴在下！」

楊浩一呆，脫口道：「羅兄不會以為……先帝駕崩，與楊某有關吧？」

羅克敵緩緩地道：「本來，我也絕對不會想到你的身上，可是獲悉你的另一個身分之後，我卻不能不作此想。先帝春秋鼎盛，極康健的身子，怎會突然暴病而卒？如果先帝是為人所殺，那麼……還有人比你更加可疑嗎？」

楊浩苦笑不已，趙匡胤最忌憚臣下背叛，這從他寧可捨棄極大的好處，也不與契丹的亂臣賊子慶王合作上，可看出他的堅決態度，自己已在汴梁做了這麼久的官，一旦回到蘆嶺州，以党項七氏共主的身分重新出現，趙匡胤是很難容忍的。

從羅克敵的角度看，自己確實有相當充分的理由謀殺趙匡胤，不過他一個人既辦不成這件事，辦成了此事也不可能從中得到什麼公開的好處，趙匡胤遇刺，他則得到高陞，如果確是兇手之一，那麼今上和他必然也是同謀，羅克敵不會想不到這一點，聰明一點的話，他應該裝糊塗，可是他卻直接向自己提了出來，此人……和他那滑頭老爹大不相同，還真的是一副忠肝義膽。

羅克敵見他不語，手指一按劍簧，鏘的一聲寶劍便出鞘半尺，羅克敵徐徐拔劍，沉痛地道：「我與太尉，自承帝命，從漢國而度荒漠、過子午谷、離別於逐浪川，同生共死，有過命的交情。此番能從契丹安然返回，重歸故土，羅某更承太尉之情。可是，私誼是私誼，弒君之臣，人人得而誅之，楊太尉，羅某得罪了。」

「且慢，楊某還有一言。」這片刻間，楊浩便有了決定，伸手就向腰間探去，羅克敵卻道他要拔劍反抗，立即沉喝一聲，挺劍刺來。

楊浩措手不及，閃身疾退，這時旁邊一聲清叱，從青紗帳中陡地閃出一個人影，奇快無比地迎向羅克敵，「鏗」的一聲，二人交擊一劍，火花四濺，那人已飛身跳落，護在了楊浩身前。

羅克敵一見這人，不禁驚呼道：「玉落。」

眼前這人一身青衣，亭亭玉立，正是丁大小姐。

楊浩也是大吃一驚：「玉落，妳怎麼來了？」

羅克敵又驚又怒，喝道：「玉落，妳可知道妳二哥他……」

丁玉落打斷他的話道：「我什麼都不知道，也不需要知道，只要二哥沒做傷天害理的事，我就要幫他，我不是朝廷命官，也不是以天下為己任的大英雄，我只是一個小女子，只想守護自己的家，天下大義，與我何干？」

「妳……」羅克敵為之一窒，氣惱之下閃身又要撲向楊浩，丁玉落卻已挺劍迎上，幽幽說道：「現在，你知道我為什麼避著你，冷落你了？」

羅克敵怒道：「妳要依附叛逆嗎？」

丁玉落斬釘截鐵地道：「我只認得他是我的二哥！」

「好！好！」羅克敵氣極，沉聲喝道：「亂臣賊子，人人得而誅之！既然如此，羅某男兒丈夫，豈惜兒女私情？得罪了！」說罷挺劍便衝了上去。

丁玉落不甘示弱，舉劍相迎，二人又戰在了一起。楊浩凝神觀察了片刻，發現羅克敵雖然恨極，對玉落卻仍留著三分情意，看來他是想擊倒玉落，再來取自己性命，丁玉落劍法雖遜色於他，在他有心相讓之下卻暫時打了個平手，沒有性命之虞，楊浩這才放下心來。

他從懷裡摸出一樣東西，慢悠悠地走過去，趁著兩人錯身而過，挺劍再戰的當口，飛身迎上，攸地站到了兩人中間，手中舉起一樣東西，喝道：「不要打了，羅兄，你看這是什麼？」

羅克敵見楊浩手中四四方方一件東西，並不像是武器，不由奇道：「這是什麼？」

楊浩一字字道：「免死金牌。」

民間所稱的「免死金牌」，在古代確有這種東西，官方正式的名稱叫「金書鐵券」，或者叫「丹書鐵券」，比如前朝後周世祖的兒子，就得到了趙匡胤所賜的「丹書鐵券」，非有謀反大罪，不得殺戮。

羅克敵一驚，失聲道：「他賜了你丹書鐵券？」

隨即冷笑一聲，說道：「如此說來，你們果然是沆瀣一氣了。羅某是先帝所封的官，今日為先帝除奸，恕不接受今上的詔命，你這丹書鐵券，保不了你的性命。」

「蠢材！你見過這樣的丹書鐵券嗎？你何不……打開看看呢？」

＊　　＊　　＊

羅克敵頹然坐在土坡上，望著輕伏如浪的青紗帳久久不語。

楊浩向玉落打了個手勢，一瘸一拐地向他走去。

羅克敵冷冷地瞥了他一眼，淡淡地道：「別裝了成嗎？」

楊浩哈哈一笑，挨著他坐下，親親熱熱地便去攬他肩頭：「不好意思，裝習慣了，不裝的話有點不自在。」

羅克敵沒好氣地掙開來，冷冷地問道：「如今你打算怎麼辦？奉密詔輔佐魏王，還是回蘆嶺州做你的草頭王？」

楊浩也望向月色下起伏如浪的青紗帳，悠悠說道：「羅兄，憑心而論，我做七氏共主，是在入朝之前。西北之地，名義上說是大宋的江山，實際上就是雜胡聚居的藩鎮，朝廷左右得了嗎？麟州楊家，府州折家，夏州李家，再加上回紇和吐蕃，他們才是西北真正的主人。如果我到了那個地方，能夠占有一席之地，對大宋來說難道會更糟？」

羅克敵冷笑道：「這麼說你是要回西北了？娘娘的血詔怎麼辦？娘娘以國事相託，你便就此袖手不理了？」

楊浩輕輕吁了一口氣，嘆道：「羅兄，忠義……固然是好的，可是憑白送死於事無補的忠義，卻是蠢笨的。」

羅克敵反詰道：「這話是什麼意思？如果魏王揮師返京，難道不可一戰？」

楊浩截口道：「娘娘和公主、二殿下處於深宮之中，想的難免簡單，羅兄卻不該犯這個錯誤，你應該很清楚，這還是魏王頭一回領兵，那些驍將之所以對他俯首聽命，是因為他代表著皇帝。可是如今朝中已經換了新皇帝，魏王怎麼想並不重要，重要的是那些武將肯不肯跟著他反。

「羅兄，你現在剛剛做了半個月的步軍都指揮使，在軍中尚未樹立足夠的威望，也沒有培植對你一意追隨的部將，你現在若下一道軍令，士兵們絕不敢不從，哪怕前面是刀山火海，為什麼？因為你有無上的權威，可以任意處置他們。但是這權威來自朝廷，如果現在的你要指揮所部向汴梁城發起進攻，試問有幾個人還肯聽你的命令？」

「我……」

「羅兄，求仁得仁，換個心安理得，就算是盡到了責任？那不是自欺欺人嗎？如果魏王能起兵，我可號召蘆嶺州軍民響應，正好名正言順地立軍，可是如果魏王調動不了三軍，你要我怎麼辦？你又能怎麼辦？帶劍面君，刺殺今上，換個滿門抄斬？何況，你既不可能把劍帶進宮去，以今上的武功，你也未必殺得了他。」

羅克敵仰天長嘆道：「罷了，羅某在京中等候魏王消息便是，若是魏王起兵便罷，若是不然，羅克敵便辭官不做，不在其位、不謀其政，當一個平民百姓，也不在今上麾下為臣。」

楊浩嘆道：「你又錯了，這樣的死腦筋，我忽然覺得……我的妹妹喜歡了你，應該是一個錯誤。」

丁玉落本來正專注地聽著他們說話，一聽楊浩說起自己，不由臉上一熱，連忙扭過頭去，耳朵卻仍仔細傾聽著他們的談話。

羅克敵硬邦邦地道：「我怎麼死腦筋了？順天應命，做今上的忠臣，才是聰明人嗎？」

楊浩問道：「羅兄，你被契丹人擄作奴隸時，可以做契丹的大將軍，現在做今上的大將軍，又有什麼不可以？」

羅克敵冷冷地道：「那不同，當初順水推舟，做了契丹人的官，只是為了爭取更多逃回中原的機會，你道羅某甘為敵國犬馬？」

楊浩微微一笑：「如今……又有何不可？」

羅克敵忽地若有所悟，遲疑道：「你是說……」

楊浩道：「殺父之仇，不共戴天，魏王若不知情也罷了，一旦知道真相，你想他豈肯善罷甘休？如果三軍不能為其所用，為報大仇，魏王就只能暫且隱忍以待時機，羅兄不肯以身事賊，就此求去，來日魏王若想對付這弒兄篡位的貳臣時，還有何人可用？」

羅克敵目光一閃，楊浩微笑著道：「你不覺得……你在朝中官做得越大，手中掌握的兵馬越多，對魏王的助益就越大嗎？如此一來，雖受一時之辱，方才對得起官家一番栽培，羅兄以為然否？」

羅克敵低頭思忖良久，瞿然道：「楊兄一語驚醒夢中人，我明白了。」

楊浩微笑道：「你我曾同生共死、並肩作戰，來日如能一同除此國賊，豈非也是人生一大樂事？」

「好！」羅克敵雙眉一揚，沉聲道：「我回汴梁伺機而動，希望你能記得你我今日所言。」

「那是自然，你我本有交情，路上相逢，相見敘談一番也是人之常情，只是羅兄既存了這分心思，還須處處謹慎，與我交往不可過密，你還是早些回去吧，楊某也盡快趕回客棧。」

羅克敵想到就做，絕不拖泥帶水，向他抱一抱拳，說道：「楊兄說的是，羅某這就回去了。」

他一挺腰桿站起身來，大踏步地下了土坡，忽地想起了什麼，猛地又停住了腳步，回首望向丁玉落，期期問道：「玉落，妳……妳怪我向妳動劍嗎？」

玉落道：「我是女人，家人最重。你是男人，君父在前，我不怪你要做個光明磊落的大英雄，你也莫要怪我是個只重家人、不重大義的小女子。」

羅克敵釋然一笑：「那是自然，妳……要隨令兄往蘆嶺州去嗎？」

丁玉落回頭瞟了楊浩一眼，輕聲道：「是，我要回蘆嶺州，我的家人都在那裡。」

羅克敵沉默片刻，鼓足勇氣，單刀直入地道：「我說過，今生至愛，唯妳一人，如今……我知道妳的苦衷了，可是我卻不改初衷，為了妳，耽擱一份前程又算得了什麼？只不知玉落姑娘對我羅克敵是一分什麼心意？」

丁玉落幽幽地道：「將軍年輕有為，玉落此去，天長地遠，相見遙遙無期……」

羅克敵大聲道：「我等得。」

丁玉落嘆道：「你……能等得多久？」

羅克敵指天說道：「一天星月為證，等到海枯石爛，地老天荒，絕不後悔！」

丁玉落目光一亮，半晌才暈著臉道：「好，你若能一世不娶，我便一世不嫁，也只待做你的人！」

羅克敵大喜道：「一言為定。」

楊浩懶洋洋地打個哈欠，嘆道：「二位卿卿我我的，當我不存在嗎？」

兩人臉上頓時一熱，楊浩道：「我不會讓自己的妹妹青絲白髮，變成一個老姑娘的，只是眼下還不是時候，待一切明朗之後再說吧。」

兄妹二人站在土坡上，看著羅克敵的身影消失在青紗帳中，楊浩的臉色便沉了下來：「我不是讓妳護送嫂子回蘆嶺州嗎？妳又潛回來做什麼？」

丁玉落理直氣壯地道：「如果二哥有個三長兩短，你道嫂嫂就能獨活？你獨自留在京中，又不說明緣由，誰能放心得下？我們本來已經離開了，可是聽說皇帝駕崩，都不知道京裡出了什麼事，玉落這才奉嫂嫂之命，趕回去查探動靜。你一出城，我就跟著你了，只是一直等不到機會相見。我可是奉嫂嫂之命來的，你要怪罪，找嫂嫂去。」

楊浩板著臉道：「還要誆我？冬兒最聽我的話，她豈會讓妳輕身涉險，如果真是她的主意，她一定自己趕回來了，妳是偷偷跑回來的，還要推到冬兒身上。」

丁玉落眼中閃過一抹笑意：「二哥，這回你猜錯了，確實是嫂嫂讓我回來的。」

「怎麼可能，她……」

「她如非得已，當然會親自回來探聽消息，不過……她來不得。」

楊浩頓時緊張起來：「怎麼了？冬兒出了什麼事？」

丁玉落輕嘆道：「嫂嫂倒是沒出什麼事，她只是不敢來、不能來，因為……她已懷了你的骨肉。」

「什麼？」楊浩整個人都呆在那兒。

丁玉落道：「那可是咱們家第一個孩子，萬一有個什麼好歹，你和大哥都要痛心疾首、暴跳如雷了，你說嫂嫂豈敢輕身涉險？」

楊浩怪叫道：「什麼、什麼？她有了身孕？這才幾天工夫，我怎麼不知道？」

丁玉落見他歡喜模樣，抿嘴笑道：「原就有些懷疑，可嫂嫂也是頭一回啊，她哪敢確定？只是一路行去，漸生症狀，半途找了個醫士診治，這才確認了的。」

楊浩大喜若狂，丁玉落笑道：「妹妹給二哥帶來這樣的好消息，二哥該不會生我的氣了吧？」

楊浩瞪她一眼，訓斥道：「誰說我就不生氣了，這消息我早晚也會知道，值得妳冒險回來？」

丁玉落剛剛委屈地低下頭去，楊浩又霽顏笑道：「不過……妳這次回來，倒是歪打正著，我這裡正有一樁大事，需要一個極穩妥可靠的人去辦，本來還想今晚與李管家商量一番，妳既然來了，自然是最佳的人選！」

*　　*　　*

客棧裡，公孫慶的房間。

公孫慶和兩頰赤腫的王寶財正在祕密商議事情。

公孫慶道：「那些蹩腳的刺客也不知是誰派來的，壞了咱們的大事，官家的交代……板橋鎮上的精心布置全都白費了。」

王寶財嘿嘿一笑，臉上五道指印赫然在目：「公孫大人何必發怒，就算沒有板橋鎮上的設計，末將也能讓他神不知鬼不覺地喪命於此。」

公孫慶精神一振，忙問道：「王將軍有何妙計？」

王寶財又是微微一笑，伸出雙手輕輕擊了三掌，忽地從門外、窗口、梁上、床底鑽出四個黑衣蒙面人來，肩後都背著一柄長柄的武士刀，把公孫慶嚇了一跳，他實在想不通這些人是什麼時候鑽進自己房間的。

公孫慶又驚又疑地道：「他……他們是什麼人？」

王寶財自矜地一笑，說道：「在我的故國，他們叫忍者，既是最出色的斥候、也是最出色的刺客。」

四個黑衣蒙面人立即向公孫慶直挺挺地行了一禮。

王寶財道：「平常，他們都是日本直中的一名普通士兵，誰會知道他們身懷絕技呢？今晚我就讓他們各施手段，去刺殺楊浩。明天早上，大人見到的，只會是楊浩冰冷的屍體，他……絕不會活著見到明天早上的太陽。」

公孫慶狐疑地道：「他們……真有這麼大的本事？」

「不止，他們不但有一身大本事，而且是最稱職的守密者，自從唐朝時候伊賀、甲賀的一些沒落武士揉和中土的兵法、道家的五行遁術，創出忍術以來，他們就嚴守四大戒律：一、不因私事使用忍術；二、捨棄一切自尊；三、必須守口如瓶；四、絕不洩露身分。所有忍者奉行不渝，從無一人違誓，他們……一定不會讓大人失望的。」

王寶財微笑著揮了揮手，四個忍者立即躬身一禮，鴻飛冥冥……

四百三章　忍

當夜因匆匆而至無甚準備，只簡單地吃了點東西，楊浩便回到了自己的臥室。鄉下地方，房屋雖然簡陋，卻也疏朗別緻，房間還有一道後門，後門外是一道架在水上的木廊，木廊還有護欄，依著一條河水。

左右和前室俱由楊浩的家人住下，管家李慶風這才得到機會進入臥室，與楊浩祕密計議良久，然後離開了房間。

李慶風一出去，楊浩便和衣躺在榻上，仔細思索著去路前程。

玉落膽大心細，又有一副伶牙俐齒，這件要事交代給她大可放心。而羅克敵也不是一個莽撞人，如何見機行事他自然能夠領會，不需要自己操心。他這一路下去，恐怕是殺機四伏，不過繼嗣堂的計畫倒也周密，公孫慶和王寶財不能明著下手，唯有用些陰謀詭計，這一路鬥法，多了繼嗣堂這個強大助力，未必不能安然抵達蘆嶺州。

現在主要的問題是：魏王。

如果眾將擁戴，趙德昭果然反了，那他必須得依照前諾，起兵附從。既已接了娘娘這封血詔，如果他按兵不動，必被天下唾罵，在道義上再也站不住腳。而出兵相助呢，他這位使相就可以名正言順地成為輔政大臣。趙德昭如果能打敗趙光義，那時他羽翼豐滿，在西北也足以立足。如果魏王德昭兵敗，他也可以退守蘆嶺州，重新拾起借契丹而制大宋、借大宋而制契丹的策略，就像昔日蘆嶺州處在三方政治勢力的夾縫之中，卻能站住腳跟一樣，利用這兩大國之間的互相忌憚，確保自己安然無恙。

這個想法雖與目前先取銀州，一統橫山，再對夏州取而代之，定基西北的策略不同，不過殊途同歸，結果是一樣的。

現在的他，就像置身於大海上的一葉扁舟，眼前是狂風巨浪，腳下是暗流礁石，他的目的地雖已定下，但是如何趕過去，是直駛、繞行，還是暫避風頭、穿越海峽？選擇有許多，必須因時因地而變，拘囿於最初擬定的計畫，無視航行條件的變化，那是最愚蠢的，最終只能落個船覆人亡的結局。

可是，儘管殺父之仇，不共戴天，魏王再怯懦，這樣的大仇也不會視而不見，但是他能否指揮得動三軍，讓軍中將領們為他前仆後繼，一往無前？現在的趙德昭，有這個威望和能力嗎？楊浩十分懷疑。

如果不能，那他就只能忍。這樣的話，自己就仍要按原定計畫，先取銀州、鞏固根本，再取夏州。這是一場政治博弈，如何布局至關重要，而如今天下留給他的布局之地，正在邊荒西北。

現在的天下就像一盤棋局，中腹已經一分為二，被宋和契丹占了，如果他在中腹下子，必然四方侵襲，窮於招架。布局越華麗，就越容易遭到對手的攻擊；低調一點，按部就班，要比華而不實的人更容易成功。

西北不管是做為他的最終目的，或者只是用作博弈的一個橋頭堡，都是他唯一的，也是最恰當的選擇。取地取勢，西北就是能揚他威風的勢。至於占住了這個勢，能否就在變幻莫測的政局中走出一條自己路，那就不是他現在能考慮的事了。謀事在人，成事在天，變數每天都有，每天都在發生變化，誰知道呢？

善勝者不爭、善爭者不戰、善戰者不敗、善敗者不亂，而他這已落了先機的人，就必須能忍，切忌抱著一步登天的念頭，得踏踏實實從腳下開始。

正思忖著，門扉輕輕打開了，一個身材窈窕的青衣使女款款而入，手中托了一壺茶，向他淺淺笑道：「老爺是要喝杯茶就睡了，還是要沐浴一番？若要沐浴，婢子便讓廚下準備熱水。」

楊浩翻身而起，坐在床邊看著這個青衣侍婢，眉目如畫，顰笑嫣然，雖然梳著雙丫髻，神情氣質落落大方，卻不大像一個慣於侍候人寢居的丫鬟。

那雙纖月似的彎彎蛾眉下，眼波狐一般媚麗，但是看向他時，卻蕩漾著一抹好奇，就好像……聽人說起過他的事蹟，如今才頭一回見著的人應該露出的神色。見楊浩向她望來，少女的脣瓣微微向上一挑，露出一個燦爛如花的笑臉，很靈秀、也很討喜的一個女孩。

楊浩起身走過去，那青衣侍婢將茶壺輕輕放在桌上，翩然退了一步。

「妳叫……」

竹韻俏生生地笑：「婢子叫竹韻，老爺可得記住了，免得在人前穿幫。」

「唔……李管家不是真正的管家，竹韻姑娘想必也不是真正的侍婢了？」

竹韻抿了抿嘴：「在老爺安然抵達蘆嶺州以前，竹韻就是大人的侍婢。」

楊浩淡淡一笑，也不追問，他在桌邊坐下，為自己斟了杯茶，捏著下巴沉吟一下，說道：「唔……今日一路折騰，確實有些乏了，沐浴一番也好。我先喝杯茶提提神，勞煩姑娘讓廚下準備熱水。」

「是！」

竹韻姑娘輕輕福身，又復輕笑道：「竹韻現在是老爺的婢女，老爺言語之間千萬注意，對婢子可不要太過客氣。」

她翩然轉身，便向外走去，楊浩注意到，她的腰肢雖如風擺楊柳，裊裊生姿，但是腳下有根，趨進趨退十分矯捷，這個女孩，恐怕不像她表面上暴露出來的那樣弱不禁風。管家不是管家，侍婢不是侍婢，繼嗣堂找來的這些人，原來都是幹什麼的？

夜色已深，和衣躺在外間榻上，氣息悠然綿長，似乎已經熟睡的竹韻姑娘忽地張開了眼睛，房中一盞油燈未滅，映得她明亮澄淨的美眸攸地閃過一道動人的光彩。

她輕若柳絮地飄落在地上，手中拈著一口早已出鞘的寶劍，呼吸聲仍然悠然綿長，彷彿正在榻上熟睡，雙足卻像貓一般移動著，靠近牆板，耳朵輕輕一動，貼著板壁向前行去。

外面，有輕微的沙沙聲，就像一條蛇爬過綴著露水的草地，十分細微，恐怕大多數人都不會注意到這樣輕微、幾近於無的聲響。

隨著那沙沙聲向前行了片刻，竹韻眸中寒光一閃，突然閃電般出劍，「篤」的一聲，長劍透壁而出，直至劍柄前三寸處停下，由於運劍奇快，只發出並不響的「篤」一聲。

竹韻俏美的唇角微微一翹，露出一絲譏誚的笑意，順手從腰間拈起一方汗巾，裹在那柄劍上，飛快地向內一拔，沒有再發出半點聲音，燈光下，劍刃上隱隱還有一絲血痕，她若無其事地直起腰來，用汗巾在劍上仔細地拭了拭，只擦拭了兩下，就聽到外面「噗通」一聲彷彿重物墜地，然後便再沒了其他聲息。

竹韻把劍刃擦得雪亮，又像是愛潔似的，把劍湊到鼻子下邊，嗅了嗅沒有血腥味道，這才幽靈一般飄回榻上，重又和身躺了上去。

*　　*　　*

廚房裡，朱胖子哼哼唧唧地唱著不成調的歌，正在刷洗著楊浩剛剛用過的大浴桶。身後不遠處，一口大鍋中，熱水沸騰，氣浪滾滾。

朱胖子叫朱治業，一張圓臉、一副圓滾滾的身材、頷下晃蕩著三個下巴，顯得極其富態。據他自己說，他本來是一笑樓裡最出色的廚子，因為手藝太好，太尉老爺割捨不下，所以太尉老爺此番往蘆嶺州開衙建府，才特意把他也帶上。

不過他的手藝是不是真的那麼好，旁人卻不曉得了。他只操辦太尉大人的飲食，旁人只能注意到這位朱大廚特別好乾淨，不但菜洗得乾淨，鍋碗瓢盆刷洗得乾淨，身上也沒有廚子常有的油漬和油煙味。

這不，燒了熱水侍候了太尉大人沐浴之後，他還特意為自己也燒了鍋熱水，打算洗個舒舒服服的熱水澡。

哼哼唧唧地唱著比豬還難聽的歌，朱胖子走到灶邊拿起瓢來剛剛舀了一瓢熱水，忽地側著頭聽了聽，一個箭步便邁到了門外。雖說這鄉下廚房不大，可是他離門口也有一丈來遠，可是朱胖子那麼肥碩的身子，一個箭步便邁了出去，身子輕得就像柳葉似的，他手裡還端著那瓢熱水，水居然一滴都沒有灑出來。

朱胖子哼哼唧唧地四下看看，月色料峭，唯見樹影婆娑，院中空無一人，朱胖子低頭看看那瓢熱氣撲面的沸水，忽地轉身又回了屋，拿起一個足以讓三歲小孩暢游洗澡的巨大木盆來，一邊快樂地唱著歌，一邊往裡頭舀水。

朱大胖子很快便舀滿了一盆沸水，他端起木盆就出了屋，院中一塊草皮輕輕蠕動著，方向正是楊浩那處房舍所在，朱大胖子一出來，地面又平靜如常，沒有半點動靜了。朱大胖子端著滿滿一大盆水，側著臉避開那蒸騰的熱氣，到了院中站定，一大盆熱水便嘩嘩嘩地澆了下去。

草皮猛地顫動了一下，隨即便再也沒有半點動靜，朱大胖子往地面看看，搖搖頭，頷下三個下巴一起晃蕩起來，他嘆息一聲，喃喃地道：「忍，果然能忍，當真能忍，佩服、佩服啊……」

朱大胖子長吁短嘆地回了廚房，那塊草皮靜靜不動，許久許久，上邊的熱氣已將完全消散，草皮突然翻開，一個人影攸地閃了出來，一閃、再一閃，便捷如靈猿一般地躍出了院牆，快逾離弦之箭地飛奔而去，一盞茶的工夫之後，在造化鎮郊外荒涼的原野上，響起一串淒厲的狼嚎……

* * *

田村良夫將體能調整到最佳狀態，悄悄潛向楊浩居處的屋頂。

自來到中原以後，他已經很久沒有再進行過那樣非人的痛苦訓練了，感覺自己比起巔峰狀態時已大大不如，手腳也不是那麼靈便了，但是他自信自幼磨練出來的殺人技能，要神不知鬼不覺地除掉一個熟睡中的人非常容易。

做為一名忍者家族的後代，他一降生就必須接受殘酷的命運，要嘛成為忍者，要嘛死，而他現在還活著……

他自幼練習各種竊聽和殺人技巧，擅長劍、鉤等各種兵器以及飛鏢等暗器；能飛簷走壁，在沙地上飛跑而不發出一點聲響；能在水中屏息很長時間，用特殊的器具在水底待上一天一夜；甚至能潛到船底，偷聽船上人的對話……

做為一個忍者，他要克服對死亡、孤獨、黑暗乃至於飢餓、寒冷、傷病等諸多困難的磨練，要擁有強大的精神力量和體能。做為一個忍者，他自幼就隨師傅修行東密祕法，東密祕法和藏密和印度的雜密一樣，是佛教密宗的一支，對苦行和肉體的磨練具有強大的作用。透過東密祕法的修習，他們的體能可以得到最大限度的開發，精神意志非人地堅韌。

可是這樣的辛苦付出，和出生入死的努力，與之相應的回報實在是太少了。在大名眼中，武士是家臣，而忍者只是家奴，他們不只要執行最危險的任務，還時常因為涉及機密而被自己的主人殺了滅口。哪怕立下了天大的功勳，所得的賞賜也不過是同時去執行任務的武士的零頭。

田村良夫是個很有想法的人，他無法容忍這樣的待遇，又知道在嚴密的控制下，存心反抗只有死路一條，於是透過精心準備，他在一次執行刺殺任務時詐死脫身，遠渡重洋逃到了中土，並且成為一名軍餉優厚的禁軍武士。

今日重操舊業，他竟有些興奮的感覺。他悄無聲息地攀到房頂，不覺皺了皺眉頭，房頂鋪的不是瓦，而是稻草，這有些麻煩，不過難不倒他，經過忍者們數百年的摸索，他們能夠針對各種各樣的地形，適時地做出最恰當的選擇。

他懷中揣了一瓶毒藥，只要讓他爬到楊浩床榻正上方，用一根絲線把毒藥滴到他的口中，就能讓楊浩在睡夢之中無聲無息地死去。他在房簷上蹲了下來，觀察了一下房頂的情形，房屋很簡陋，兩側的屋脊露出了一截梁木，從腰間取下一套繩索，繩索抖開，正欲拴在梁木上，旁邊突然出現了一隻大手，一把抓住了繩索。

田村良夫驚得亡魂直冒，一個肘擊便向後搗去。他的肘彎下藏了鋒利的尖刺，上邊也淬了見血封喉的毒藥，只要劃破一點肌膚……可是他的臂肘卻被一隻有力的大手握住了，田村良夫只覺手肘一陣痠麻，半邊身子都沒了力氣。

身後這個人用的是紅拳，這是中原最古老的拳種之一，唐手源於此，趙匡胤的太祖紅拳源於此，日本的徒手武道也源於此，變化萬千，克敵制勝各有巧妙，這套武功雖以擊打為主，擒拿方面也獨具特色，犀利有力。

這時田村良夫強大的精神力便發揮了作用，麻筋被制住，身子本能地痠軟無力，可他另半邊身子卻仍能做出反應。然而身後這人早已有備，迅捷無比地抄起繩子，已在他頸上環了三匝，隨即縱身一躍跳到地上，伸手一扯，便把他拉了下去。

忍者的體重都很輕的，一般不會超過一百斤重，田村良夫百來斤的身子在那人手中輕若無物，片刻工夫便被那人完全制住，拖進了夜色當中……

過了一會兒，管家李慶風揉著肚子笑咪咪地走了回來，彷彿剛剛方便過似的，眉眼含笑，一身輕鬆……

＊　＊　＊

天亮了，竹韻姑娘笑吟吟地站在楊浩門口，脆生生地道：「老爺早啊，休息的好嗎？」

楊浩瞟了她一眼，似笑非笑地道：「還好，就是夜深的時候，聽到一點異常的動靜，不知是怎麼回事？」

竹韻若無其事地笑道：「喔，鄉下地方，大概是貓捉老鼠吧。廚下已備了早餐，老爺要用些嗎？」

「那當然，公孫大人和王將軍都起來了吧？請他們過來一起用膳。」

他舒展著雙臂，想要到木廊上去，竹韻突然踏前一步道：「老爺還是不要到廊下去了，黃老爺子正在後面釣魚。」

黃老爺子叫黃津，是楊浩府上的院子，剛剛五十出頭，頭髮花白，卻是耳不聾、眼不花，精神十分矍鑠。

「喔？」

楊浩眨眨眼問道：「老黃釣了多久？」

竹韻嫣然道：「大概……有一夜了吧？」

「釣到魚了嗎？」

「魚還在水裡。」

楊浩嘆了口氣，喃喃地道：「這條魚……著實辛苦了些。」

竹韻忍笑道：「老爺說的是。」

楊浩倏爾轉身向外走去，走到竹韻身旁時，突然伸手一拍她的肩膀，笑道：「妳也辛苦了，要是沒睡好，行路時再睡吧。」

楊浩一伸手，竹韻便本能地想要閃開，可是她動作雖快，楊浩的動作卻更快，這一掌還是拍在了她的肩頭，根本沒有避開，竹韻臉色不由一僵。

楊浩笑嘻嘻地朝外走去，輕嘆道：「這一路下去，恐怕妳我都要日夜顛倒、白天休息了。」

竹韻姑娘看著他的背影，小瑤鼻輕輕一哼，糗糗地道：「活該呀你，有福不會享，信不過我們嗎？」

後廊下，老黃盤膝坐在木板上，悠然提起釣竿，換了個餌，再度甩進水中。

河水近對岸處，濃密的水草中毫不引人注目地豎著一截蘆葦，水草深處，時而會輕輕冒起一串細微的水泡，好像是一條頑皮的魚兒在吐著泡泡……

* * *

河北西路，贊皇山下，旌旗招展，三軍不前。轅門前豎著白幡，飄飄搖搖，一片淒零。

剛剛得到詔書，改封吳王的趙德昭正收拾行裝，準備輕騎趕回汴梁奔喪，太傅宗介洲忽然引著一位風塵僕僕的年輕人闖進帳來。

紅腫著眼睛的趙德昭一見，連忙迎上去道：「老師。」

宗介洲點點頭，四下看看見帳中無人，便道：「千歲，這個年輕人從京中來，說有要事要說與你聽。」

「哦？」

趙德昭看了眼這個不卑不亢，也不上前施禮參見的年輕人，見他雖是滿面風塵，卻眸正神清、容顏俊俏，端地是個英姿颯爽的美少年，不覺有些驚訝，趙德昭又打量他兩眼，問道：「壯士自京中來嗎？不知有什麼事要見本王？」

那美少年黑白分明的一雙大眼睛睇了宗介洲一眼，宗介洲會意，淡淡一笑道：「老夫迴避一下。」

「老師留步。」趙德昭急喚一聲，對那美少年道：「壯士，這是本王的恩師，不管什麼樣的事情，都無需瞞他。」

那美少年道：「此事關乎重大，甚至關係到千歲安危，也可……使人與聞嗎？」

他這一說話，並未隱瞞本音，聽其聲音，清脆悅耳，竟是個女子，趙德昭更是驚訝，卻道：「既然如此，更須恩師在場，這軍中如果說只有一人可信，那也是孤的恩師，就算是再大的事情，也無需相瞞。」

宗介洲聽了，露出激動之色，情不自禁地向自己的學生微微地拱了拱手。

「好！」那女子瞟了宗介洲一眼，說道：「這裡有書信一封，還請千歲仔細閱過，是否與人相商，那是千歲的事了。」說著自袖中小心地摸出一封信來，雙手遞了上去。

趙德昭看了她一眼，接過書信，一看封面寫信人的姓名，面上便是一驚，忙道：「壯士……姑娘請坐，本王先看過了信再說。」

趙德昭匆匆打開書信，只閱及一半便蹭地一下站了起來，驚怒叫道：「竟有此事！

竟有此事！」說著，兩行熱淚已撲簌簌地流了下來。

宗介洲雖留在帳中，卻不便看信，只為丁玉落斟了杯茶，坐在桌邊等候，眼見趙德昭如此忘形，宗介洲十分驚訝，卻道：「千歲，臨危不亂，處變不驚。」

趙德昭雙淚長流，悲憤地道：「老師，學生如何才能處變不驚？這封信……這封信……」

丁玉落靜靜地道：「千歲可看清些，這可是公主殿下親筆書信。」

趙德昭道：「不會錯了，這信確是永慶筆跡，信中為獲我信任，還特意提及了只有我兄妹知道的童年事情。」

丁玉落頷首道：「那就好，京中寡母幼弟，都在翹首期盼，千歲該當早作決斷才是。千歲堂堂男兒，痛哭流涕，於事何益？」

趙德昭被丁玉落說得面上一慚，將信奉與宗介洲道：「老師請看。」

宗介洲遲疑接信，一旁丁玉落道：「這封信關係重大，如果老先生看過，禍福吉凶，都要一力承擔，甚至牽涉家人，你可要想清楚。」

白髮蒼蒼的宗介洲聽罷，雙眉一揚，怒道：「老夫受先帝所託，教授皇長子，肝腦塗地，在所不惜，既然如此，這封信老夫是非看不可了。」

宗介洲打開書信，看到一半，已是臉色蒼白，後面多是永慶公主為徵得兄長信任，敘述幼時家事，以及要他率兵復仇的要求，宗介洲便不再看，他雙手徐徐垂落，臉色蒼白地道：「先帝猝然駕崩，老臣本覺蹊蹺，卻萬沒想到……如今……如今該如何是好？」

趙德昭面色如血，激憤地吼道：「殺父之仇，不共戴天，我……我要率軍回師，殺進汴梁，為國除賊、為父報仇，殺死那個竊位自立的大奸賊。」

宗介洲迅速鎮靜下來，勸道：「千歲莽撞不得，如今晉王已然登基，名分已定，千歲要統兵殺回京去，談何容易？稍有不慎，便要陷入萬劫不復之地，千歲千萬三思。」

趙德昭怒道：「老師要孤如何三思？殺父之仇，難道……身為人子，可以置若罔聞嗎？」

丁玉落讚賞地看了眼宗介洲，說道：「千歲，太傅所言甚有道理，千歲要報父仇、除國賊，也得好生計議一番，反覆思量才是，如此大事，豈能輕率？」

宗介洲動容道：「姑娘是奉楊太尉之命而來？不知楊太尉是何主張？」

丁玉落道：「千歲的反應本在太尉意料之中。太尉大人著我前來送信時，曾再三叮囑，晉王剛剛登基，帝位尚不穩定，若北伐諸軍肯附從千歲，千歲以皇長子身分，將晉王惡行宣告天下，未必沒有一爭之力。

「屆時，只消公布娘娘懿旨，各路兵馬、官員十有八九會按兵不動，既不會勤王，也不會襄助皇長子，而是靜待塵埃落定，此乃人之常情，強求不得。千歲能用之兵，就是北伐的精銳大軍，而晉王能用之兵，就是留守汴梁的禁軍，太尉還可謀取西北諸藩以為千歲助力。」

丁玉落還沒說完，趙德昭已大喜道：「太尉真國之忠良，如此，大事可期了。」

宗介洲瞟了自己愛徒一眼，無奈地搖了搖頭，轉向丁玉落道：「姑娘，太尉言下之意，關鍵就在於，千歲能否調得動北伐諸軍？」

「不錯！」

丁玉落道：「千歲初次領兵，在這種情形下，能否指揮得動三軍，殊難預料。太尉說，如果千歲貿然將真相告知諸將，而諸將不肯犯險相從，則事機已敗，千歲再無生路，更遑論暫且隱忍，以待時機了。」

宗介洲道：「此言固然，但……千歲若不將真相相告，如何試得諸將心意？」

丁玉落淡淡一笑：「這正是千歲要解決的問題了，民女……只在此靜候回音！」

四百四章　良禽

五月天，還算不得太熱，尤其是駐紮在山陰下。

可是當吳王趙德昭突然出現在党進大帳中時，還是見這位党太尉穿著件小褂子，打著赤膊，結實的胸口露著黑亮的胸毛，像隻受困的老虎一般，正在帳中打著轉。

一見趙德昭，党進不由一怔，連忙搶步上前，叉手施禮道：「党進見過千歲，千歲要來，怎也不使人說一聲？老党如此打扮，未免失禮。」

趙德昭忙道：「將軍忠勇驍猛，性情粗獷，向來如此，孤豈會見怪？」

党進唯唯稱是，請趙德昭上座，又吼了一嗓子，叫起貓在帳角偷睡的老兵，給趙德昭沏壺茶來，這才問道：「千歲明日便要還京了，屆時，老党自要率眾將去相送千歲的，老党正想著，過一會兒就先去見見千歲，營中有些什麼安排，好請千歲示下，想不到千歲卻屈尊來了，敢問千歲，於眾將還有什麼吩咐嗎？」

趙德昭輕輕一嘆，淒然說道：「此番北征漢國，父皇志在必得，孤與將軍風餐露宿，兼程而來，本以為漢國一舉可克，建此開疆拓土之奇功，不想……父皇竟猝然駕崩，龍馭殯天……」

党進聽了，一雙虎目中也不禁蘊起淚光，勸道：「老党也沒想到，官家龍精虎猛的身子，再坐三十年天下也不稀罕的，竟爾……天有不測的風雲，千歲還請節哀順變。」

趙德昭落下淚來，黯然道：「父皇在時，致力於一統中原，來日取回幽燕，一統漢室江山，還天下一個太平世界。幽燕現在契丹人手中，如非充分準備，輕易啟不得戰端。可小小漢國，彈指可滅，實不足慮。如今契丹內憂外患，無力顧及，這是天賜良機，一旦失去，不知還有什麼變化？」

他抬起頭來，殷殷望向党進，慨然說道：「孤思來想去，有心完成父皇遺志，繼續出兵，平了漢國，再回京舉孝，將此大捷焚告父皇在天之靈，以告慰亡父，不知將軍以為如何？」

党進攸然色變，沉吟道：「恐違官家旨意。」

趙德昭道：「時機稍縱即逝。」

党進躊躇道：「這個……」

趙德昭忙道：「此乃父皇遺志，也是我宋國征戰天下，最後一個滅國拓土的大功，機會難得啊。孤年輕識淺，欲完成先帝遺志，又恐有違聖意，到底應該如何，心中委決不下，所以才來尋老將軍，請党叔叔給姪兒拿個主意。」

党進連忙離座遜謝道：「千歲客氣，老党實當不得千歲如此稱呼。這件事太過重大，非党進一人便可拿得主意，千歲還容老党仔細想上一想，與幾名將軍稍作商議。」

「好，那……那孤便等將軍決斷。」

趙德昭起身拱一拱手，又道：「先皇在時，嘗言將軍赤膽忠心，憨樸直率，是最可倚重的人。如今機會難得，正所謂將在外，君命有所不受。況且，我們如今距漢國近，距汴梁遠，漢國不堪一擊，大功唾手可得。一旦拿下漢國，就算以功抵過，官家也不會怪罪，還望將軍三思。孤王，靜候將軍佳音了。」

這一計，是太傅宗介洲想出來的主意，先帝的真正死因，在確定諸將心意前，是不能輕易說出來的，否則先是斷了自己所有後路，一旦諸將不肯相從，那除了自盡便再無第二條路可走了。

如今以先皇遺命相迫，以滅國拓土之功相誘，以將在外，君命有所不受相勸，如果眾將領有抗旨進軍之意，那接下來自然可以繼續抗旨。就算他們肯進兵而不肯造反，只消違抗今上的嚴旨，帶著他們離開駐地，也可對外宣揚諸將已反，對內直言先帝被弒真相，以大義和既成的事實脅迫他們不得不反。

如今趙德昭言詞切切，已把問題推到了党進手中。他也知道北伐諸軍各有統屬，党進雖威權最重，要他貿然決斷，他也必然有所顧忌，與幾名主將計議一番是他必然的反應，所以只能回去等待，不敢露出急躁模樣。

趙德昭走後，党進轉來轉去，最後一拍大腿，吼道：「來人，叫潘美來見我。」

不一會兒，潘美一身戎裝，嚴嚴整整地到了党進的帥帳，進帳抱拳道：「潘美見過党帥，党帥……」

他一抬頭，就見党進光著一雙腳丫，穿著一件齊肩的小褂，敞著懷盤膝坐在榻上，就像一個看瓜棚的老農，衝著他揮手：「行了行了，又不是升帳點將，你穿一身盔甲來做什麼？坐下，坐下。」

潘美微微一笑，上前來在党進的榻邊坐了，問道：「太尉召我來做什麼？」

党進嘆了口氣道：「仲詢吶，老党心中有一件大事委決不下，所以要與你商量一番，你小子心眼多，想得細，這事，咱倆一起來合計合計。」

党進把趙德昭所言向他複述了一遍，潘美聽了，沉聲道：「若依吳王所言，縱勝，後患無窮。」

党進點點頭道：「這個……老党知道。」

潘美有些詫異地看向党進，党進垂下目光，並不與他對視，只是緩緩說道：「千歲雖是皇子監軍，但是既不知兵，且性情謙和，素無好武鬥勇之志，今突發宏願，欲抗旨伐漢……」

他語聲一頓，又復嘆道：「辭駕離京之日，先帝親送我等出萬勝門，三碗壯行酒一飲而盡，先帝一身武藝，龍體強壯，比起俺老党來那身體還要強壯三分，竟爾暴病，世事實難預料，吳王大慟，欲立不世之功以告慰先帝，這個心思也是出於一片至孝……」

他說著，偷偷瞟了潘美一眼，雖然他的官比潘美高，而且甚得趙匡胤寵愛，可是軍中比文官更講究派系出身，認真論起來，潘美才是嫡系，他卻是雜牌。

他本是晉朝軍國重臣杜重威的侍從，杜重威被殺後流落中原，投入軍伍，很快憑戰功陞為周朝的散指揮使，後又累功至鐵騎都虞候，趙匡胤得天下後，他又遷官至本軍都校，領欽州刺史，慢慢地才官至中樞。

而潘美與趙匡胤，在趙匡胤未稱帝前便交情深厚，而且擁立趙匡胤，他也是參與者之一，是大宋的開國功臣，有從龍之功，這幾年戰功赫赫，名聲更是一時無兩，論親疏、講派系，他老党始終差著一截，如此大事，自然要看看他的心意。

潘美臉色微微一變，抬眼再看党進時，党進神色自若，似乎只是有感而發。

潘美低下頭去，臉上陰晴不定。昔日，他是世宗柴榮部將，柴榮在，誓死保之，柴榮死，卻效忠於篡位自立的趙匡胤，何也？縱不為天下蒼生，但只為自己考慮，要保的也該是一位明主。正所謂良禽擇木而棲，難道起兵殺了趙匡胤，扶保一個不諳世事的七歲幼兒？

趙匡胤若在，為他赴湯蹈火，潘美也不會皺一皺眉頭，然而不管原因為何，趙官家畢竟已經大行了，在趙光義和趙德昭之間，該選擇誰？趙光義縱然不堪，但是趙德昭文成武德，哪一方面能夠服眾？況且趙德昭不是趙匡胤，如今之軍心比得了昔日陳橋大軍嗎？

思忖半晌，潘美終於輕輕嘆道：「先帝已去，唯留下一座偌大的江山讓後人收拾。當初陳橋兵變，黃袍加身，說起來……今上……唉，轉眼間，竟是十多年過去了，當日意氣風發的少年，也已是兩鬢蒼蒼了。」

他含糊地說著，彷彿在緬懷舊事，輕輕一嘆，忽爾又向党進道：「天下……初承太平，人心思安……先帝雄才大略，無人可及，太尉以為今上如何？」

党進略一沉吟，道：「今上治國秉政，除先帝外，恐亦不作第二人想……」

潘美輕輕頷首：「既如此，何慮漢國在今上手中便不能滅？國喪期間，今上已下嚴旨，諸軍原地駐紮，不得調動一兵一卒，違者以謀逆論。況且，糧草已然停了，只由地方供應每日所需，糧草不繼，兵馬不行，漢國雖弱，畢竟是一個國家，如何可以輕率發兵？」

他微微一頓，雙眼微微瞇了起來：「還有，虎捷右廂都指揮使楊光義是中軍都虞候，他與今上交情最厚，太尉若要抗旨發兵，楊將軍豈會沒有異議？再有河東忻、代等州行營馬步軍都監郭進，本一地方諸侯，與太尉素無交往，太尉縱肯為完成先帝遺志而抗旨，郭進這一路軍是定然不肯相隨的。

「閻彥進那一路也是。呼延贊那一路……或無大礙，孫晏宣和齊延琛那兩路軍也只在兩可之間，這還只是軍中諸將，就是太尉本部兵馬，一旦知曉此番北伐是抗旨而行，不但無功而且有過，必然軍心渙散，莫道漢國易滅，到時候氣勢洶洶而去，一潰即敗的，說不定反是我們。」

潘美冷靜下來，仔細而客觀地分析著，党進越聽越寒，終於嘆了口氣，說道：「可……吳王那裡怎麼交代？」

吳王畢竟是先帝長子，皇家的事誰也難以預料，天知道他有沒有出頭之日，無端得罪一個皇子，終究不是美事。

潘美沉默片刻，緩緩道：「可請出吳王，眾將公議……有所謂……法不責眾。」

党進沉重地點了點頭。

*　　*　　*

楊浩已太太平平地到了絳縣。

又是傍晚，王寶財和公孫慶坐在屋裡，相對枯坐，久久無言，甚至有點欲哭無淚。

楊浩在造化鎮第二天一早上路時，才突然指定了行進路線，他是當朝使相，要走哪條路，公孫慶和王寶財自然無權置喙，於是只得應命。中午到了一處小鎮，楊浩見大家趕路辛苦，便命人取出在瓦坡集北時那位于圓員外送的美酒，請大家品嘗。

虧得李管家十分警惕，命人先試了試那酒，竹韻姑娘的一根銀簪探進去，馬上就變成了黑色，嚇得眾人直叫萬幸。驚怒交集的楊浩使人小心地撐開那柄傘，裡邊竟射出一蓬毒針，這一來，楊浩可是草木皆兵了，一路行去，車子時常更換，每次乘坐都著親信家人先仔細檢查，食物只用自己廚子做的，絕不經過第三人之手。

對此，一開始公孫慶還帶著調侃之意對王寶財說他官陞了，也懂得惜命了，可他很快就笑不出來了。也不曉得楊浩在哪兒得罪了那麼多人，這一路下去怪不得他小心，投毒的、行刺的、設伏的，層出不窮，楊浩的人一個也沒死，王寶財的手下卻掛了不少。

你見過存心刺殺別人的人整天被人行刺，而那個他們準備行刺的人還活蹦亂跳地走在他們中間，受到他們保護的嗎？

「再也……不能這樣了！」公孫大人痛心疾首地道。

王寶財馬上跟著點頭，隨即愁眉不展地道：「可是……他現在如此警醒，如何下手？」

公孫慶狠狠地瞪了他一眼，怒道：「你不是說你的部下都是最出色的刺客，足以讓他在睡夢中挺屍的嗎？為什麼他現在還活得好好的？」

王寶財滿腹委屈地道：「大人，我是個武士，不是忍者，可是我也知道，雖然他們被傳得神乎其神，但其實他們並不是萬能的。當一個忍者突然從樹上躍下，一刀劈向人頭顱的時候，誰會想得到他披著樹衣，忍著蚊蟲叮咬，已經在那裡整整蹲了五個時辰？當一個忍者在別人甜夢中突然從床底翻出來一刀刺向他咽喉時，他可能已經在地下整整挖掘了十天，為了不發出聲音，只能用雙手刨土，鮮血淋漓……這個楊浩每日行蹤不定，在一個地方停留的時間絕不超過一個晚上，他身邊的人又……」

「好啦、好啦……」

公孫慶不耐煩地道：「我可是一個手無縛雞之力的文人，行刺這種事，你要負全責，如果無法完成使命，什麼後果你是知道的，現在你說，該怎麼辦？」

王寶財咬牙切齒地道：「忍者，擅長各種各樣的刺殺。不止是暗殺，還有明殺。如今楊浩十分警醒，車馬儀仗放不得暗器，刺客、殺手近不得他身，那麼……最好的辦法……就只剩下一個了。」

公孫慶俯身向前，急問道：「什麼辦法？」

王寶財一字一頓地道：「美、人、計！」

四百五章　美人計

公孫慶奇道：「美人計？」

王寶財陰笑道：「不錯，末將當初還在日本國時，末將扶保的那位主公與周圍幾位大名經常爭戰不休，當時主公麾下有四十多名武士，算是比較強大的諸侯了，但是……」

公孫慶幾乎不相信自己的耳朵，失聲道：「你說多少武士？」

「四十多個。」

公孫慶想了想，恍然道：「喔，四十多名將領？確也算得上一方雄霸了。」

王寶財搖頭道：「不不不，是四十多名武士，呃……也就是戰士。」

公孫慶摸摸鼻子，不說話了。

王寶財乾笑道：「我們那裡，如今不能和中土比的，那一帶……最強大的大名也只有六十多名部下。」

公孫慶翻了個白眼，心道：「大名個屁呀，在我們這兒，說他是土匪，土匪裡頭都算弱的了。」

他不知道當時在日本，一個大名麾下有幾十個武士，的確已經達到他的財力支撐極限了，就算又過了五百年後，在那裡超大型的戰爭，兩個大名調動的武力也不過是千人上下。然而他只是一介書生，所以才只會從人數上做出簡單的類比，殊不知六百多年後，努爾哈赤初起兵時，也不過是兵不滿百，甲僅十三副，最後卻能闖下赫赫武功。

王寶財道：「我家主公想要擴充武力，可是財力有限，當時，附近有一家極大的寺廟，香火鼎勝，非常富有，我家主公便打起了它的主意，可是那個住持把財寶藏得非常隱密，和尚在我們那裡非常受人尊重，我家主公又不便強行勒索，於是便想出一計，派出一個忍者，這個忍者年輕貌美、能歌善舞，他扮作侍童投靠寺院，很快就成為上位僧侶們喜愛的男寵，紛紛要他侍寢，於是他利用正副住持互相爭風吃醋的機會，巧妙地套取了財富的藏匿之地，結果神不知鬼不覺地……嘿嘿嘿嘿……」

公孫慶一聽，當真是怒從心頭起，惡向膽邊生，他怒髮衝冠地喝道：「真是愚不可及，你看楊浩，像是有龍陽之好的人嗎？」

王寶財訕訕地道：「末將只是想說，用武力很難辦得到的事情，有時候用色相輕易就能達成目的。」

公孫慶攤手道：「可是……一時之間，上哪兒去找個女刺客來？還得是年輕貌美的？」

他眼珠轉了轉，又道：「楊浩身邊那個侍婢竹韻，就是個姿色不俗的娘兒們，若要打動他，這個女刺客至少也要比那個竹韻還要美貌幾分才成。」

王寶財道：「在我的故國，這樣的忍者有許多，但是一時之間，末將也無處可以找到一個合適的人選，不過……我們可以變通一下，嘿嘿嘿……」

公孫慶沉吟道：「也罷，能不引人懷疑地幹掉他，那是最好，反正具體的刺殺方法是由你負責，你儘管去辦。不過，我提醒你，楊浩很快就要離開我們能控制的地方，一旦進入西北勢力範圍，那就更難下手了。如果這次行刺不成……」

他雙眉一擰，殺氣騰騰地道：「那就在路途之中出手，把他們全部幹掉，只是這樣一來，你那些部下，也得用藥鴆殺了，絕不能留下一個活口。」

王寶財頓首道：「末將明白。」

*　　*　　*

楊浩房中，李慶風與楊浩對面而坐，外間裡竹韻姑娘俏巧地坐在那兒，手中居然繡著女紅，看她那文靜嫻雅的模樣，實難令人相信她是一個殺人不眨眼的女英雄。她低頭繡著花，一雙耳朵卻敏銳地感覺著四周的一切動靜。

忍術最初的名字本就是隱身術，王寶財的部下雖然並非都是忍者出身，但是其中不乏慣於潛伏匿蹤的能人異士，她自然不敢大意。

「太尉，明天我們就到絳州城了，再往前走，就要進入府州勢力範圍，我看他們黔驢技窮，已有鋌而走險之意。為防萬一，咱們要先下手為強。」

楊浩頷首道：「你是打算在絳州下手了？」

李慶風微微頷首：「人前動手，反易撇清責任。刺殺當朝太尉這樣重大的事情，相信得到命令的人不會太多，從這段時間的情形來看，應該只有公孫慶和王寶財兩個人知道，如果這兩個人被制，其他人就不足為慮了。」

楊浩點點頭，說道：「他們是宣旨使，不能都殺了，我總不能自己回蘆嶺州去向現任知府張繼祖傳達旨意吧？」

李慶風微微一笑，道：「好，那就幹掉王寶財，控制公孫慶，等到我們進入西北，他們就再玩不出什麼花樣了。」

楊浩答應一聲，又有些放心不下地道：「你們這些人都和他們照過面，眾目睽睽之下，方便動手嗎？」

李慶風笑道：「太尉放心，我們在暗中還有人手。」

楊浩道：「這我知道，否則一路『行刺』本官的人從何而來？只是……一入絳州，絳州地方官吏必來相迎，你的人可有機會接近他們？」

李慶風莞爾笑道：「若在旁處，未必能有機會，但是在絳州，沒有問題。」

楊浩看他神色，忽地想起了在唐國為官的李聽風，這絳州城處於西北與中原的交界地帶，是個互通聲息的要害地方，料想當地官府中必已被他們滲透了進去，所以也不多問，只微微頷首道：「如此甚好，一切聽李兄安排就是。」

*　　*　　*

絳州北靠呂梁山，南依峨嵋嶺，汾、澮二河穿境而過，歷史悠久，春秋時期曾為晉都都城，戰國時屬於魏國。這是一座「臥牛城」，只有南北兩個城門，南為嘴北為臀，東西天池為牛眼，角塔為牛犄角，唯一的南北大街為牛脊，左右數十條巷弄為牛肋，唐代所建的寶塔便是牛尾了。

楊太尉一到，絳州知府蕭月生便率當地官員遠遠迎出城來，把楊浩請入州府待客。絳州府衙是天下所有州衙中最大的一處大堂，這座府衙建於唐代，曾是大唐名將張士貴的帥府堂，進深五間，面闊七間，十分雄壯。

楊浩見過了州府上下官吏，一番寒暄之後，便被蕭知府親自引領著去隋園入住。隋園始建於隋開皇十六年，又名蓮花池、居園池，風景秀麗雅致，是當地唯一的官家園林，平時就是當地官僚、士大夫及其妻室兒女遊樂的地方。

楊浩到了隋園，只見竹木花柳、臺亭沼池，盡依原始地貌，是一座自然山水的園林，園中亭軒堂廡，參差於林木之中，水從西北注入園池，形成懸瀑，噴珠濺玉。水池中一座子午橋貫通南北，橋中又有一亭名曰「洄蓮亭」，高高屹立，遠望如觀蜃景。池邊芳草、薔薇、翠蔓、紅刺相映成輝。

池南是井字形的軒亭，周以直櫺窗的木製迴廊圍繞，「香亭」居中鰲立，與為他安排的寢室相通。池西南有「虎豹門」直通州衙大堂，虎豹門左壁上繪有「猛虎野豬搏鬥圖」，右壁繪有「胡人馴豹圖」，風光頗為雅致。

蕭月生將楊浩送入香亭，笑吟吟地道：「太尉遠來辛苦，還請稍作歇息，中午，下官會與本府同僚，設宴為太尉接風。」

「有勞府臺。」

楊浩將蕭知府送出去，回身看了陪侍一旁的管家李慶風一眼，李慶風微微頷首，楊浩淡淡一笑，便向香亭行去。

接風宴設在隋園軒廊之中，蕭月生和楊浩、公孫慶、王寶財坐在首席，左右一字排開，是絳州府的一些高級官吏、仕紳名流，賓主盡歡，其樂融融，每個官員旁邊都有一名姿容妖嬈、口齒伶俐的官妓陪侍，前邊還有絲竹雅樂。

院中不禁遊人，不過許多公差巡弋左右，許多遊人至此便也自覺迴避，並不上前騷擾。

賓主杯籌交錯，酒興正酣，側前方忽地傳來一聲呵斥，楊浩抬頭望去，只見一個素羅衫子的少女仆倒在地，兩隻手慌慌張張地左右尋摸著，摸起一枝簫管和一根竹竿，這才爬了起來。

在飲宴的軒廊對面，幾個士子模樣的遊人正盯著楊浩的動作，這時也盡往那邊望去。在那少女前面，站著一個衙差，兇形惡相地喝道：「走開走開，這裡也是妳能亂闖的？」

那少女惶然道：「奴家只在這園中吹個曲、唱首歌，承各位大爺賞幾文小錢賴以過活，這位大爺為何趕我離開？」

楊浩遠遠望去，見這少女衣衫粗陋，容貌清秀，雙眼沒有焦點，四顧茫然，居然是個小盲女。容貌清秀、身世可憐的女子本就容易招起男人的同情呵護之心，而這個盲女，一副楚楚可憐的模樣尤其動人。她的容貌並非絕色，可是表現出來的那種可憐模樣，偏偏最能打動人心，那個兇神惡煞般的公人見了她這般神情也不忍再以手推搡了。見她像隻受驚的小兔般惹人憐愛的模樣，蕭知府不禁起了憐香惜玉之心，忙揚聲道：「不過是一個可憐的盲女罷了，何必嚇著了她？好言請她離開，莫擾了太尉雅興便是。」

那少女側耳傾聽，已經知道原因，忙向說話聲處福了一禮，怯怯地道：「民女不知諸位老爺在此飲宴，冒犯了諸位老爺，民女這就避過。」

她手中竹竿慌亂地點著地面，因為急於離開，險些一跤絆倒。

楊浩見此女著實可憐，不覺動了惻隱之心，便道：「偶爾聽聽鄉間俚曲，想來也是別有一番風味。何不請這位姑娘進來，為本官和諸位大人吹奏一曲，以助酒興呢？」

蕭知府一聽太尉開了尊口，連忙答應下來，著人攙了那盲女進來，

「多謝諸位大人，不知諸位大人想聽個什麼曲呢？」那盲女一進軒廊，便欠身道歉，聲音柔脆，聽在人耳中，對她更生好感。

楊浩舉起杯輕輕轉動著笑道：「不知姑娘會吹奏些什麼曲子？」

那盲女怯生生地道：「奴家會〈梅花引〉、〈大單于〉、〈小單于〉、〈大梅花〉、〈小梅花〉、〈虛鐸〉……」

楊浩目光一閃，忽地問道：「妳說……〈虛鐸〉？」

「是，大人聽過這首曲子？」

楊浩眸光攸地一縮，盯著眼前的盲女，古怪地笑了笑，說道：「不錯，本官……聽過這首曲子，那麼……就請姑娘為我們奏一曲〈虛鐸〉吧。」

「是！」

盲女答應一聲，以脣就笛，一縷圓潤柔美、深沉含蓄、空靈飄逸的聲音，幽幽蕩漾開來，楊浩輕輕地吁了一口氣，閉上了眼睛，蕭知府等一見太尉大人聽得入神，忙也禁了談笑，紛紛側耳傾聽。

幽幽笛聲在耳畔響起，同時在他腦海中響起的，是柳朵兒的聲音：「大人，這不是笛

子，準確地說，應該叫尺八，尺八源自羌笛，與笛簫並無太大區別。不過在中原已不多見了。妾身聽海外豪商說，日本遣唐使自我中土學去尺八之後，在東瀛大行其道，據說他們的一位太子酷愛尺八，每日吹奏，須臾不離身。不過他們流傳的曲目還多是唐朝時候傳過去的，像〈大梅花〉、〈小梅花〉、〈虛鈴〉、〈大單于〉、〈小單于〉……」

隨即，他又想起了與汴河幫大當家張興龍如夫人福田小百合的一段對話。

「張夫人……」

「奴家萬不敢當，夫人是張氏，若讓夫人聽到大人這樣稱呼必會責罰奴家的，奴家只是夫君的一個侍妾，大人請直呼奴家的名字就是了。」

「喔，小百合夫人，妳方才吹奏的可是〈虛鈴〉這首曲子嗎？」

「大人聽過這首曲子？哦，是了，這首曲子本是中原傳入我們東瀛的，大人自然是聽過的。不過在我們那裡，這首曲子不叫〈虛鈴〉，而叫〈虛鐸〉，聽說本是一段佛家音樂，奴家思念故土，偶爾吹奏，不想驚動了大人……」

「〈虛鐸〉……〈虛鈴〉……」

楊浩脣邊露出一絲譏誚的笑意：「想不到本官在汴梁眠花宿柳、縱情聲色以自汙，不止從趙官家手中撿回一條性命，憑這些亂七八糟的風月知識，今日又險險救回了自家一條性命。〈虛鈴〉，嘿，一音成佛嗎？奈何，本官雖是往西去，卻還無意做佛陀！」

四百六章　先下手為強

笛聲悠悠，充滿淒涼味道，於這喜慶場面未免有些不合，蕭知府眉頭皺了皺，覺得有些不妥，但是一見楊浩微闔雙目，一臉悠然，似乎聽得十分入神，卻也不便制止，他招手喚過一個家僕，正欲吩咐他準備些賞錢，那笛聲忽地一拔，似有破音。

蕭知府一抬頭，就見楊浩正舉杯作飲酒狀，喉部露了出來，接著，他的左手拿著一個果盤，正擋在頸部，上面露出一雙笑眼。

果盤叮的一聲響，一枚鋼針彈落在桌上，這時那個楚楚可憐的小盲女迷茫的眼神突然恢復了清明，她滿面殺氣地盯著楊浩，尺八已被她扔在地上。

笛中只能藏一枚毒針，一旦射出也就成了廢物。

只見小盲女忽然間變成了一隻八腳蜘蛛，雙手頻頻揮動，從她腰間、衣領、袖內飛出許多枚暗器，幾乎與此同時，楊浩一腳踢翻了桌子，嘩啦一聲，杯盤落地，那七、八枚暗器篤篤篤地全射在桌面上。

這些暗器都是有點類似雪花狀的飛鏢，在東瀛叫手裡劍，陽光下，那飛鏢都呈現出藍汪汪的顏色，顯然是淬了劇毒。

忍者身上是不會攜帶太多暗器的，因為這東西既鋒利且有劇毒，藏之不便，而且太多的武器會增加體重，而忍者要求的就是要身輕如燕。七、八枚暗器勞而無功，那小盲女身上已沒了暗器，她大喝一聲，竟是男人聲音，只見他一旋一拔，從竹杖中抽出一柄鋒利細長的劍刃，便向楊浩刺來，原來這枝盲人杖竟是一枝忍杖。

此時桌子已翻，諸位大人目瞪口呆地坐在那兒，襟袍上滿是油漬，有的人手裡還舉著筷子。楊浩一手拿著盤子，一手舉著酒杯，好整以暇地坐在那兒，眼見狹長一劍如蛇芯吞吐般刺來，楊浩手指一鬆，掌中杯砰然落地，摔個粉碎。

楊浩一摔杯，那幾個正在對面廊下似遊人閒逛的書生忽地躍了起來，快逾奔雷，直衝這一席的官員們殺來，手中俱都掣出明晃晃的匕首，這時那些大人們才反應過來，一個個大呼小叫著四散開來。

楊浩手中盤子脫手飛向那刺客，同時單足向後一勾，將臀下的椅子勾到了身前，狹長的利劍穿過椅腿，楊浩呼地一旋椅子，便將那柄長劍絞落。刺客五指一收一張，攸地抓向楊浩五官，這片刻之間，他指端已套上五根鷹爪似的尖勾，險險地貼著楊浩的五官掠了過去。

「抓刺客、抓刺客！」

王寶財一面假惺惺地叫著，一面裝作尋找著武器，故意拖延不肯上前相助，可是他馬上就發現裝不得了，幾個書生模樣的人持著利刃已撲上前來，目標竟然是他。

那忍者用上了手甲鉤還是功虧一簣，他一面趨身繼續抓向楊浩面門，一面反手自裙下拔出了貼著大腿綁定的忍刀，這時，一個英眉俏目的青衣婢女突然閃到了楊浩面前，手中三尺青鋒颯然揮出，叮叮叮一串響，便把他掌上五枚手甲鉤削了下去，要不是他縮手及時，五根手指都要削了下來。

交手三合，那忍者已知這女子藝業不俗，今日勢難得手，便立即縱身逃去。他匆匆竄到院中，抬手一揚，忍刀刀鞘處彈出一道細繩，射中廊外一棵大樹，那忍者縱身一躍，藉那繩索之力便飄向院牆外面，竹韻追到牆邊，一個旱地拔蔥，單手一搭院牆，翻過丈餘高的院牆，緊緊追了下去。

當衙差們提著朴刀、鐵鏈色厲內荏地圍上來時，刺客們已作鳥獸散了，楊太尉處變不驚地振臂高呼：「諸位大人，諸位大人，勿要驚慌，勿要驚慌，刺客已經散去了，本官一路行來，險阻重重，遭遇刺客無數，早已司空見慣……」

蕭知府面如土色地迎上前道：「太尉，太尉……」

楊浩和顏悅色地對他道：「本太尉平安沒事，蕭知府毋須掛懷。」

蕭知府語無倫次地道：「不是太尉，是宣旨使，王宣旨已氣絕身亡，公孫宣旨昏迷不醒，這……這這……在下官轄內出了這樣的事情，下官可如何向朝廷交代啊？」

「竟有這樣的事？」

楊浩大吃一驚，趕緊衝過去一看，只見王寶財坐在一根廊柱下，二目圓睜，喉下一片血跡，已經死了。

這位佐佐木則夫先生是個武士，慣用的兵刃是刀，今日飲宴，他自然不能隨身攜帶兵器。可他萬萬沒有想到一路如影隨形地刺殺楊浩的蹩腳刺客們，居然敢追進絳州城，在諸多官員們眼皮底下公然行刺，更可惡的是，一如既往地，他們殺不到正主兒，總是旁人遭殃。手中沒有趁手兵器的王寶財，今日碰上的刺客武藝出奇地好，在兩名刺客奮不顧身的聯手攻擊下，被人一刀割破喉嚨，當場喪命。

反倒是毫無還手之力的公孫大人，被刺客一拳打飛出去之後就圍攻楊浩去了，讓他撿回了一條性命。

楊浩悲憤地抱起死不瞑目的王虞候，向蕭知府一眾面無人色的地方官員們慷慨陳詞道：「這些刺客目無王法，刺殺朝廷命官，真是罪無可恕，一定要把他們繩之以法，一定要把他們明正典刑！」

說完了又安慰蕭知府道：「這些刺客蓄謀已久，一路追殺本官來此，並非絳州地方不靖，此事與諸位大人不相干，本太尉會上奏朝廷，言明真相。」

「是是是。」

蕭知府感激涕零地道：「下官立即調集州府鄉勇兵丁，追緝兇手，保護大人，斷不容刺客們再接近大人一步。」

楊浩朗聲道：「多謝蕭大人美意，自本太尉離開汴梁，刺客們便陰魂不散地尾隨左右，他們想刺殺本官，自然是不想本官赴任。何人才會不想讓本官赴任，阻撓朝廷大計？自然是懷有不軌之心的奸人，本太尉要挫敗他們的陰謀，最好的辦法就是安全抵達蘆嶺州，完成官家交付的使命。」

他冷笑一聲，毅然道：「明知山有虎，偏向虎山行，誰也別想阻攔本官西行的步伐。蕭知府儘管派出丁勇、鄉役追索兇手，至於本太尉嘛……本太尉要立即上路，日夜兼程趕往蘆嶺州！」

他把王寶財怒目圓睜的屍體往蕭知府懷裡一塞，嚇得蕭知府趕緊扶住，手腳已經發軟，好在州判大人辦案緝兇常見死人，膽子還大些，連忙搶上來接過屍體。

楊浩道：「王將軍的屍體，就暫且留置於此，勞煩蕭知府妥善安置。本太尉攜公孫宣旨赴蘆嶺州，待公事一了，公孫宣旨回程時，再接了王將軍棺槨上路。」

蕭知府一聽，連忙地答應道：「使得，使得，太尉儘管放心，這點小事，卑職一定辦得妥妥當當……」

* * *

竹韻追著那刺客一路出了城，那刺客穿街走巷，始終擺脫不了竹韻，於是不走城門，而是衝向了一處城牆。城頭的牆磚因為年深日久已然風化，用那忍刀可以插入，他藉忍刀之助，順利翻出了高有五丈的城牆，

他本以為這一來就可以擺脫竹韻，不料竹韻竟是個精通「掛畫」的高手。掛畫就是後來稱為壁虎功的爬牆功夫，靠著城牆牆磚的細微縫隙，竹韻姑娘就像守宮游牆似的，輕易地追出了城。

二人一個逃、一個追，那忍者像一條最狡猾的狐狸，竹韻則像一個既有耐心又有經驗的獵人，二人各施手段，始終不曾讓那忍者逃脫。

那個忍者蹲在一條溝渠中，用另一端透著細孔的劍鞘悄悄探出水面，藉著野草的掩護呼吸著，終於感覺到了由衷的恐懼。

他就是當日被黃老頭逼著在楊浩後窗外的河水中整整浸泡了一夜的那個刺客，他一直想不通自己這些人雖然不是最出色的忍者，但是行蹤何以如此容易就被人發現，這一路與竹韻姑娘鬥智鬥法，各施手段，他終於看出了一絲端倪：這個女人精通五行遁術。

忍術就是從中土的五行術演變而來的，雖然衍生了許多變化，但是萬變不離其宗，一個精通五行術的高手，要破解他的忍術自然不難。這一回，他還能逃得出去嗎？

盡量保持著心情平靜，忍者緩慢而悠長地吸了一口氣，豈料剛剛吸到口中，緊貼在

他脣上的劍鞘突然被人劈手奪去，那忍者惶然抬眼一看，水面激起的漣漪已被流動的水流迅速抹平，透過渠水，只見天空悠悠，陽光燦爛，餘此再無一物，她……在哪裡？

忍者，本該是生也無名，死也無名，他已經預感到，自己很快就要埋骨在這條無名的溝渠之中，靜靜伺伏的敵人正等他吐出最後一口氣……

*　*　*

百花塢，松風堂。松風陣陣，滿堂生涼。

矮几上，甘滑醇濃的涼州美酒、香嫩金黃的炙子骨頭、二十餘斤重的紅燒黃河大鯉魚……美酒佳肴擺了滿桌，折家眾兒郎分坐兩側，正襟盤膝，道貌岸然。

一家之主折大將軍坐在長案頂頭，面如生棗、兩隻斜飛入鬢的丹鳳眼、一雙臥蠶眉、一副及胸的長髯，好像供在那裡的關羽關雲長，尤其難得的是那雙斜飛入鬢，半睜不闔，不僅形似，神韻更似。

年紀較小的折惟昌嚥了口唾沫，悄悄拿起了筷子。

「啪！」手背立即被他三哥折惟信抽了一記，折惟昌委屈地嘟起了嘴巴，悄悄看了父親一眼，折御勳眼皮動了動，卻沒抬起來。

這時，側面一間房的障子門拉開了，折子渝像一朵白雲似地冉冉飄了出來。

折御勳精神一振，倏地坐直了身子，大聲道：「開飯啦，開飯啦，小妹，來來來，快點坐下。」

折子渝在他對面盈盈落座，一雙美眉向兩下裡一掃，幾個姪子就像聽到了將軍的號令，馬上端起了自己面前的飯碗。

折子渝輕輕哼一聲，端起自己面前比她巴掌還小了幾分的飯碗，拿起象牙筷子，挾了一粒晶瑩如玉的涿州貢米遞到嘴裡，細細地咀嚼著。

折御勳眉開眼笑地給自己倒了一杯葡萄酒，舉杯道：「小妹，可要淺酌兩杯？」

折子渝很清脆地答了一聲：「不喝。」

「好好好。」

折御勳滿口答應著，自己灌了一大口酒，臥蠶眉一挑，挾起一大塊肥腴的魚肉丟進了嘴裡。

兩旁幾個姪兒可沒他們爹爹這般自在，一個個挾菜、吃飯，動作整齊畫一，將孔老夫子有關食不言、寢不語的教誨奉行不渝。

幾兄弟聽說，女人每個月都有四分之一的時間暴躁易怒，可是自打他們這位小姑姑從中原回來以後，每個月能有四分之一的時間露出笑臉來就謝天謝地了。四兄弟生怕觸了她的楣頭，所以在她面前，一直很是小心。偏偏折子渝重又負責起折家的情報機構，每日也在節帥府上辦差，他們想避也避不過去，每日用餐就成了他們最難捱的苦差。

折御勳夾起一塊炙子骨頭，咬得嘎崩嘎崩直響，折子渝秀氣的眉毛皺了皺，很煩地看著他，很煩很煩地道：「吃東西不要這麼大聲好不好？教壞小孩子！」

幾個年紀最大的比她還大，最小的也有十三歲的姪兒，立即一齊鄙夷地看向父親，旗幟鮮明地站到姑姑那一邊。

折御勳乾笑兩聲，拿起手帕擦了擦嘴巴，輕輕咳嗽一聲道：「嗯……朝廷剛剛任命了蘆嶺州新一任知府。」

「哦？」

折子渝蛾眉微挑，說道：「張繼祖要遷陞了？新任知府應該是趙光義的心腹吧？張繼祖一走，蘆嶺州要應付這位新任知府，恐怕要暫時收斂一些了。」

折御勳偷偷瞄了她一眼，說道：「這位新任知府，較之張繼祖確是大不尋常，此人被朝廷加封為橫山節度使、檢校太尉、開府儀同三司，判蘆嶺州府事。論官職，比我這鄭國公也不遜分毫。」

折子渝終於動容：「這麼大的來頭？莫非新帝登基，馬上就要對西北下手？來的是誰？」

折御勳咳了兩聲道：「就是前任蘆嶺州知府，楊浩。」

折子渝怔住，半晌，她眼珠一轉，見幾個姪兒都齊刷刷地扭過頭來看著她，立刻把杏眼一瞪，嬌斥道：「不好好吃飯，看什麼看！」

幾個姪兒趕緊噤若寒蟬地低下頭去，折子渝若無其事地道：「不管是趙匡胤還是趙光義，都不會縱虎歸山的，內中必有緣由。」

折御勳道：「是啊，楊浩此番回來，不管是出於朝廷授意，還是他已生了野心，對我府谷都影響甚大，對他的一舉一動，我們不可不予關注。小妹……」

「嗯？」

「小妹自中原回來以後，便只負責針對吐蕃、回紇和夏州李氏的情報，但是中原和蘆嶺州這兩方面，對我府州影響也甚是遠大啊，九叔年紀大了，恐怕照應不來，小妹不妨把這兩方面的事也接管過去吧，九叔操勞了一輩子，也該享享清福了。」

「這個……」

「小妹，大哥麾下倒不是沒有人，只不過能總攬全局的人實在有限，而且……這麼重要的所在，一向是由我折氏族人擔任，又不好違背祖宗規矩，交予外人負責。除了妳，大哥實在想不出合適的人選了。」

折子渝猶豫了一下，勉為其難地點點頭：「那好吧，我接手便是……」

她又吃了口飯，忽然把飯碗一擱，折腰而起。

折御勳舉著杯奇道：「小妹往哪裡去？」

折子渝的玉面平靜得不起一絲波瀾，淡淡地應道：「我吃飽了。」

折子渝飄然而去，待那障子門一拉上，原本正襟危坐的折惟正、折惟信、折海超等人，立即忘形地擁抱在一起。

折惟正激動得臉龐漲紅，語無倫次地喜道：「救星來了，熬出頭了，我們兄弟……終於逃出苦海了。爹，今天無論如何，你得讓我們兄弟喝點酒慶祝一下。」

＊　＊　＊

李慶風勒住馬韁，遙望前方倚山而建的一座險峻城堡，欣然說道：「太尉大人，前方就到了飛鳶堡，進入府州地界了。」

「喔？」

楊浩匆匆將一個紙卷裝入竹套，用「飛羽」特製的膠漆黏緊，繫在鷹腿上，縱臂一揚，那蒼鷹立即展翅飛去。

楊浩走出車廂，看著前方險峻的城堡微微一笑，對李慶風道：「可以請那位公孫大人醒一醒了。」

「是。」李慶風眼中也露出了笑意，他向竹韻擺了擺手，竹韻便跳下馬車，到了後面一輛車，掀開簾子鑽了進去。公孫慶好像醉了酒一般，躺在車廂中睡得正香。自從當日在絳州遇刺，傷了他的腦袋，公孫大人就一直陷於昏睡當中，始終不曾醒來。

楊浩謝絕了蕭知府挽留醫治的好意，稱他隊伍中自有名醫，便帶著這位宣旨使繼續上路了。這一路上，竹韻每天都按時給公孫大人服食藥物，吃藥的結果，就是公孫大人整日昏睡，始終不醒。王寶財麾下武士不知內情，只是奉命行事，兩個主官一死一昏，他們也就乖乖地聽從楊浩擺布了。

一瓶藥汁灌下去，片刻工夫，公孫慶就悠悠醒轉，昏睡多日，他的神智已經有些糊塗了，兩眼直勾勾地盯著竹韻姑娘半天，才莫名其妙地道：「妳是誰？我怎麼在這兒？」

竹韻笑盈盈地道：「恭喜大人，賀喜大人，大人不記得婢子了？婢子是楊太尉府上的丫鬟，那日在隋園，大人被刺客襲擊昏迷，直至今日方才醒來，真是福大命大呀。」

「喔……喔喔……」

公孫慶稍稍恢復了些神智：「本官昏睡多久了？如今還在絳州嗎？」

竹韻很快樂地笑道：「大人昏睡了有七、八天吧，現在可不在絳州，咱們已經到了府州飛鳶堡了。」

「什麼？」

公孫慶大驚，頭重腳輕地鑽出車廂，瞇著眼向前一看，就見楊浩立在前方車上，正手搭涼棚向遠處看著，他也隨之向遠處望去，一標人馬正自飛鳶堡方向飛馳而來，公孫慶眼前一黑，一頭便栽下車去。

四百七章　坦誠

到了府州，便不能不去府谷。楊浩在府州兵馬的護送下逕直趕往府谷，公孫慶至此再也無計可施，他和他的那些部下被府州兵馬「保護」得風雨不透，再也使不得什麼花樣，這一路行去，最失意、最沮喪的恐怕就是這位宣旨使了。

士子落第，將軍被俘，后妃失寵，寡婦死兒，人生四大失意事。在公孫慶看來，自己卻比這四種失意人更加不堪。失意人逢失意事，還得強裝歡容，想效當初的程德玄一般借酒澆愁都不可能，公孫大人唯有以「文王拘而演《周易》，仲尼厄而作《春秋》。左丘失明而著《國語》。屈原放逐而賦〈離騷〉，孫伯靈臏腳兵法修列……」來自勉了。

這一次到府州，比前兩次都不相同，記得兩年前第一次到府州時，漫說要見府州的土皇帝折御勳，就算要見他的兄弟代節度使折御卿都要費盡周折。而這一次，折御勳是儀仗隆重，先使都虞候馬宗強迎出城外十里，再使折御卿、任卿書迎在城門，最後自己親在百花塢前相候。

丹鳳眼、臥蠶眉，赤紅臉、長鬍鬚的折大節度，儼然便是關雲長模樣，站在百花塢橋頭，一見楊浩歡歡喜喜，兩下裡談笑見禮一番，關二哥便攀著楊二哥的手臂，歡歡喜喜地進了百花塢一夫當關、萬夫莫開的險峻城門。

至於那位失意的宣旨使公孫大人，已經被直接打發到館驛裡去畫圈圈……哦……是「演《周易》」去了……

「楊太尉實在了得，少年英雄啊，古往今來，如此年紀而至人臣巔峰者，屈者可數，太尉風采，足以載之史冊了。」

「關二哥」笑吟吟地說道：「如今既經過我府州，折某忝為地主，自當竭誠招待，以盡地主之誼。太尉遠來辛苦，且請在我百花塢中稍息片刻，飲幾杯茶，折某已置備酒席，為太尉接風。」

「楊某勞煩節帥了。」

楊浩一邊說著，一邊東張西望，始終不見那個一身玄衣、笑臉迎人的小丫頭，心中未免有點失望，往前走著，猛一抬頭，楊浩忽地一怔，眼前出現的赫然是白虎節堂。

置茶待客有在白虎節堂的嗎？認真說起來，白虎節堂就是折御勳的司令部，非軍國大事，不在此商議，折御勳……

楊浩仔細看了折御勳一眼，折御勳一臉莫測高深的笑意，向他擺手道：「楊太尉，請。」

「這位折節度對我如今的身分看來是有些捉摸不定了，好，開門見山，那才痛快。」

楊浩主意已定，向他泰然一笑：「節帥請。」

白虎堂中，二人分賓主落座，小校沏上茶來，流水般退下，就連折御卿、任卿書、馬宗強這些心腹大將也都藉故退了出去，節堂中只留下折御勳和楊浩兩人。

折御勳鳳目一張，沉笑問道：「楊大人以橫山節度、檢校太尉的身分而知蘆嶺州，如此顯赫的身分，恐怕除了帝京汴梁，再無一處府尹如此尊榮。看來，官家甚是看重蘆嶺州，不知此番太尉赴任，官家對西北有何提點？」

楊浩微笑道：「既然節帥動問，那本官便坦誠以告，官家許我極大方便，自然是希望我能崛起於蘆嶺州，鑄一支強軍，直逼節帥腹心，再以朝廷大軍興師問罪，逼迫節帥順大勢而獻地稱降，兵不血刃地占有府州之地。」

折御勳先是一呆，隨即哈哈大笑道：「太尉說笑了，府州本是宋地，折某本是宋臣，本帥對朝廷忠心耿耿，素無二心，朝廷何故興師問罪？」

楊浩道：「既然府州是宋地，節帥是宋臣，為何府州百姓只納賦於節度，府州百官俱由節帥府出，這不是無視朝廷嗎？」

折御勳變色道：「先帝代江山於柴氏，時天下未定，我府州率先歸附，先帝感激，曾在滿朝文武面前親口許諾：『爾後子孫遂世為知府州事，得用其部曲，食其租入，世襲其地，自轄其民。』豈是我府州目無君上？

「今上在〈即位赦天下制〉裡也說：『猥以神器，付與沖人……凡開物務，盡付規繩，予小子伋紹丕基，恭稟遺訓。仰承法度，不敢踰違，更賴將相公卿，左右前後，恭遵前旨，同守成規……』怎麼言猶在耳，這就要自食其言嗎？」

楊浩輕笑道：「若非因為這個原因，楊浩何以重返蘆嶺州，且被擢拔為一方使相，節度心中沒有疑慮嗎？」

折御勳目光閃動，沉聲說道：「固有疑慮，方才延請太尉入節堂一敘。」

他站起身來，走到楊浩面前，朗聲說道：「這節堂中只有你我，不管說些什麼，出得我口，入得你耳，天知地知，你知我知，一出此堂，概無證據，太尉如果有什麼話，盡可坦誠相告。」

楊浩摸著鼻尖，四下看了看，微笑道：「節帥是說，不管如何大逆不道的話，在這個地方，都可暢所欲言？」

折御勳嘿嘿一笑，狡黠地反問道：「太尉雖離蘆嶺州久矣，蘆嶺州仍奉太尉為主，太尉該不會不知道，蘆嶺州做了多少較之折某還要大逆不道的事吧？」

楊浩輕輕笑了：「蘆嶺州與府州是近鄰，又承蒙節帥多方照顧，若說節帥沒在我那裡安插眼線那才令人奇怪。如果說我蘆嶺州有些什麼舉動居然瞞得住你折大將軍，那你折大將軍早就坐不穩這府州之主的寶座了。」

「楊某以為，節帥一方雄霸，卻也不是什麼善男信女，如今夏州自顧不暇，府州少了牽制，以節帥的實力欲謀蘆嶺州的話，未必不能得手，為何節帥一直按兵不動，楊某對此百思不得其解。」

折御勳冷哂道：「百思個屁！你蘆嶺州死抱著朝廷的牌坊不放，那個張繼祖雖然狗屁不通，卻是朝廷明旨欽命的官，折某如果對你蘆嶺州用兵，便給了朝廷口實，蘆嶺州看似險峻，實為四戰之地，得之無益，失之何惜，尤其是得知你的部屬所圖在夏州，那對折某更是有百利而無一害，折某圖謀蘆嶺州何苦來哉？折某所欲，只是守住祖宗基業罷了。」

楊浩欣然起身道：「如此說來，那楊某與將軍就有共同利益，可以攜手合作了。」

折御勳一攬長鬚，丹鳳眼微微瞇起，狐疑地看向他道：「朝廷對太尉恐亦不無忌憚，然今日官家不但縱虎歸山，而且授你節度，允你開設府第，設置官吏，其中緣由若不明瞭，折某終是放心不下。」

楊浩苦笑道：「我說是奉朝廷旨意謀你府州吧，你又不信，卻又對我衣錦歸來猜忌重重。」

折御勳冷冷地道：「我只想聽你說說真正的緣由。」

楊浩長長地嘆了口氣，說道：「真正的緣由……說來話長……」

折御勳落座，舉杯，沉聲說道：「本帥有的是耐心，太尉儘管徐徐道來……」

* * *

這一通書說了大概有一個時辰，當兩人再度走出節堂時，親親熱熱好得跟哥兒倆似的，看得折御卿、任卿書、馬宗強等一眾將領莫名其妙。

折御勳開懷笑道：「哈哈，今日楊太尉榮歸，本帥設下盛宴為太尉接風洗塵，諸位將軍都去作陪，今日不喝醉了，一個都不許走。」

眾將唯唯領命，楊浩卻擔心地道：「我與節帥所議之事，子渝姑娘那裡……」

折御勳鳳目一睒，長鬚一拋，拿出關二哥豪氣干雲的氣派，威風八面地道：「依你我方才計議，明日本帥就令人去見楊崇訓，詳細情形，待你我三人相見後再說。至於子渝，何須顧忌於她？楊老弟，我折家世居雲中，三百年的世家，折家的女兒家教森嚴，都是很懂規矩的，她豈敢胡亂插嘴？這是男人和男人之間的事……」

折御勳神采飛揚，正說得唾沫橫飛，馬宗強在一旁偷偷扯了扯折御勳的衣袖，折御勳不悅地瞪他道：「做什麼？」

馬宗強往旁邊花叢裡呶了呶嘴，折御勳扭頭一看，不由嚇了一跳。

只見旁邊花叢灌木中靜靜地站著一個少女，白衣勝雪，長髮如瀑，她的一隻小手掌心向上，一頭小小牝鹿正親熱地舔著她掌心的食物，三、五隻彩蝶張著粉翼正翩躚飛舞。而那如畫的少女，卻正微側螓首，一雙盈盈妙目冷冷地瞟著他。

正在大放厥詞的折大將軍立即左顧右盼道：「本帥忘了，節堂裡還有一樁要緊事沒有處理，我百花塢風光甚美，令人留連忘返，太尉且請駐足觀賞片刻，本帥去去就來。」

他還沒有說完，任卿書、馬宗強等人早已一拍額頭，作恍然大悟狀道：「確有一樁大事尚未計議，我等去去就來。」說罷一哄而散。

楊浩未見子渝時想見子渝，一見了子渝卻又心虛起來，他急忙拉住折御勳，求助地道：「節帥……」

「關二哥」翻臉不認人：「這是男人和女人之間的事，太尉要是拉兄弟下水，那可太不仗義了。」

楊浩登時無語，眼看著一眾大將軍作鳥獸散，這才硬著頭皮轉過身來。

折子渝輕輕拍了拍小鹿的腦袋，分開花枝向他走來，那頭小鹿便跟在她的身後。弄蝶和輕妍，風光怯腰身，及腰的長髮更是為她平添了幾分嫵媚，一身家居打扮的折大小姐，就像一朵靜待開放的曇花般幽嫻雅致。

仔細看去，她瘦了許多，下巴尖尖的，只有一雙眸子烏黑明亮，神韻不減，這雙眸子就那樣幽幽深深地凝視著楊浩，看得楊浩心跳加快起來。

他進退不得，忽然咳嗽一聲，長揖到地，一本正經地道：「許久不見，姑娘……似乎清減了許多。」

四百八章　聰明人

折子渝板著臉道：「恭喜楊大人，士別三日，刮目相看，如今居然成了一朝使相、一方節度。」

「過獎、過獎，功名利祿不過是過眼煙雲……」

折子渝的目光落在他的腿上，淡笑道：「我聽說，你的腿腳現在不太方便？」

楊浩心中一動，似乎可以打打感情牌呀，他馬上扶著右腿一瘸一拐地向前挪去，黯然說道：「是啊，出使契丹時，恰逢契丹內亂，楊某遭了無妄之災，這條腿……唉……」

折子渝眼波一閃，瞇起美眸道：「我怎麼聽說……你殘的是左腿呢？」

「啊……是嗎？」

楊浩趕緊換了一條腿，乾笑道：「見了姑娘，喜極忘形，一時忘了是哪條腿……」

折子渝嘆了口氣，幽幽地道：「你對我，就不能說一句真話嗎？」

那神情語氣，就像一個深閨怨婦，楊浩心中不由一動，難道她已不計較我在唐國詐死，害她傷心欲絕的事了？

他心念剛剛一轉，折子渝已然嘆道：「我知道，你詐死也罷、扮廢人也罷，都是為了擺脫朝廷對你的控制，可是既然要扮，就要扮得像一些，我這百花塢裡，難說就沒有朝廷耳目，你一會兒左腿一會兒右腿的，能不露出馬腳嗎？」

楊浩大為感激，忙道：「子渝真是金玉良言，妳對我一番情意，楊浩卻對妳處處戒備，真是慚愧，以前……以前楊浩只想遁世隱居，求個太平，所以才有那種種古怪行為，妳放心，今後……」

折子渝幽幽地道：「你現在才曉得我對你的好嗎？你若要不露馬腳，我還有一個法子幫你……」

楊浩自己倒也想了個辦法，打算回到蘆嶺州之後，就對外聲稱請到了名醫，治好了殘腿，朝廷縱然懷疑，卻也無可奈何，可他素知折子渝女中諸葛，料來她想的主意要比自己高明許多，不由雙眼一亮，急問道：「什麼辦法？」

折子渝慢慢自袖中抽出一柄雪亮的短劍，悠然說道：「那就是……讓你真的殘一條腿！」

楊浩大驚，連忙擺手道：「多謝子渝美意，我看這就不必了吧？」

折子渝似笑非笑地道：「不客氣，舉手之勞而已！」說罷一劍便刺了過來。

楊浩一見，哪還顧得了扮腿瘸，轉身就逃了出去，折子渝杏眼圓睜，縱身便追，那頭牝鹿見二人跑得飛快，只當自己主人是在與那人遊戲，於是也興高采烈地追了下去，一男一女、兩人一鹿，便在百花塢中狂奔起來……

＊　＊　＊

遠遠的一座亭中，折御勳兩兄弟站在護欄座位上眺望著在灌木花叢中穿梭如箭的一對男女和後邊一頭跳得歡快的小鹿，折御卿有些擔心地道：「大哥，楊浩如今可是一方節度，從蘆嶺州那邊傳回來的消息，他的潛勢力著實不小，如果他真能取夏州而代之，那來日西北第一藩非他莫屬，如今他與咱家已然結盟，正好多多往來，要是小妹傷了他，恐怕兩家就要生了芥蒂……」

折御勳嘿嘿一笑，老奸巨猾地道：「皇帝不急太監急，你當小妹真的捨得刺下去？」

折御卿奇道：「什麼？他三番五次傷了小妹的心，小妹還放不下他？」

折御勳嘆道：「小妹要是放得下他，也不會鬧得家宅不寧了。小妹被老爹和咱們兄弟自幼寵慣了的，心高氣傲，目高於頂，多少良家子弟都不放在她的眼裡，向來只有她擺布別人，哪有別人欺負得了她？若是這楊浩一得罪了她，就低聲下氣、趨前趨後地奉迎，說不定小妹還真不把他放在心上了，可現在……」

折御卿眨眨眼，驚奇地笑了起來：「這還真是滷水點豆腐，一物降一物，呵呵……

這楊浩也是個蠢的，看不出小妹的心意，否則的話，就站下來讓她刺，小妹不忍真的傷他，兩下裡不就說開了？女人嘛，是要哄的……」

折御勳鄙夷地瞟了他一眼：「停下來？羞刀難入鞘，以小妹的性子，你道她不會真的刺下去？哪怕她背後躲起來哭，也不會當面丟這個人的，哼哼，小妹為他受了那麼多委屈，總得讓她追一追，出出氣吧？」

折御卿想了想，疑惑地道：「大哥莫非……有意促成小妹和他的美事？不對呀，咱們收到的情報，楊浩不是已經有了元配夫人嗎？小妹真要嫁了他，難道咱堂堂折家大小姐，要嫁去做小？」

折御勳瞪眼道：「那怎麼成？那咱折家的臉不是丟到姥姥家去了？兩頭大，咱不欺負人，可也不吃虧，大舅子當到我這個分上，夠仗義了吧？」

兩頭大自古有之，昔虞舜娶娥皇、女英，《禮志》中便記載：「『堯典』以釐降二女為文，不殊嫡媵。」到了春秋戰國時候，諸侯因為合縱連橫，聘娶雙妻的開始增多，到了魏晉時期，娶雙嫡開始蔓延到豪門世家，古有成例，折御勳自然拿來就用。

折御卿苦著臉道：「大哥倒是一廂情願，照理說呢，若與蘆嶺州聯姻，對我折家是大大有利的事，楊浩又是小妹喜歡的人，也不委屈了她，可是……堂堂橫山節度、檢校太尉，被小妹追著滿百花塢地跑，看這情形，難以收拾啊……」

「那我就管不著了。」

折御勳拍拍屁股跳到地上：「我家小妹本來就不是那麼好應付的，如何哄得她回心轉意，那就看他的本事了，我讓小妹負責蘆嶺州和中原情報，與蘆嶺州的飛羽不可避免要有往來，飛羽可是只向楊浩一人負責的，還怕他們以後沒有機會碰面嗎？大哥仗義吧？」

「……」

「走，咱們去百花廳等著，你囑咐下去，一會兒楊浩到了，不管他如何狼狽，大家都得若無其事，不要笑他，免得讓他下不了臺。」折御勳把長鬚一捋，得意洋洋地道：「咱們山西人仗義，我這山西大舅子尤其仗義……」

* * *

折御勳做事果真仗義，有關當朝太尉在百花塢被人追殺的消息，嚴格限制在百花塢內部傳揚，外界……據說沒有一個人知道。

不過楊浩赴了百花廳的接風宴之後，當天就離開了府州，在馬宗強的護衛下趕往蘆嶺州去了，否則難保不會在館驛中再上演一齣追殺的戲碼，供府州百姓茶餘飯後引為談資。楊浩離開的當天，折家的祕密情報機構「隨風堂」下轄的密探們就收到了新任主管折大小姐的最高指示：密切關注蘆嶺州一切動向。

車隊儀仗到了蘆嶺州，一走進蘆葦叢中的道路，楊浩就有一種回到家鄉的親切感，這裡的天特別藍，這裡的草特別綠，這裡的風……呼吸起來都是一種自由自在的味道。這裡是他一手建立起來的，如果說，自從到了這個時代，有什麼地方是最讓他難忘的，那無疑就是蘆嶺州了。

遠遠看到蘆嶺州城高大堅固的城門時，與他離開時的那個風雪天不同，城門口已聚集了州府所有官吏和許多軍卒百姓，楊浩的心情與當初離開時也截然不同，他有一種久別歸故鄉的感覺。

馬宗強知情識趣地牽過一匹馬來，楊浩縱身上馬，便向遠遠站在城門口相迎的人衝了過去。此心安處是我家，我家就在蘆州府。

前來相迎的是一個個雖然久別卻十分熟悉的面孔，木恩、木魁、甜酒、柯鎮惡、穆青璇、范思棋、林朋羽、李玉昌……還有他的家人冬兒、焰焰、娃娃……站在最前面的，是一身官衣，春風滿面的張繼祖張大老爺。

張知府那副模樣，不像是離任，倒像是上任，人堆裡屬他最為興高采烈，遠遠見楊浩單騎馳來，他便馬上迎上前去，笑得如天官賜福一般，顫悠著一身肥肉，歡天喜地地道：「下官張繼祖，率蘆嶺州官吏、仕紳百姓，恭迎太尉大人。太尉，一路辛苦，恭喜榮陞啊，哈哈哈哈……」

楊浩無暇細看那許多熟識的面孔，他只匆匆一瞥，向大家招了招手，便在一陣歡呼聲中走向張繼祖，以前，他或許會不管不顧，先去與親朋好友寒喧一番，敘敘離別之情，但是這一番回來與往日不同，須得先公後私、公私分明。

兩下裡攀談一陣，場面話未說及幾句，大隊人馬就趕了上來，於是一起回返府衙。州府官吏俱都進入大堂，楊浩便把那位嚇得軟趴趴的宣旨使公孫慶請了出來。

公孫慶那一跤結結實實摔在地上，摔得頭破血流，頭上纏著厚厚的白布，官帽都戴不上去，只能歪歪斜斜地頂在頭上，公孫大人就歪戴著官帽，捧著聖旨，艱難地走上前去，往眾人面前一站，像念喜歌似地宣讀了一遍聖旨。

聖旨宣罷，他就像一塊破抹布似地被人丟到了一邊，再也沒人去理會他了。張繼祖笑容可掬地對楊浩道：「大人請看，印押名冊，一應交割之務，下官都已整理齊備，全都堆在公案上，請大人交接。」

楊浩笑道：「此事何須著急？本官與張大人兩番相遇，都是來去匆匆，今番張大人卸任，也不急著走，這交接之事放在明日也不妨。」

張繼祖道：「不瞞大人，下官遠來蘆嶺州上任，家眷俱都不曾攜來，整整兩年不曾相見啊，我那幼兒如今都快一歲了，還不曾見過他這親生爹爹模樣啊。」

楊浩點頭道：「張大人的確辛苦了，嗯……」

他忽然覺得有點不對勁，剛剛驚詫地張大眼睛，張繼祖已感傷地道：「唉！千里做官，何其不易啊。自從得知大人歸來，下官歸心似箭，早就打點好了行裝，欲與家人團聚，如今馬車就候在外面，還望大人體恤下官，早早交接了，下官好立即上路，與家人團聚。」

張繼祖說得誠懇，楊浩不好再行推卻，二人馬上又把那位被人當成破抹布扔在一邊的公孫大人扯過來見證，當面進行交接。交接已畢，張繼祖立即告辭，楊浩百般挽留，張繼祖去意匆匆，於是剛剛走馬上任的楊浩又率領州府官吏把張繼祖送出了蘆嶺州城。

一登上車子，張繼祖便吩咐道：「張安，快馬加鞭，星夜兼程，速速趕回汴梁。」

回頭看看還站在城門口的楊浩，張安納罕地道：「叔叔，咱們這麼急做什麼？」

張繼祖罵道：「蠢才，楊浩此來，來者不善。早日回京，早日外放，早一天與蘆嶺州撇清關係，你叔叔才能高枕無憂啊！」

四百九章　下馬威

張繼祖火燒屁股一般趕回家抱大胖小子去了，公孫慶一班人則被客客氣氣地「請」去窯洞安歇了。身邊的人都已是自己人，儘管這些人是出於各種目的會集到他身邊的，對他的底細了解的也是參差不齊。

楊浩望著張繼祖的車子消失在地平線上，忽地回首問道：「怎麼不見木團練？」

木恩踏前一步，抱拳道：「啟稟大人，木團練身子越來越不好，聽聞大人回來，木大人本想親來相迎的，奈何病體沉重……」

楊浩心中一沉，點點頭道：「帶我去探視一下。」

一眾官員都隨在楊浩身後向木岑的住處走去。李光岑的真正身分、和他與楊浩的真正關係，是最高的機密，身邊這些官多多少少都已知道一些蘆嶺州所圖，但是他們之中每個人掌握的機密都是有限的，許多人並不知道楊浩的這張底牌，所以在公開場合，楊浩與木恩談起李光岑時，只以木大人稱之。

李光岑的住處在羌寨中，一行人到了他那座木樓前，楊浩沉聲道：「病人居處不宜人手雜遝，諸位同僚且請稍等，本官獨自登樓。」

楊浩拾階而上，一個少女正在樓上搧著一只小爐，爐中藥湯沸揚，陣陣濃郁的藥氣隨風撲來。一見楊浩出現，那少女看清他模樣，忽然棄了蒲扇，急急爬前兩步，向他頂禮膜拜，行了個五體投地的大禮。

這少女正是姆依可，旁人不知道楊浩和李光岑的身分，他的幾位夫人卻是知道的，焰焰的性子有些粗線條，並不代表她不明白這些人情世故，何況娃娃和妙妙都是人精，至於冬兒更不用說了，就算不動心機，本性使然，既是夫君的義父，她也會視作己父一般尊敬的。以她們身分不便親自前來服侍，便把姆依可派來侍候李光岑寢居飲食，代她們盡一盡孝道。

「老爺……」姆依可跪爬而起，喜極而泣。

楊浩輕輕拍拍她的削肩，目光已投向樓中：「好久不見了，月兒，妳先照看著藥爐，老爺去見見義父。」

「是！」

姆依可拜伏於地，再抬頭時，楊浩已輕輕走了進去。

李光岑躺在榻上，目光炯炯地盯著他，一見他進來，臉上露出驚喜之色，就欲掙扎著起來，楊浩一個箭步閃過去，按住了他的雙手，就在榻前單膝跪下，低聲道：「義父，我回來了。」

眼前的李光岑已不復當初猛虎一般的強壯，病來如山倒，此刻的李光岑形銷骨立，十分憔悴。粗大的骨架、方正的臉龐，如今已瘦骨嶙峋，氣色也透著灰暗，只有一雙眼睛仍是十分有神，楊浩未料到他已病到如此模樣，淚水忍不住漾滿了眼眶。

「浩兒，你回來了，終於回來了。」李光岑握緊他的手，欣慰地笑道。

楊浩看到榻旁一只酒葫蘆，皺一皺眉，惱道：「義父這麼重的病，怎麼還要飲酒？」

李光岑笑道：「不關旁人的事，義父酒蟲發作，可比這病還要難熬。你放心，酒我已經不喝了，只是饞酒時，嗅嗅這葫蘆過過癮。」

他取過葫蘆，啵地一下拔下塞子，葫蘆果然是空的，卻還有些酒氣，李光岑把酒葫蘆送到鼻端貪婪地吸了一口氣，又趕緊塞上，笑道：「義父原本只想著讓族人們有個安穩的所在，這一生便再無所求了，可是人心不足啊……實未想到，我蘆嶺州天時地利俱備，能有今日實力，義父還想撐著、活著，等到打下夏州城，奪回屬於我家基業的那一天……」

他握著楊浩的手道：「為父還要等著我兒手刃李光睿，登上夏州之主的寶座，等著抱抱我的寶貝孫兒，怎肯現在就死？」

他雖瘦骨嶙峋，顧盼卻仍有威，說得高興，忽地坐了起來：「自幼質於異族時，我李光岑就是日日活在生死邊緣，從十三歲逃亡於吐蕃，數十年來浪跡天下，哪一天睡下，都不曉得能不能活著見到明日的陽光，嘿嘿，老夫還不是活到了今天？如今我只想再撐個三年兩載，抱抱我的孫兒，親眼看著我的兒子光宗耀祖，他閻羅王敢不給這個面子？」

楊浩握緊他的手，微笑道：「誰不給面子，那咱就打到他給面子！」

李光岑一呆，旋即哈哈大笑，重重一拍楊浩肩頭道：「這才是我兒的氣魄，哈哈……」

他咳了兩聲，忽地警覺道：「你我身分，外界尚不知，要小心些才是。」

楊浩道：「無妨，蘆嶺州官吏俱在樓外，一會兒出去，我便宣布已拜木大人為義父。」

李光岑先是一怔，隨即恍然大悟，喜道：「我兒準備大幹一場了？」

楊浩微笑道：「心意未決時，當三思而後行。心意已定，那就再不得瞻前顧後、猶疑不決了。如果什麼事都遮遮掩掩，屬官們必也首鼠兩端，難以死心踏地地追隨，除了党項七氏共主的身分和義父的真實身分，涉及對夏州的奇襲之效暫不公布外，其他的一切，都要讓他們知道。」

「好，好！」李光岑欣喜地道：「掃蕩天下，就要這樣光明磊落的胸襟，若是對內對外都只一味地玩弄詭計陰謀，何人肯為你效死？」

楊浩道：「浩兒正作此想，所以才要向眾官吏攤牌。」

他頓了一頓，又道：「義父一定要按時吃藥，遵從醫囑，好生地將養身子，有朝一日，兒還要陪伴義父一同風風光光地返回夏州城呢。」

這一陣說話，見李光岑就已有些精神不濟，楊浩料他得知自己歸來，一直在這兒欣喜相候，始終不曾睡下，恐怕早已疲憊了的，便道：「兒還有很多事想與義父商量，卻也不忙於一時，眾官員還在外邊相候，不宜讓他們等候過久，義父先歇下，忙完了這些事情，浩兒再來探望義父。」

他輕輕一笑，低聲又道：「浩兒既已回來，立即會著手準備，後日，便建府開衙、升格節度，名正言順地開創我蘆嶺州大業。」

* * *

楊浩出來，說明方才已拜木團練為義父，不知真相的官員也都知道楊浩與木團練那是同生共死闖出來的交情，如今他官居太尉，不但如此看重舊人，見他膝下無子，還能拜他為義父以盡孝道，都是十分感佩。

楊浩也不多言，便率領眾官員趕回了府衙。

坐在那個熟悉的位置上，面前還是昔日那些熟悉的面孔，楊浩看在眼中感到分外親切，而在蘆嶺州眾官吏眼中的楊浩，卻與往日有著太多不同。

他成熟了，不再是那個從霸州一家僕一步登天坐上知府寶座，成為一方牧守的草莽英雄，這兩年來，他走南闖北，文爭武鬥，見過了太多的場面，歷經三國，見過三個皇帝、三個皇后，與他們鬥智鬥勇，眼界開闊了，胸襟氣度便截然不同。

昔日的楊浩，只是特賜銀魚袋的一個六品知府，坐在這大堂上時，就像是坐在聚義廳上的仁義大哥，親善有餘，氣度不足，所生的威儀連他那套綠色的官衣都壓不住，更莫說讓官員們心生敬畏了。

此刻，他是橫山節度使、檢校太尉，文武兩途皆至人臣巔峰的人物，但是舉止氣度雍容華貴，一襲黑底金蟒的官袍穿在身上，也是輕鬆自若，絕沒有一絲拘謹突兀的感覺。他已脫胎換骨，舉手投足，雍容自顯，雖然他仍是談笑晏晏，和藹可親，可是一種無形的威嚴不知不覺地便影響了眾官員的心理，敬畏自生。

這兩年，他們做了許多事情，所有的事情都是圍繞著楊浩去做的，而楊浩卻始終不在蘆嶺州，哪怕李光岑、丁承宗再如何善於鼓動人心、積蓄力量，主心骨不在，對他們來說，總有一種虛無縹緲、不著實地的感覺。

如今楊浩回來了，當初的一塊璞石已經磨礪成了一塊美玉，對他們來說，自然有著非比尋常的重大意義。他們都殷切地望著楊浩，兩年來，種種祕密的籌備，都等著楊浩來揭開，他們的錦繡前程，都等著楊浩來帶路，他們現在都急切地盼望著，盼望著從楊浩口中聽到他們最想聽的那句話，那句澈底改變蘆嶺州命運的話。

然而楊浩顯然比任何人都沉得住氣，他與眾人敘著家常，聊起自己這兩年來的種種經歷，但是對他回到蘆嶺州以後的打算卻隻字不提，也絲毫不談及蘆嶺州這兩年來祕密進行的諸多事宜，撩撥得眾官員都有些沉不住氣了。

楊浩將眾人的反應看在眼裡，卻故作未見。力還沒有蓄夠，勢還沒有造完，豈可倉卒？從一開始，他就是被命運推著走，從現在起，他要把命運掌握在自己的手中，從容調度，建衙、締盟、取銀州，內政、外交、耀武力，在眾望所歸的時候，振臂一揮。

不鳴則已，一鳴驚人；不飛則已，一飛沖天……

* * *

官員們帶著滿腹的疑惑和失望退下去了，紛紛去與范思棋、林朋羽、木恩等追隨楊浩起家的官員們揣摩著楊浩的心意，商量相應的對策，大堂上頓時一空。

楊浩垂下目光，微微地蹙起了眉頭：有一個人，他還沒有見到，這個人，在如今的蘆嶺州擁有極大能量，絕非一個藉藉無名的人，怎麼可能對他避不露面？而且，無論是木恩還是義父，私下攀談時也沒有提起這個人，這是怎麼回事？

丁承宗！

丁大少爺的心思，他比任何人都更清楚，他也知道，整個蘆嶺州再也沒有比丁承宗更熱衷於輔佐他成就大業的人了。仇人都已經死了，往日的恩怨已經成了過眼雲煙，丁承宗兄妹為他默默地做了許多事，所圖不過就是盡釋前嫌，重歸於好，怎會對他避而不見呢？

楊浩百思不得其解，他輕輕地搖了搖頭：你既然沉得住氣，那我便不聞不問，我就不信，我已回到蘆嶺州，你與我避不見面，就能解開心結，繼續做你的影子軍師。

他振衣而起，正欲離座，一抬頭看見堂上情形，不由卻是一怔，只見堂上靜悄悄地站著兩個人，卻是柯鎮惡夫婦。

楊浩眉尖一挑，詫然道：「賢伉儷還有事嗎？」

柯鎮惡夫婦互相看了一眼，逡巡著又走了回來，柯鎮惡一撩袍襟，便在他面前跪了下去，楊浩一臉訝然地道：「柯大人，這是做什麼？」

他臉上一片驚訝莫名的表情，可是很詭異地，卻沒有急急離案上前攙扶，雙手反而按住了書案。

柯鎮惡滿臉慚容地抱拳說道：「柯某……向太尉大人請罪。」

楊浩又慢慢地坐了回去，微笑道：「柯兄這是說的什麼話來？往私裡說，柯夫人與賤內焰焰是閨中暱友，柯兄的內弟是楊某的貼身隨從，我與柯兄同生共死，交情深厚。

往公裡說，自蘆嶺州初建，賢伉儷便為楊某鞍前馬後，忙碌奔波，守蘆嶺州、襲銀州、殺李繼遷，賢伉儷功不可沒。

「自本官離任遠赴開封後，賢伉儷與木岑、木恩兩位指揮使練鄉勇、訓士卒，將蘆嶺州打造得如鐵桶一般，使得蘆嶺州百姓免受四方雜胡侵擾，可謂勞苦功高。本官自忖為蘆嶺州百姓付出的辛苦遠遠不及賢伉儷，賢伉儷有功無過，何罪之有？」

他這樣一說，柯鎮惡更是羞得無地自容，支支吾吾地說不出話來。穆清漩瞪了沒用的丈夫一眼，大步上前，往楊浩身前一跪，挺起她可觀的胸膛，很爽快地道：「大人，穆清漩對大人直說了吧。我穆柯寨本在府州治下，府州治下所有山寨，一向俱受府谷轄制，穆柯寨自然也不例外。

「清漩的幼弟輔佐了大人，我穆柯寨自然也是心向大人的，承蒙大人相邀，又有照顧幼弟之意，所以我們夫婦才趕來蘆嶺州，真心實意想為大人效力。可是，清漩的家還在府州，折家『隨風堂』的探子找上了我們夫婦，要我們將蘆嶺州一舉一動隨時向他們通報。我夫婦父母雙親、本姓族人俱在『隨風堂』的掌握之中，如何敢不應承？所以……所以……」

柯鎮惡鼓起勇氣，大聲道：「所以，我夫婦實是府州的耳目，兩年來，但凡我們掌握的消息，事無鉅細，俱都告知府州了，我夫婦愧對大人的信任，今日向大人坦承以告，要殺要剮，都由得大人了。」

柯鎮惡說罷，「鏘」的一聲拔出佩刀，雙手托著向前一送。

楊浩注視他良久，忽地哈哈一笑，起身離案，滿面春風地道：「蘆嶺州從未將府州當作敵人，又有什麼消息可以避諱府州的？賢夫婦兩年來對蘆嶺州所立的功績有目共睹，縱有過失，也是家人受人挾制，柯兄有苦衷在先，坦白相告於後，對楊某已是仁至義盡了，你既肯直言相告，那就是還把楊某當兄弟，說什麼打打殺殺的？」

他伸手一搭柯鎮惡的佩刀，柯鎮惡掌上一輕，佩刀便到了楊浩手上，楊浩手指在刀柄上一纏一送，「鏘」的一聲，那柄刀便插回了柯鎮惡腰間的刀鞘。

楊浩扶起他們夫婦，坦然說道：「府州對我蘆嶺州一直竭力扶持，但是臥榻之側，陡然出現一隻猛虎，縱然是敵非友，暗中戒備也是人之常情，柯兄為家人所累，被迫洩露我蘆嶺州消息，罪無可恕，但情有可原，以功抵過，楊某怎肯加罪？若真有罪，也是楊浩考慮不周，使得柯兄為人所制，這罪過，楊某也願一力承擔。」

柯鎮惡是個爽直的漢子，聽了這話，感激得熱淚盈眶，嚅動著嘴脣，卻不知該說些什麼才能表達自己的感激之情。

楊浩笑容可掬地又道：「本官歸來途中，已經見過了折大將軍，並與府州締結了同盟。不日，折大將軍會親赴蘆嶺州，屆時，楊某便向折大將軍親口提出請求，把柯兄和柯夫人的家眷整個搬來蘆嶺州，呵呵，當然，如果二位故土難離，那楊某便放你們歸去，絕不留難。如何決定，還請柯兄示下。」

柯鎮惡大為意外，他當初投效楊浩，卻是發自真心，可是後來家人為人所制，確也無可奈何。可是以他一向光明磊落的性子，做一個躲在陰暗角落裡的小人，那種良心上的自責實也時時地煎熬著他。

所以當「隨風堂」發出指示，令他向楊浩坦承一切時，雖知凶多吉少，柯鎮惡還是毫不猶豫地自我告發了，想不到換來的卻是楊浩如此的優容。

柯鎮惡心生感激，卻拿捏不定地道：「大人如此優容，柯某敢不為大人效力？可……可柯某往日所作所為，大人……還肯相信在下嗎？就不擔心我……」

楊浩仰天大笑：「楊業保的是漢國，趙官家伐漢國困其京師時，還不是徵調了麟州楊崇訓的人馬相助？他們還是親兄弟呢。正所謂疑人不用，用人不疑，楊浩心中，柯兄一直是條忠肝義膽的漢子，以前是，以後也是，楊某不但還要用你，而且兵權地位一概不變，來日立下戰功，論功行賞，絕不人後。」

士為知己者死，楊浩這一番話，柯鎮惡算是把自己全心全意地交代在蘆嶺州了。他雙淚長流，跪地說道：「如此，柯某願為太尉效力，至死無悔！」

*　*　*

楊浩將感激不已的柯氏夫婦親自送出衙門口，看著他們離去的身影，眉頭微微一皺：「臭丫頭，我剛回來，妳就下了步棋來將我的軍嗎？妳這是示誠，也是試探呀。我若殺了他們，那便是對府州毫無誠意了；我若殺了他們，剛剛回來，先殺大將，罪名卻是內奸，我這蘆嶺州還穩當得下去嗎？

「妳當我的『飛羽』是吃乾飯的？他們做過些什麼，對我又有幾分忠心，我全然不知？哼，也太小瞧了妳的男人！本大人連消帶打，便多了兩個真正忠於我的人，妳這是給我添麻煩，還是送嫁妝呢？呵呵……」

想到那日被子渝一路追殺，一路說的那些讓她臉紅的情話，楊浩嘿嘿一笑。

他已經漸漸捕捉到對付折子渝的不二法門：這個丫頭……吃硬不吃軟的。流氓一些，那是她自幼不曾遇到過的男人類型，會令她無以應對；強勢一些，更是別的男人從不曾對這心高氣傲的天之驕女使過的手段，這兩種性格的男人恰恰是她從小到大不曾接觸過的男人，距離產生愛情、新奇產生激情，後人誠不欺我。

哈哈，要是那些苦苦追在子渝石榴裙下，拚命在這個冰雪聰明、學識不凡的小姑娘面前賣弄自己的斯文教養、學識才智的公子哥兒們，知道他們眼中的這位小仙女，其實骨子裡喜歡對她無賴一些、粗暴一些的男人，不知道這些將軍公子們會不會滿府谷地去撿眼珠子。

楊浩發覺，隨著地位、權力和野心的滋長，他漸漸懂得用心機了，也開始富有侵略性了，包括對折子渝這隻孤傲矜持小天鵝的侵略性。

與天鬥，其樂無窮；與地鬥，其樂無窮；與子渝鬥，其樂無窮。小娘子，還有什麼招，妳就放馬過來吧！

楊浩想著，志得意滿地回過頭來，就見穆羽站在後面，正感激地看著他，做為他的心腹，方才與柯氏夫妻的一番舉動，穆羽都是暗暗看在眼中的。

楊浩沒有再提柯氏夫妻的事，他拍拍穆羽的肩膀，笑道：「我已回了自己的府第，還整天跟著我做什麼？你的姆依可姐姐在羌寨我義父那裡，去看看她吧。」

「哦，對了，你順道去找林老，告訴他為我準備一下，明日，我要去開寶寺，參拜達措活佛。」

「是！」穆羽答應一聲，興沖沖地走了出去。

楊浩趕到後宅，到了月亮門前忽地站住，後院裡頭現如今可是有了四位夫人，誰的身邊若有四個千嬌百媚的夫人，那都是豔福無邊，惹人稱羨，可是……後院若是擺布不好，那可要家宅不寧了。娃娃和妙妙都是性情溫柔、乖巧伶俐的，以前她們分別和冬兒、焰焰在一起，倒也波瀾不興，可是如今面對著冬兒和焰焰卻不能那般隨意了，先去誰那兒瞧瞧，恐怕另一個都不開心吧？

楊浩思來想去，把心一橫：「不管了，一室不掃，何以掃天下？掃房子去！」

楊浩龍騰虎步進了花廳，大馬金刀地往主位上一坐，叫道：「來人吶，請夫人們來花廳相見！」

片刻的工夫，俏婢杏兒捧了杯熱茶進來，脆生生地道：「幾位夫人正忙著呢，老爺請喝杯茶，且坐一坐吧。」

四百十章　一樣情深

楊浩坐在廳中，灌了個水飽，四位嬌妻一個也不見露面，楊浩忍不住喚過杏兒問道：「幾位夫人現在哪裡？」

杏兒笑盈盈地望著他道：「老爺只管安坐，大娘、二娘、三娘、四娘一會兒就來見老爺。」

楊浩一聽大汗，幸好沒有五娘，要是再弄個小潘來，自己就成了西門大官人了。他趕緊問道：「什麼大娘、二娘、三娘、四娘，這都誰排的？」

杏兒眨眨眼道：「是幾位夫人商量的。」

楊浩遲疑道：「冬兒、焰焰、娃娃、妙妙，是這麼個順序吧？」

杏兒拍手笑道：「老爺英明神武，一猜就著。」

楊浩長嘆一聲，暗想：「破除封建階級觀念，任重而道遠啊……」

他站起身來，把手一揮道：「走，帶老爺我去看看她們。」

杏兒為難地道：「老爺，夫人吩咐，要老爺……」

楊浩瞪眼道：「她們吩咐的是妳又不是我，頭前帶路，要不然……明天老爺就把妳嫁給木恩那個粗漢。」

杏兒向他眨眨眼，故意喜孜孜地道：「老爺說的可是木團練嗎？婢子要是能嫁給一位將軍大人，那可是幾輩子修來的福氣。」

楊浩嘿然道：「木團練可是喜歡打老婆的，他已經打死了四個，打跑了三個，妳要是喜歡，那老爺我明天就去給妳說親，希望妳能從一而終，堅持到死。」

「啊？」杏兒趕緊擺手道：「婢子想過了，婢子要侍候老爺夫人一輩子，根本不想嫁人。」

楊浩哈哈大笑：「還不頭前帶路？」

兩個人真真假假地說笑著，出了花廳，走過曲廊，繞過假山，穿過花園，便到了西廂廚房，老遠地就聞到一股撲鼻的香味，楊浩心中一動，恍然道：「夫人在操辦酒席？」

杏兒嘟著小嘴道：「是呀，夫人們想給老爺一個驚喜，才叫奴婢不要說的，可老爺非要來看看……」

楊浩笑道：「妳忙妳的去，親眼看看夫人為我素手調羹湯，那才是意外之喜。」

楊浩躡手躡腳地走向膳房，到了門口，悄悄往裡一看，四位夫人正在裡面忙碌，焰焰正在收拾各種野味，妙妙給她當助手，而冬兒則在親手烹飪，娃娃在一旁相幫，四個人都繫著藍布圍裙，一身俐落，分工合作，十分默契，煎炒烹炸中，令人饞涎欲滴的陣陣香味撲鼻而來。

「唔，家裡有個上下尊卑、規矩戒律，似乎……挺適合如今這個時代的家庭的，明明妻妾滿堂，還要妄想一律平等，我是不是在自討苦吃呢……」

看了廚房裡這派和諧景象，楊浩堅定的革命意志開始動搖了，他走進廚房，四位夫人神情專注，還沒看到他，地上忽然有人驚喜地叫了一聲：「大人，你可來了啊……」

楊浩定睛一看，竟然是葉大少，葉之璇坐在一個杌子上，面前三個灶坑，他身邊堆著兩堆柴禾，正往灶堂裡添著木柴，臉上熏得一道道煙痕。

「官人。」冬兒在圍裙上擦擦手，趕緊迎了上來，娃娃立即接過了她的木鏟，一邊俐落地翻著鍋裡正在煎炸的東西，一邊扭過頭來，向楊浩甜甜地笑。

冬兒嗔怪道：「姐妹們說，要親手治辦一桌酒席為官人接風，特意囑咐杏兒，如果官人回了內堂，且在花廳相候的，官人怎麼到這裡來了？」

楊浩吸了口香氣，笑道：「君子遠庖廚嗎？呵呵，妳家官人可不是君子。冬兒，妳已有身孕在身，怎可如此操勞？」

「不礙事的。」冬兒甜蜜地笑，情不自禁地摸了摸自己小腹的位置，臉上洋溢著母性的光輝，甜甜地道：「奴家在契丹時，見那裡的婦人大腹便便，還敢策馬放牧，縱騎射狼呢，奴家這才一個多月，做些家務事而已，哪有那麼嬌貴？」

楊浩看看她的氣色果然甚好，不禁笑道：「那就好，有些人一懷了身孕，嗅到點油煙味就嘔吐不止，看妳果然沒有事情，我這兒子，定是個嘴饞的。」

冬兒擔心地看了他一眼道：「官人怎知就一定是個男孩，說不定是個女娃呢。」

楊浩忙道：「女娃又如何？都是我楊家骨肉，不管男女，都是好的。」

娃娃和焰焰、妙妙都羨慕地看向冬兒，然後又將目光投向楊浩，眸中已帶出了幾分幽怨之意，那閨中怨婦的眼神看得楊浩毛骨悚然：「幾個毛都還沒長齊的小丫頭，這就盼著當孩子他娘了，老公我辛苦耕耘，可沒有不賣力氣，妳們自己肚子不爭氣，看我做什麼？」

他趕緊走過去佯作欣賞桌上食物，順手拈起一塊肉來丟進嘴裡，細細咀嚼，別具風味，不由奇道：「這是什麼？」

冬兒紅著臉道：「這是八糙雀兒，雖是奴家整治的，卻是娃娃指點做出來的。」

娃娃情意綿綿地瞟他一眼，問道：「官人吃著還可口嗎？」

楊浩忙不迭地點頭道：「好手藝，好風味。」

他湊近娃娃，小聲道：「禮尚往來，娃娃請官人吃雀兒，官人回頭也請娃娃吃雀兒。」

「嗯？」娃娃先是一呆，隨即省過味來，登時暈染雙頰，她眼波盈盈地橫了楊浩一眼，輕輕咬著嘴脣，含情道：「那就今晚好了，官人可莫食言……」

楊浩立即敗退：「就這麼一個不怕調戲的，我怎麼專惹她呀。」

妙妙立即警惕地問道：「官人說什麼？」

楊浩趕緊咳了一聲，看著滿桌菜肴問道：「娘子為官人都準備了些什麼菜呀？」

冬兒喜孜孜地道：「今兒準備的是百鳥宴，官人請看，這幾道已經做好的菜是清攛鵪子、紅熬鳩子、辣熬野味、清供野味、炙雉脯、五味杏酪鴿、飛龍湯……可都是新鮮的呢。」

飛鳥是宋人餐桌上極受歡迎也極名貴的菜肴，這裡每一道菜都用飛禽做原料，那可當真難得了，想到嬌妻們一番情意，楊浩不禁感動地道：「這麼多飛禽，還都要捉活的，著實費了一番功夫吧？」

焰焰忙道：「不辛苦，不辛苦，知道官人要回來，我們姐妹都歡喜得很，想了很久才想到整治一桌別具特色的美味為官人接風，這點事情算不得辛苦。」

葉之璇苦著臉道：「諸位夫人當然不辛苦，這些鳥兒都是屬下去逮回來的，逮些鳥兒那也罷了，幾位夫人還抓了我的差，讓我燒灶，大人，我從來沒幹過這個呀。」

唐焰焰白了他一眼道：「這不是廚房老劉害了眼病嗎？沒幹過怕什麼？你這不是幹

得好好的？快添柴禾，火有些弱了。」

葉之璇吃她一頓搶白，忙又乖乖地當起了伙夫。

楊浩看到他，忽地想起壁宿來，忙問道：「壁宿呢？不是讓他和你一起回來的？」

葉之璇一呆：「大人還沒見過他？哦，那他一定在羌寨後面的山上練功呢，這小子……現在就像瘋魔了一般，誰有一技之長他都學，每日除了練武，什麼事都不關心，想必他還不知道大人回蘆嶺州了呢。」

楊浩心中一沉：「壁宿已經變成這般模樣了？」他立即說道：「走，帶我去，咱們看看壁宿去。」

葉大少一聽大喜，立即跳了起來，楊浩歉然看了幾位愛妻一眼，柔聲道：「我去去就回，這麼幽怨做什麼？來日方長，我們……有一輩子時間一起纏綿呢……」

當著葉大少的面，楊浩突然說出這樣情意綿綿的話，就連「臉皮最厚」的娃娃都紅了臉，不過……想到那句「一輩子纏綿」，卻就連最面嫩的冬兒，都禁不住一陣心猿意馬……

＊　＊　＊

羌寨後山，就是蘆嶺州祕密鑄造兵器之處，因入口正在羌寨後山，這座羌寨俱是李光岑族人，就連其他山寨的羌人也無法深入，更遑論普通漢人百姓了，所以這一處隱密的地方始終不為外人所知。但是穿過羌寨，進入山谷後，卻會發現，此處早已修了一條上山的路，道路整潔，鋪了條石，方便運輸兵器、運送材料。

山谷中自有扮作樵夫、獵人的羌寨眼線守住路口，葉之璇卻是握有通行腰牌的，他引著楊浩一路上了山，向左邊小徑一指道：「壁宿常在此處習武，他現在已經成了一個武痴，在松下結廬而居，也不與人來往，一日三餐都是山中武士給他送去，他只在那邊習武，餘事概不過問。」

楊浩輕輕嘆道：「壁宿本是一個浮浪無行的偷兒，想不到一旦動情，竟然用情如此之深，只是……他現在一顆心已經完全被仇恨所填滿了，如果水月在天有靈，也不會希望他這樣的。」

葉之璇苦笑道：「有什麼辦法呢？我已經勸過很多次了，可他充耳不聞……」

兩個說著，已到了一片地勢平緩的地方，此處林木疏朗，幾棵古松參天，地上青草早被踏平，傾伏一片，一棵足足得有五、六人合抱才能圍攏來的巨大古樹下搭著一個帳蓬，帳蓬只堪遮擋風雨，既小又矮，帳口敞著，帳中空無一人。

葉之璇納罕地道：「奇怪，他去哪兒了？他一向不離開……」

楊浩突然拍了他肩膀一下，葉之璇一扭頭，就見楊浩正抬頭望著天空，葉之璇仰起頭來，頓時驚愕地張大了眼睛，十餘丈的高處，二十幾根長長的竹竿搭在一條條樹幹之間，也搭在幾棵大樹之間，可以看得出，那些滾圓溜滑的竹竿沒有綁定，一個穿著斑斕灰衣的人手中持了一柄長弓，正在那些橫七豎八地搭在樹幹間的竹竿上健步如飛，反覆往來，同時不斷做著搭箭開弓的動作。

竹竿顫巍巍地動著，不時因為風撼動樹幹，竹竿就偏離了位置，並且在他腳下滾動，而只穿一雙麻履的清瘦漢子卻如靈猿一般穿梭，絲毫沒有畏懼，這麼高的地方，一旦失足，定要跌個粉身碎骨，二人站在松下根本不敢高聲，生怕驚嚇了他，失足跌落下來。

那人在竹竿上翻騰跳躍，如履平地，穿行半晌，突然在顫動的竹竿上停了下來，迅捷無比地張弓搭箭，鐵羽穿林，篤的一聲射中遠方一棵大樹，那棵大樹上被剝下一塊圓形的樹皮，露出白色的樹幹，矢箭正射中這個靶心。

楊浩這才吁了一口氣，揚聲喚道：「壁宿。」

空中那人一個倒空翻，躍到古松樹杈間，向下一滑，在第二節樹杈間倏地一閃，整個人便憑空消失了。

葉之璇雙眼瞪得老大，吃驚地道：「他……他這是什麼功夫，隱身術嗎？」

楊浩自然不信世上有這樣的功夫，他這一路上見多了神神祕祕的忍者，知道他們對所謂「隱身術」都有所研究，比如在來途中，就曾有一個忍者被他和竹韻姑娘追著追著忽地擲出一顆煙霧彈，然後縱身向前方的大樹一撲，便神乎其神地消失了，最後卻被竹韻姑娘揪了出來。

那人逃跑的手段看著神乎其神，說穿了卻是一文不值，原來他行刺之前早在林中做好了一旦失敗的退路，利用地形地貌，在樹下挖了一個十分巧妙的洞穴，上邊用枯草掩蓋，下邊放好了一塊草皮，當他擲出煙霧彈，利用煙火吸引了追兵的注意力之後，便快捷無比地遁入洞中，然後拿事先準備的草皮將洞口不露痕跡地重新補上，看在旁人眼中，就是這個忍者突然變成隱形人徹底消失了。

楊浩相信壁宿所用的手段與此大抵相似，他身上那件土灰色帶著斑斕紋路的衣服，貼著樹幹時與樹皮的顏色極為酷肖，恐怕也有掩飾作用，所以凝神看著他消失的地方，試圖找些破綻出來，就在這時，他突然感覺腦後生風，立即一個斜插柳大彎腰，旋身避了開去，只見壁宿背著那張大弓，正站在他身後。

此時的壁宿，蓬頭垢面，容顏瘦削，簡直就是一個野人，見到楊浩，他咧嘴一笑，興奮地道：「大人，你終於回來了，我已經等了好久，咱們什麼時候去殺趙光義？」

楊浩看著他，臉色慢慢沉了下來：「壁宿，你確定自己的神智還正常嗎？」

《步步生蓮》卷十六白藕新花照水開完